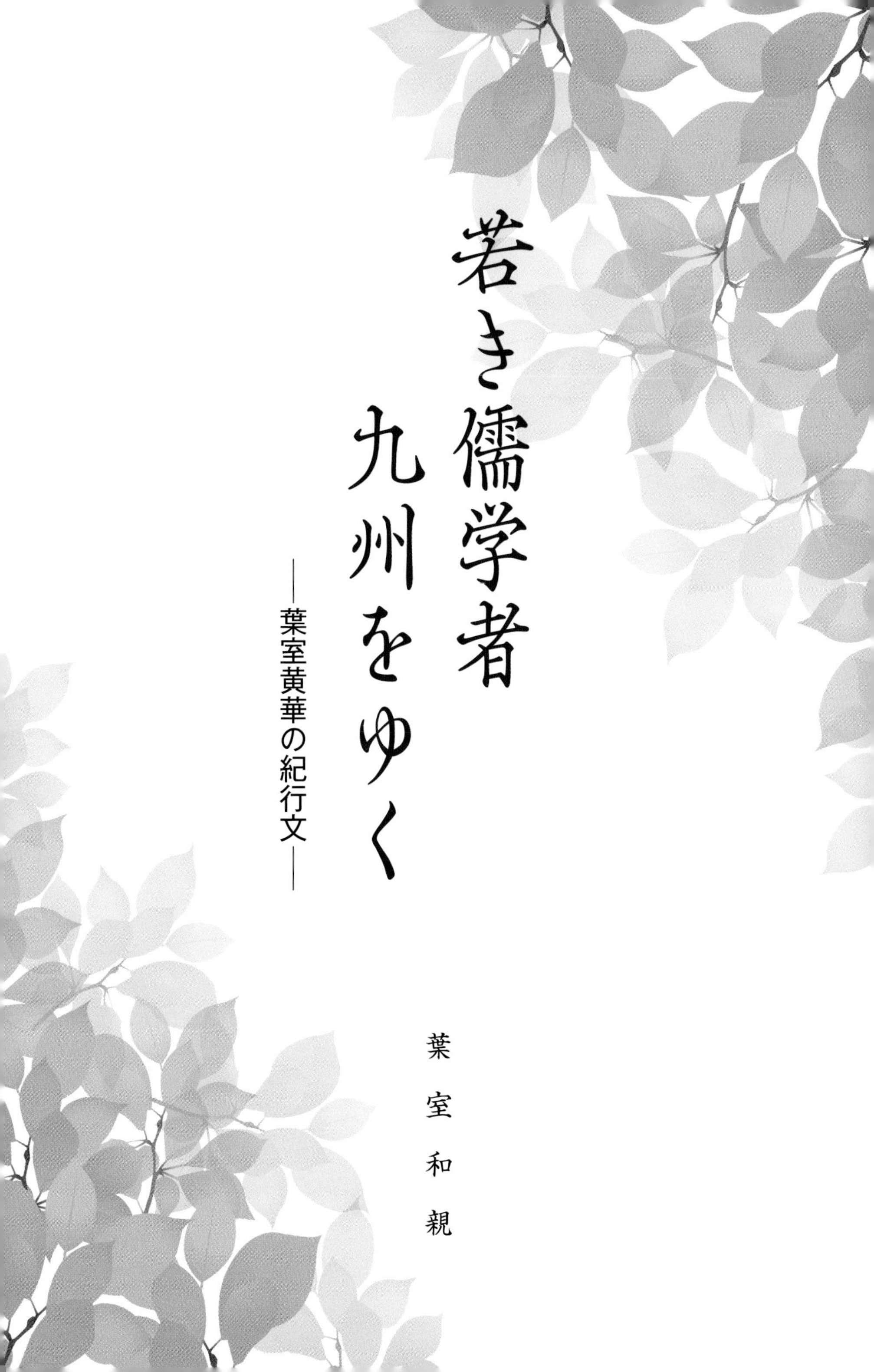

若き儒学者九州をゆく

―葉室黄華の紀行文―

葉室和親

葉室黄華の墓

（熊本県菊池市隈府城山）

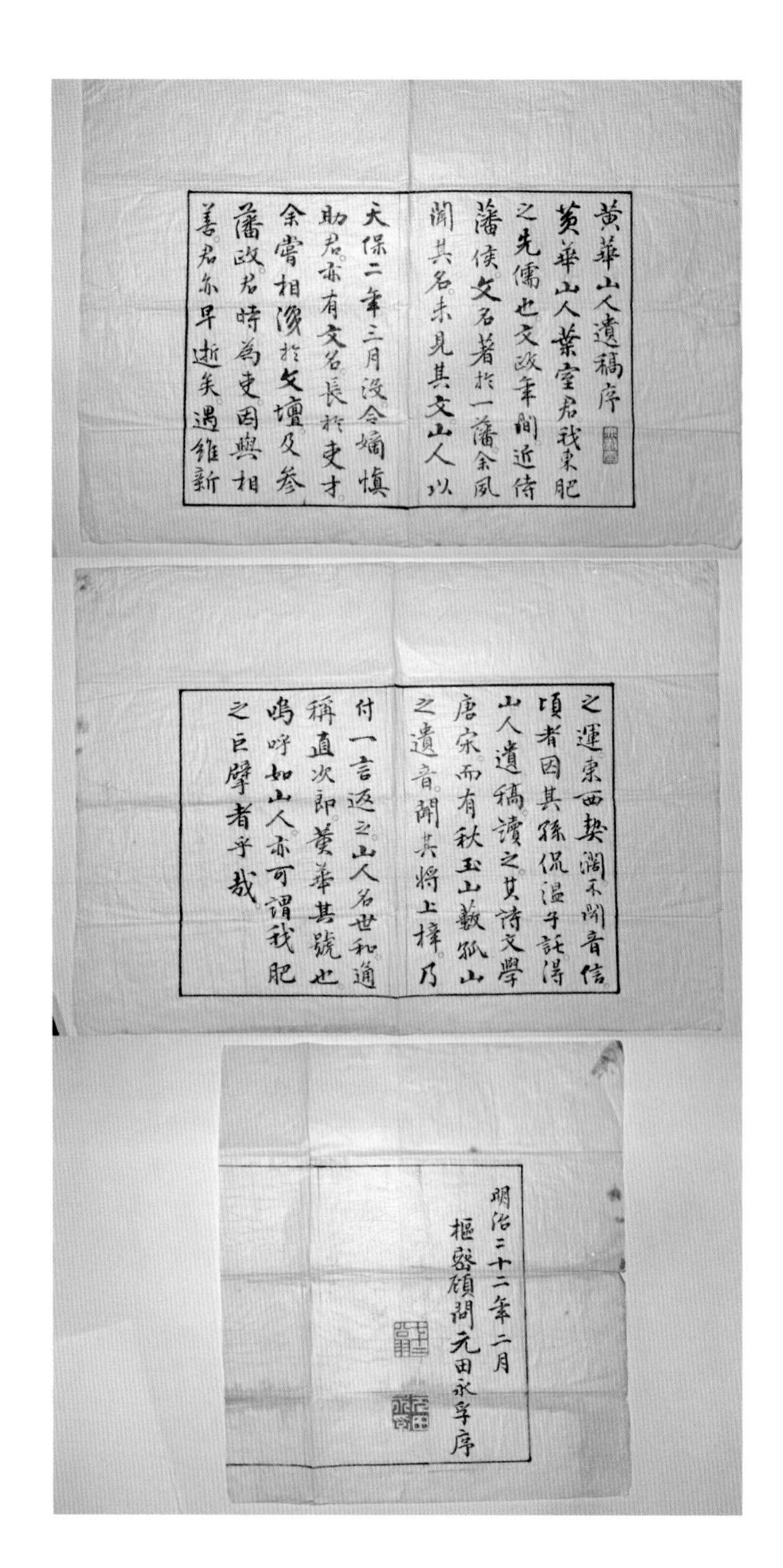
黄華山人遺稿序
黄華山人葉室君我東肥之先儒也文政年間近侍藩侯文名著於一藩余夙聞其名未見其文山人以天保二年三月没令嫡慎助君亦有文名長於吏才余嘗相從於文壇及参藩政君時為吏因與相善君亦早逝矣遇維新之運東西契闊不聞音信頃者因其孫侃温子託得山人遺稿讀之其詩文學唐宋而有秋玉山藪狐山之遺音聞其將上梓乃付一言返之山人名世和通稱直次郎黄華其號也嗚呼如山人亦可謂我肥之巨擘者乎哉
明治二十二年二月
樞密顧問元田永孚序

元田永孚の序

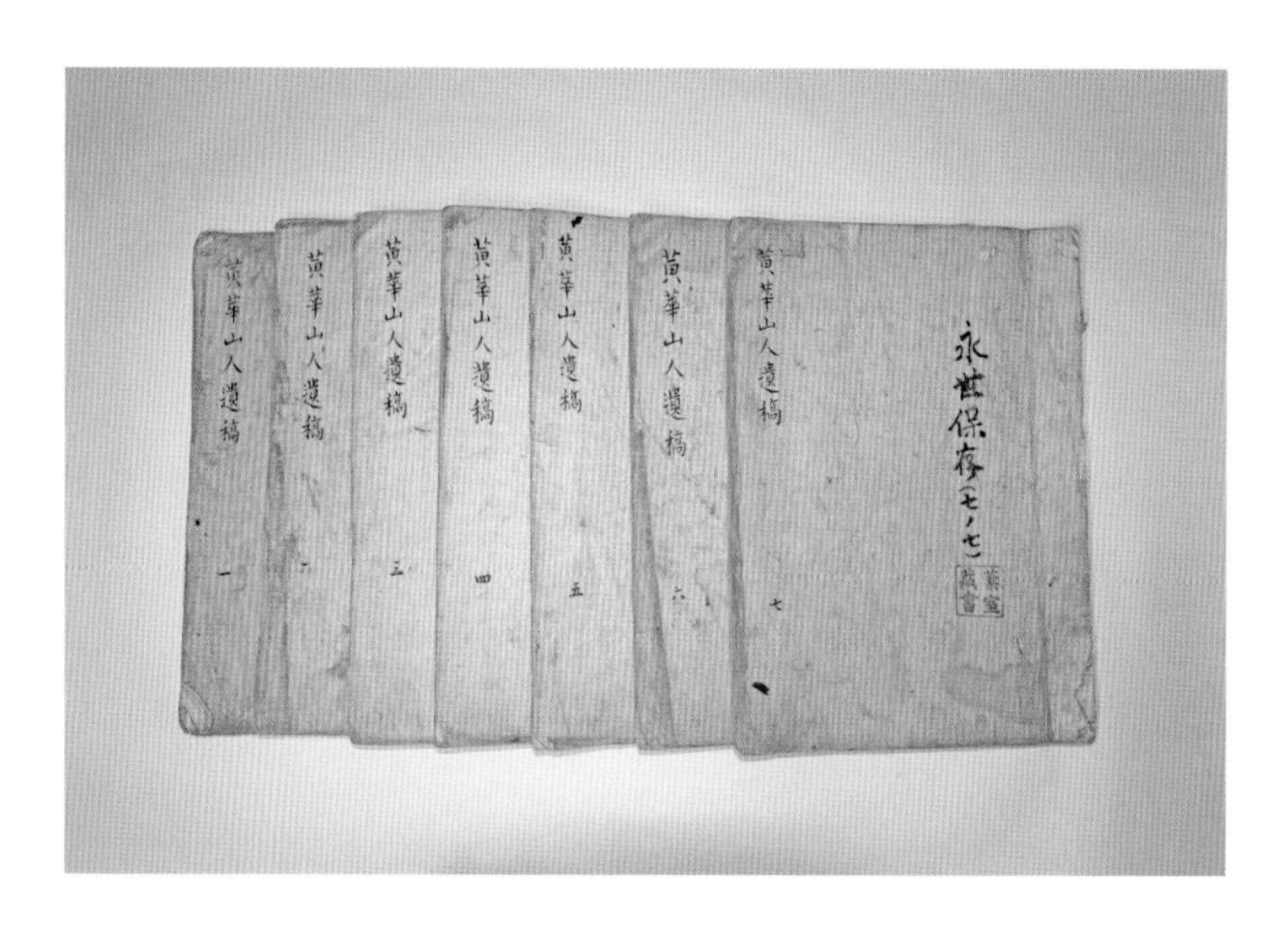
黄華山人遺稿
黄華山人遺稿
黄華山人遺稿
三
黄華山人遺稿
四
黄華山人遺稿
五
黄華山人遺稿
黄華山人遺稿
七
永世保存（七ノ七）

『黄華山人遺稿』（７分冊）

葉室黄華・沢村西陂の連句

松崎慊堂の送別の漢詩（右側部分）

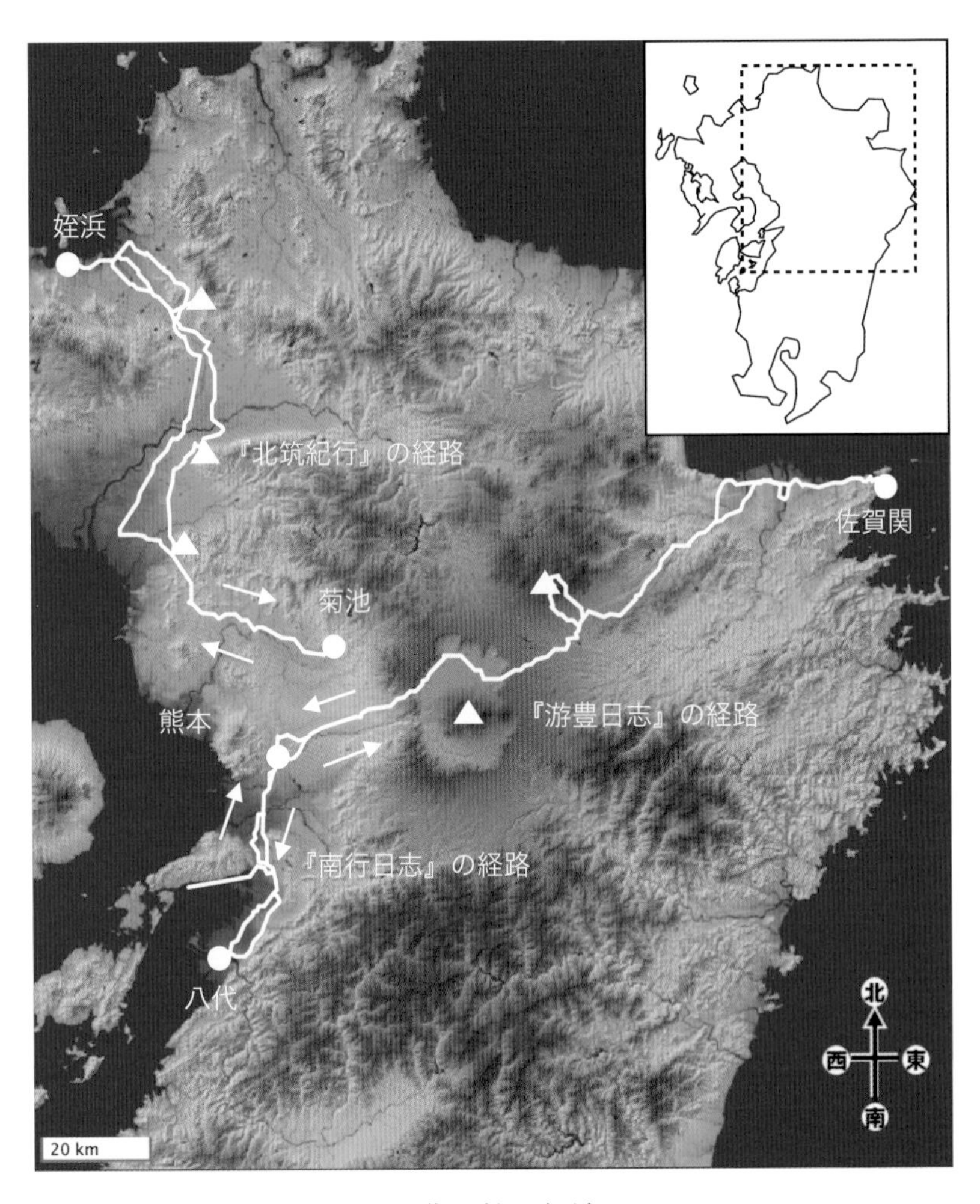

黄華の旅の経路

はじめに

本書は、江戸時代の文化文政期に活躍した熊本藩の若き儒学者葉室黄華（こうか）が九州地方を旅した時の三つの紀行文『北筑紀行』、『南行日志』及び『游豊日志』を紹介するものである。葉室黄華は、熊本藩第十代藩主細川斉護の侍講となった人で、筆者の五代前の先祖に当たる。その経歴については、本書中の「葉室黄華について」に記した。

三つの紀行文は、黄華が一八歳から二三歳までの間に旅した時のもので、彼の若い感性を通して見聞した、旅の経路沿いの風物やそれぞれの土地の学者や教育者との交流の様子が簡潔に記述されており、非常に興味深い。また『游豊日志』には「くじゅう連山」に登った記述も含まれており、二〇〇年前の登山記録となっている。

本書を出版することとなった経緯について述べておきたい。二〇一五年に実家の整理をして残されていた古文書を引き継いだ時に遡る。それらの古文書がどういう内容のものかも十分わからなかったため、調べ始めた。黄華が自害したこと、その後に養子が入ったことなど、これまで筆者の知らなかったことばかりであった。残された文書の中で、枢密院顧問元田永孚（もとだながざね）の明治二二年二月付の「黄華山人遺稿序」に目が止まった（口絵）。同序文は次のようなものである。

黄華山人遺稿序

黄華山人葉室君、我東肥之先儒也。文政年間、近侍藩侯。文名著於一藩。余夙聞其名、未見其文。山人以天保二年三月没。

令嫡慎助君、亦有文名、長於吏才。余嘗相識於文壇。及参藩政、君時為吏。因與相善。君亦早逝矣。遇維新之運、東西契濶、不聞音信。

頃者因其孫侃温子託、得山人遺稿。読之、其詩文学唐宋。而有秋玉山藪孤山之遺音。聞其将上梓、乃付一言返之。山人名世和、通稱直次郎、黄華其號也。嗚呼如山人、亦可謂我肥之巨擘者乎哉。

明治二十二年二月

枢密院顧問元田永孚

黄華山人遺稿序

黄華山人葉室君は、我が東肥の先儒なり。文政年間、藩侯に近侍し、文名一藩(いちじる)に著し。余夙(つと)に其の名を聞けども、未だ其の文を見ず。山人、天保二年三月を以て没す。

令嫡慎助君も亦た文名有り、吏才に長ず。余嘗(かつ)て文壇に相識る。藩政に参(さん)ずるに及び、君、時に吏と為(な)る。因つて与(とも)に相善(よ)くす。君も亦た早逝す。維新の運に遇ひ、東西に契闊し、音信を聞かず。

頃日(ちかごろ)、其の孫侃温子(なおはるし)の託するに因つて、山人遺稿を得。之を読むに、其の詩文、唐宋に学ぶ。而して秋玉山、藪孤山の遺音有り。其の将に上梓せんとするを聞き、乃ち一言を付して之を返す。山人、名は世和、通称直次郎、黄華は其の号なり。嗚呼山人の如きは、亦た我が肥の巨擘(きょはく)の者と謂ふべきかな。

明治二十二年二月

枢密院顧問元田永孚

《注》

●**葉室黄華**：諱は世和。通称直次郎。号を黄華、別号を黄華山樵、黄華山人といった。熊本藩主細川斉護の侍講。天保二年没。●**元田永孚**：熊本藩士。儒学者。明治八年天皇の侍読、明治二一年枢密顧問官、明治二三年「教育勅語」の起草に参加。明治二四年没。●**秋玉山・藪孤山**：それぞれ秋山儀右衛門（玉山）および藪茂次郎（孤山）のこと。いずれも熊本藩藩校教授を務めた儒学者。●**葉室慎助**：黄華の養子。熊本藩士。安岡真左衛門起敏が実父。安政七年御次物書所根取。文久三年奉行所根取、明治元年奉行所佐弐役。同年没。●**葉室侃温**：慎助嫡男。熊本藩士。明治一〇年の西南の役では熊本隊に参加。明治一六年鹿児島始審裁判所書記。明治二八年鹿児島地方裁判所監督書記。大正一三年没。

【口語訳】

黄華山人葉室君は、我が熊本の儒学者である。文政年間に、藩主のお側に仕え、文章家として藩内で有名であった。私は、早くからその名を知っていたが、その文章はまだ見たことがなかった。山人は、天保二年三月に没した。

長男慎助君もまた文章家として有名であり、官吏としての才能に長けていた。私は、かつて文人の交流において見知っていた。藩政に加わり、ある時、君は藩吏となった。それで親密につきあった。君もまた早逝した。維新に巡り合わせ、東西に遠くへだたってその間消息も聞かなかった。

近頃、その孫の侃温君が私に託したので、山人の遺稿を見ることができた。これを読んでみると、その詩と文章は、唐宋の風に学んでいる。また秋山玉山・藪孤山の風情がある。これから出版しようとしていると聞き、言を付してこれを返した。山人の名は世和、通称直次郎、黄華はその号である。ああ、山人のような人はまた我が熊本の偉人と言うべきかな。

明治二十二年二月　　枢密院顧問元田永孚序

元田の序には、黄華の遺稿集が編纂され、その出版が計画されていることが書かれている。筆者が引き継いだ古文書の中には、七分冊になった黄華の遺稿集（口絵）が含まれているが、出版はされていなかった。

なぜ明治になって出版しようとしたのか疑問に思っていたが、明治一七年に木下韡村（きのしたいそん）の遺稿が出版されたことで合点がいった。編者は竹添進一郎（熊本出身。東大教授）である。韡村は、黄華と同じ菊池出身の儒学者で、黄華の没後数年して藩主の伴読となった人である（『游豊日誌』の九月十二日の条の注参照）。黄華の後輩にあたると言えよう。韡村は、本書に含まれている『游豊日志』の旅の際に書生（当時十八歳）として同行している。そのような事情から、筆者の曽祖父侃温（なおはる）が黄華の遺稿集も出版しようとして同郷の先輩である元田永孚に序を依頼したと推測される。

それからおよそ一三〇年経った今、筆者は、遺稿集の編纂を行った曽祖父の意を引き継いで出版することができないかと考えた。黄華の遺稿に関心のある研究者にお願いできないかとも考えたが、結局自分でやることとした。自分でやると言っても、漢文に関する十分な知見があるわけでもなく、また遺稿集には多くの詩文が収められており、それら全てを扱うことは無理と判断し、その中の紀行文のみを扱うこととした。最初に選んだ『游豊日志』は、紀行文とともに、旅の途中で作った漢詩、さらには、黄華が江戸に遊学した際に、知己を得た儒学者の批評も含まれており、読者にとって興味深いものと考え、これを手始めとした。

明治時代であれば、原文（白文）だけでも理解できる人がまだ多数いたであろうが、現代では口語訳がなければほとんどの人には理解されないと考え、原文、書き下し文、注及び口語訳を含めた。記述の中で説明が必要と思われるものについては、種々の資料・史料に基づき簡潔な注を付した。

コロナ騒動が始まった頃に準備作業を始め、およそ一年半の試行錯誤の作業が続いた。一応の作業を終えたものの、漢文に関する十分な知識の裏打ちのないままにまとめたものであるため、専門家の監修を受けることが必須であることは明白であった。当時、友人の勧めで湯島の聖堂で行われている斯文会の漢文の講座に参加しており、同講座の講師である村山吉廣先生（早稲田大学名誉教授）にお願いしたところ、安藤智重氏（安積国造神社宮司、村山先生に師事）とともに何度も原稿に目を通していただくことができた。さらに、他の二つの紀行文についても作業をすることとなり、これらも含めて一年数ヶ月に渡って原稿を見ていただく幸運に恵まれた。当然のことながら、原稿は修正の赤字でいっぱいとなり、己の未熟さを痛感するプロセスであったが、お二人のご協力により、紀行文が正しく口語訳されたことを黄華は喜んでいると思う。また、村山先生の御助言で、各紀行文の後に、旅で黄華等が訪れた場所や寺社等の写真を含めることとした。なお、安藤氏のご先祖の実弟が、江戸時代末に昌平坂学問所の教授となった安積艮斎（あさかごんさい）先生であり、偶然にも艮斎と黄華はともに古賀穀堂等が創設した「海鴎社文会」の同人で交流があり、艮斎の黄華あての手紙も残っている。

また、安藤氏より黄華の紀行文に関する御寄稿を頂いた。

本書の作成にあたり、前述の通り、漢文訓読その他について村山先生及び安藤氏に多大のご指導をいただいたことに深く感謝する。また、内容に付す注に関する調査等のために、熊本県立図書館情報支援課第二班の方々、熊本博物館学芸員の木山貴満氏、八代市立博物館の副館長補佐兼学芸係長の山崎摂氏、阿蘇市教育委員会（当時）の緒方徹氏、同教育委員会宮本利邦氏、内牧の満徳寺住職の岡崎了明氏、佐賀関の徳応寺住職の東光爾英氏、長者原ビジターセンターセンター長の種村英大氏、法華院温泉山荘の弘蔵岳久氏には関連の情報、御助言をいただき感謝に堪えない。

旅の経路を示す図は、経路の周囲の地形が直感的に理解できる国土地理院のデジタル標高地形図及び航空写真をベースとしてその上に経路等を記入して作成した。

出版にあたっては、村山先生には明徳出版社をご紹介頂き、また同出版社の佐久間保行社長及び株式会社明徳の山下正浩氏に大変お世話になり、感謝に堪えない。

令和五年九月一日

葉室和親

凡　例

一．本書は、葉室黄華の遺稿集『黄華山人遺稿』（七分冊）中に含まれる三つの紀行文（漢文）の原文に、書き下し文、注、口語訳を付したものである。また、安藤智重氏による黄華の詩文に関する寄稿文、著者による葉室黄華の経歴に関する文を掲載した。

二．原文には区切りはないが、本書では、日付ごとに番号を付すとともに、段落分けも行った。

三．原文の翻刻においては旧字体の正字を尊重し、書き下し文の漢字は新字体を採用した。

四．紀行文の旅の経路図は、国土地理院の「デジタル標高地形図」及び航空写真に、経路等を記入して作成した。経路図中の地名は、概ね原文の地名表記に従ったが、山地・平野・河川の名称、くじゅう連山中の地名は国土地理院地形図の表記に従った。なお、拡大図中の寺社等の名称は、現在の表記とした。

五．紀行文の旅の経路沿いの風景等の写真を各紀行文の後ろにまとめて掲載し、口語訳の該当箇所に「**（写真①）**」のように写真番号を示した。

『若き儒学者　九州をゆく　—葉室黄華の紀行文—』＊目次

『南行日志』

『游豊日志』

紀行文

北筑紀行

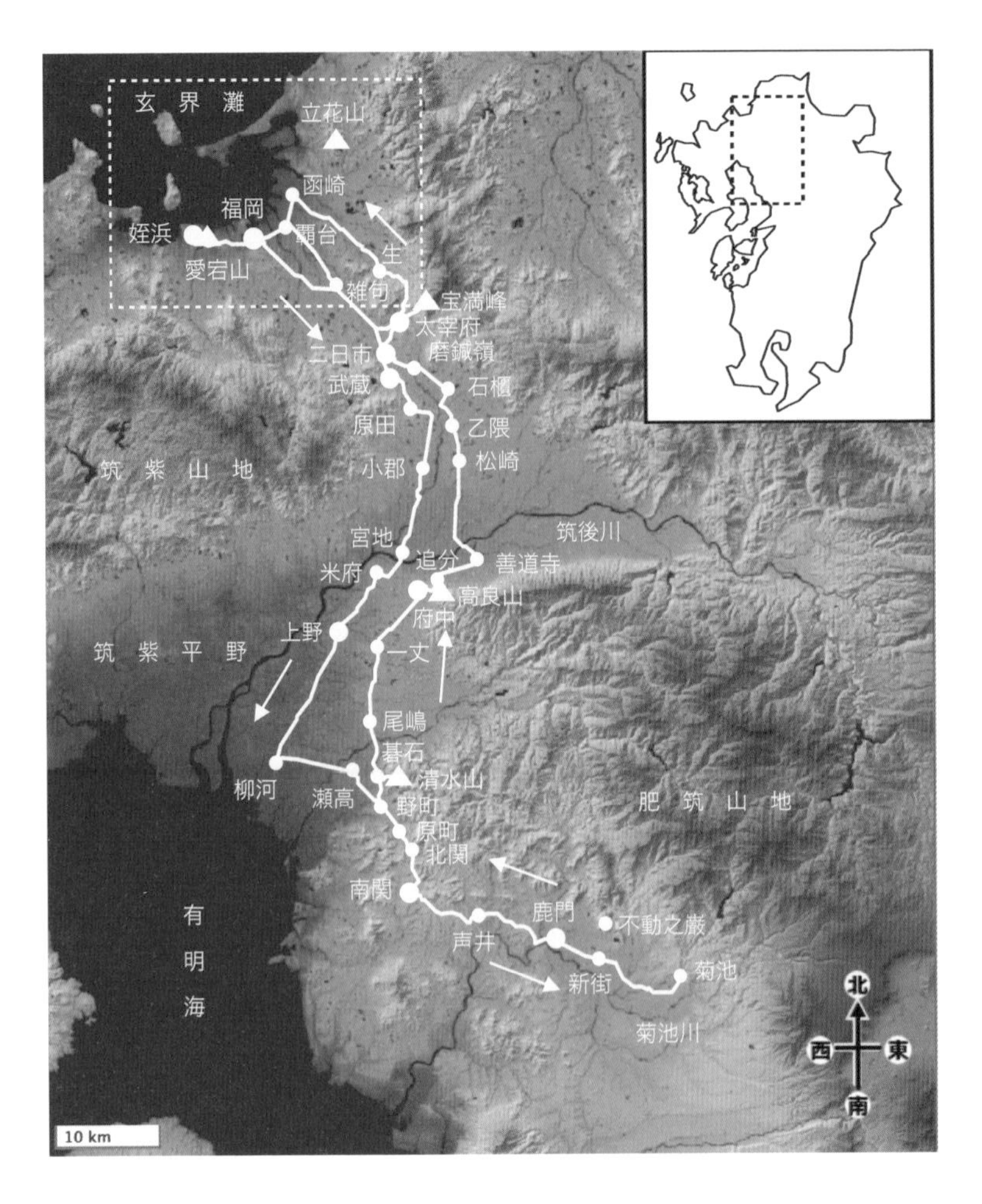

第１図『北筑紀行』の旅の経路

地名は原文の表記による。大きい白丸は宿泊地。破線で囲まれた長方形は福岡地域拡大図の範囲を示す。

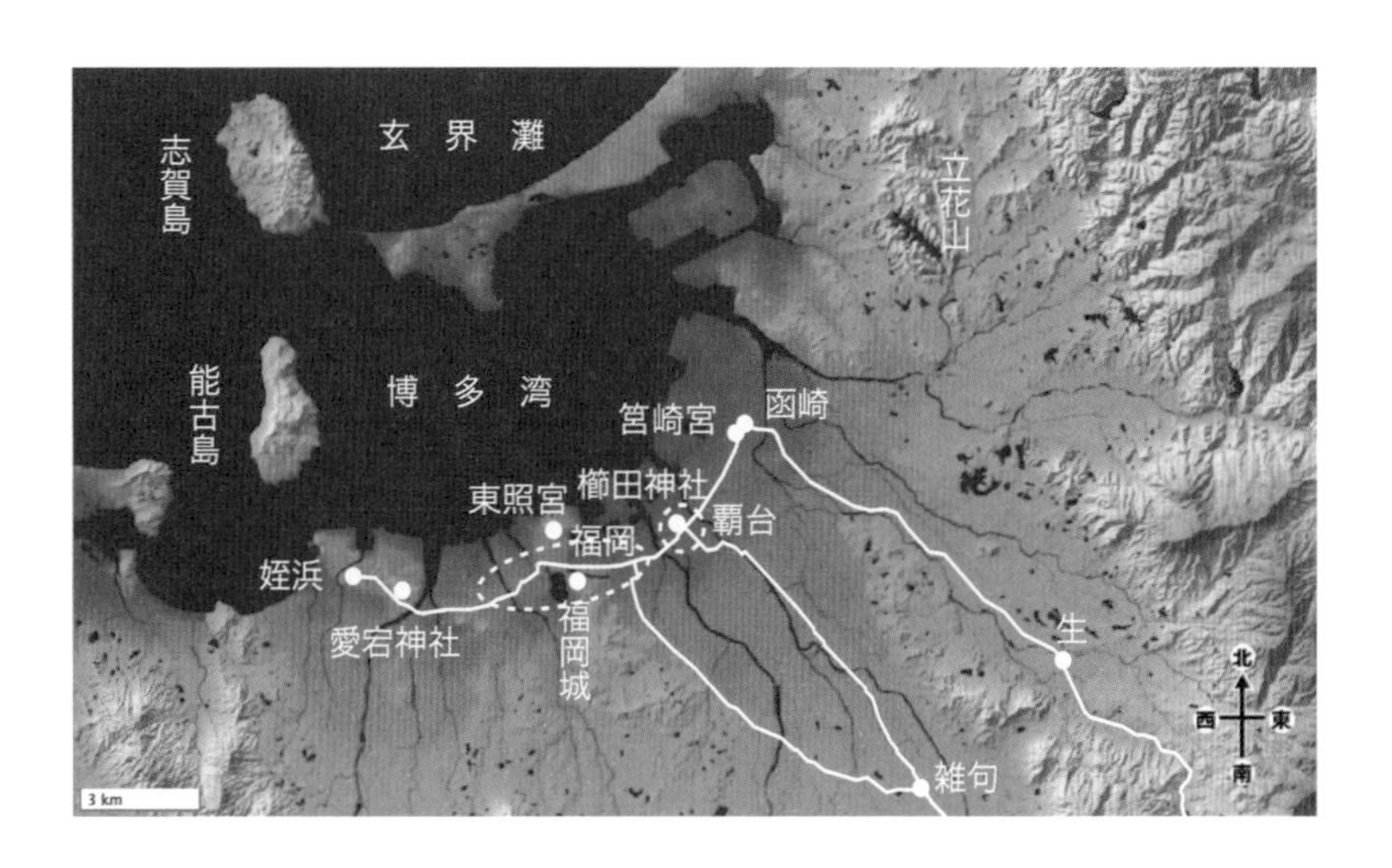

福岡地域拡大図

地名は原文の表記による。神社名は現在の呼称による。福岡城下、覇台（博多）のおおよその範囲を波線で示す。

『北筑紀行』

（一）　四月二十一日

文化戊辰夏四月、余将遊于北筑。時東漢書白虎通、披閲偶畢。

越二十有一日、始発軔。東方明矣、耀霊将躍矣。郷人之送余者、携酒及殽、乃飲餞于峡水之上。雖浹辰之別哉、離情恋々也。余之所携僕夫及郷人某々従焉。親友一二獨遠送余。情志之篤可知也。

已過新街。是日也天光熹微、鳥鳴似語。不動之巌、献奇於道右。石之磊砢而囓天者、為獬豸形矣。

抵鹿門駅。憩于酒罏、飲食果然。踰観花坂、揖小丘而西、則沃田数頃美哉。黄麦矣。

乱鼎水、問涅槃岩、則南大谷中突然者

文化戊辰夏四月、余将に北筑に遊ばんとす。時に東漢の書の『白虎通』披閲し偶畢る。

越えて二十有一日、始めて発軔す。東方明けぬ、耀霊将に躍らんとす。郷人の余を送る者、酒及び殽を携へて、乃ち峡水の上に飲餞す。浹辰の別れなるかなと雖も、離情恋々たり。余の携ふる所の僕夫及び郷人某々焉に従ふ。親友一二独り遠く余を送る。情志の篤きこと知るべきなり。

已に新街を過ぐ。是の日や天光熹微、鳥の鳴くこと語るに似たり。不動の巌は奇を道の右に献ず。石の磊砢して天を噛む者、獬豸の形を為す。

鹿門駅に抵る。酒罏に憩ひ、飲食果然たり。観花坂を踰え、小丘に揖して西すれば、則ち沃田数頃、美なるかな。黄麦なり。

鼎水を乱りて、涅槃岩を問へば、則ち南大谷の中に突然た

也。草木蒙籠、水色深黕、横波之石、利侔乎剣戟。舟上下失勢、則破砕沈淪者、往々而有。土人曰、皓月之夜棹舟而来、鑑乎止水、則巌之如覆敦者、変作黄面老子形。樹皆鶴林、艸皆趺坐。石之奇而秀者、為羅漢為明王為人。若鬼者、歴々可数。故名之云。

西行数里、抵一茶店。店之主人、好奇種、白芷與杉松、作龍虎相牙状。

踰一橋。形如天月、所謂鑑橋也。

得酒壚而入。余進傾数盃。血脈膹興、膽気雄張。奮然曰、酒乎々々、五斗而能解、我醒也哉。

迺行畳嶺、愈出鵬翼四撃。遥見一山若馬鬣者。問之土人、則曰立馬峯。余曰、佳哉。字矣。乃雖人非金主乎、呉山可想矣。

る者なり。草木蒙朧、水色深黒にして、波に横はるの石の利きこと剣戟に侔し。舟、上下して勢ひを失へば、則ち破砕沈淪する者、往々にして有り。土人曰はく、「皓月の夜、舟に棹さして来たりて、止水に鑑みれば、則ち巌の敦を覆す者の如く、変じて黄面老子の形と作る。樹は皆鶴林なり、艸は皆趺坐なり。石の奇にして秀づる者は、羅漢と為り、明王と為り、人と為る。鬼の若き者、歴々として数ふべし。故に之を名づくと云ふ。」と。

西に行くこと数里、一茶店に抵る。店の主人、奇種を好み、白芷と杉松と竜虎相牙む状に作る。

一橋を踰ゆ。形の天月の如きは、所謂鑑橋なり。

酒壚を得て入る。余、進められて数盃を傾く。血脈膹興し、胆気鳩張す。奮然として曰はく、「酒や酒や、五斗にして能く解くれば、我醒むるなるかな」と。

迺ち畳嶺を行けば、愈鵬翼を出だして四もに撃つ。遥かに一山の馬鬣の若き者を見る。之を土人に問へば、則ち「立馬峰」と曰ふ。余曰はく、「佳いかな。字なり。乃ち人は金

過声井駅。汙穢可厭。是時余等及僕夫
皆莫不酔。如泥者、凡叩酒店者十余、傾
杯者数百愈奇。薄莫至南関。余乃訪逆旅
而宿焉。燈下裁二絶、然後就寝。

主にあらずやと雖も、呉山(ござん)想ふべし。」と。
声井駅を過ぐ。汚穢(おわい)厭ふべし。是の時、余等及び僕夫は皆
酔はざるは莫し。泥の如き者、凡そ酒店を叩く者(こと)十余、杯を
傾くる者(こと)百を数へ、愈奇(いよいよき)なり。薄莫(はくばく)、南関(みなみのせき)に至る。余乃ち
逆旅(げきりょ)を訪(たず)ねて宿す。燈下に二絶を裁(さい)し、然る後に就寝す。

《注》

●**文化戊辰**：文化五年。 ●**白虎通**：『白虎通義(びゃっこつうぎ)』。後漢の章帝の時代に儒教経典の解釈について学者を集めて議論させた結果を班固に編纂させた書。 ●**披閲**：書物や文書を開いて読む。 ●**発軔**：出発する。 ●**東方明矣**：『詩経』「国風」「斉風」「鶏鳴」の語。 ●**耀霊**：太陽。 ●**峡水**：谷川。 ●**飲餞**：送別の宴。道祖神を祭り、道中の安全を祈る。 ●**浹辰**：一二日間。 ●**離情**：わかれの思い。 ●**恋々**：心ひかれて離れ難い気持ち。 ●**僕夫**：下僕。 ●**情志**：こころ。 ●**新街**：新町。菊池と山鹿の間にある鹿本町来民(くたみ)のことで、寛永一六年に細川忠利が昔の町の体裁を残していたこと、山鹿と隈府（現菊池市）の間にあることから、町に取り立て「新町」と改めさせた。中村手永の会所が置かれた。（『山鹿市歴史的風致維持向上計画（第2期）』） ●**天光**：日の光。 ●**熹微**：太陽の光が、ほのぼのとさす。 ●**不動の巌**：不動岩。山鹿市東部の三玉地域の山腹（標高三八九メートル）にある高さ約八〇メートル、根回り一〇〇メートルの巨大な岩。平安時代、山伏たちがこの山中で不動明王を本尊として祀って修行したことに由来すると言われる。 ●**磊砢**：石などが重なり合っているさま。 ●**獬豸**：伝説中の神獣。牛羊に似て一角を持つ。人の不正を見抜く。 ●**鹿門駅**：山鹿宿。 ●**果然**：満腹のさま。 ●**観花坂**：山鹿の花見坂。 ●**頃**：一頃は約一・八ヘクタール。 ●**鼎水**：菊池川を指す。 ●**涅槃岩**：山鹿の菊池川左岸にある岩。古くは『肥後国志』に、「涅槃像半身の形にて、夕日月夜、龍宮淵に影移り釈尊涅槃像の半身鮮やかに見ふ故に名く。」と書かれている。また、『山鹿温泉誌』には、

「涅槃岩昔弘法大師の発見せられし処にして水上仏像を現すと云う。蛍の名所なり。山鹿川の下流水勢緩慢なる流域に沿ふて二百五十年間、今は杉森鬱蒼たるも昔屏岸相続き其形態恰も涅槃像に酷似す。夕陽斜なる時明月相照らせば忽ち釈尊涅槃の全身水面に映じて鮮かなりと。此れより名づけて涅槃岩と称す。」と書かれている。国土地理院地図にはその場所が記載されているが、現在樹木に覆われていて対岸から見ることができない。 ●**蒙籠**：草木が乱れ茂るさま。 ●**「横波之石・・・・往々而有」**：韓愈の「区冊を送る序」の中の「横波之石、廉利侔剣戟。舟上下失勢、破砕淪溺者、往々有之」を踏まえる。 ●**利**：するどい。 ●**剣戟**：剣と戟（長い柄の先に戈の刃先を取り付けた兵器）。 ●**沈淪**：水中にしずむ。 ●**皓月**：白く輝く月。 ●**鑑乎止水**：『荘子』「徳充符篇」中、「鑑於止水」を踏まえる。 ●**敦**：太くてずっしりした、キビを盛る祭器。 ●**黄面老子**：釈迦牟尼仏。 ●**鶴林**：沙羅双樹の別称。 ●**趺坐**：仏座。 ●**明王**：知恵の光明をそなえ、忿怒の姿を示し、悪を調伏する諸尊。 ●**歴々**：一つ一つ。 ●**白芷**：「よろい草」の漢名。 ●**天月**：天にかかる月。 ●**鑑橋**：眼鏡橋。 ●**酒壚**：酒店。 ●**胆気**：度胸。 ●**五斗・・・**：五斗、酲を解く。宿酔の心地を五斗の酒で除き去る。 ●**畳嶺**：連なり重なる峰。 ●**馬鬣**：馬のたてがみ。 ●**立馬峰**：肥猪町馬立地区の北西の二城山のことか。 ●**金主・呉山**：金主亮（完顔亮）の詩「呉山」。第四句「立馬呉山第一峰」（馬を立つ呉山の第一峰・まずわが馬を呉山の最高峰に立てるのだ）。 ●**声井駅**：肥猪宿。 ●**汚穢**：不潔。 ●**南関**：筑後と肥後の国境の肥後側にある豊前街道沿いの宿場。後に「なんかん」と称する。 ●**薄莫**：薄暮。 ●**逆旅**：やどや。

【口語訳】

文化五年（一八〇八年）夏四月、私はこれから北筑をまわろうとしていた。その時、東漢の書物『白虎通義』をたまたま読み終わったところであった。

二十一日、はじめて出発した。東が明るくなって、太陽が今にも躍り出ようとしていた。私を送ろうとする里人は、酒と肴を持って、谷川のほとりで送別の宴をした。十二日間の別れであるなあ、心ひかれて別れ難い。私が連れてきた従僕と里人のだれそれがこれにつき従った。一、二の親友だけが遠くまで私を送ってくれた。その厚情が知られよう。

すでに新町を過ぎた。この日は太陽の光がほのぼのとさして、鳥が語り合うように鳴いていた。不動岩（**写真①**）は道の右に奇景を見せていた。岩が重なり合って空を噛むように見え、獬豸（かいたい）（神獣）の形をしている。

山鹿宿に到った。酒店で休息をとり、飲食して満腹になった。花見坂を越えた。小さな丘の近くを西へ行くと、数頃の肥沃な田がなんと美しいことよ。黄麦である。

菊池川を渡り、涅槃岩を聞くと、南の大谷の中のもり上がった岩のことであった。草木が乱れ茂り、川の色が深黒で、波の中に横たわる石は、まるで剣や戟（ほこ）のように鋭い。舟がその川を上り下りするとき、その勢いがないと、うち砕かれて深く沈みこむことがよくある。土地の者は言う、「明るい月の夜、舟に棹さして来て、静止した水面に映せば、岩がまるでずっしりした敦（たい）をひっくり返ったようで、変化して釈迦涅槃像の形となる。樹はみな沙羅双樹であり、草はみな仏座である。石の珍しく秀でたものは、羅漢となり、明王となり、人となる。鬼のようなものも、はっきりといくつか見える。だから、この名がついた。」と。

西に数里行って、茶店に着いた。店の主人は、珍しいものを好み、白芷と杉松とを竜虎がかみ合う形に作っている。

橋を越えた。形が天にかかる月のようなものは、いわゆる眼鏡橋である。

酒店を見つけて入った。私は、進められて数杯飲んだ。血脈が興奮し、気が大きくなった。奮然として、「酒よ、酒よ。五斗の酒で酔いを除き去ることができるのだから、私は酔いから醒めたのだ。」と言った。

そして連なる峰を行くと、峰はおおとりの翼をいっそうせり出して四方にぶつかる。はるかに馬のたてがみのような山を見た。それを土地の者に尋ねると、「立馬峰」と言う。私は、「字が佳いなあ。人は金主亮でなくとも、呉山を思うことだろう。」と言った。

肥猪宿を過ぎた。町はよごれていて厭わしい。この時、私らと従僕とはみな酔わない者がなかった。泥のようにねちねちしたさまになって、およそ十度も酒店に入り、百杯もの酒を飲み、ますます気分がよい。薄暮、南関宿に着いた。私は宿を探して泊まった。灯火の下で、二首の絶句を作り、その後就寝した。

(二) 四月二十二日

二十二日晨起。宿酲未醒、頭上岑々。然強食而発。有関、乃肥筑之交也。関吏要余。余非伯陽氏、則何足需五千言哉。

行二里許、肥筑之山川、犬牙相錯。踰弇中。路裁容人。


二十二日晨起す。宿酲未だ醒めず、頭上岑々たり。然れども強ひて食して発す。関有り、乃ち肥筑の交なり。関吏、余を要す。余は伯陽氏にあらざれば、則ち何ぞ五千言を需むるに足らんや。

行くこと二里許り、肥筑の山川、犬牙相錯じはる。弇中

過北関原野諸駅。行杉夾路、森然挺立。道右見石碑。亭々如偉丈夫。銘曰、清水山路。余進而行狭径。卑湿沮洳塗足。

四里許、抵碁石村。迺清水山下也。山上有寺、曰大悲閣。堂構巨麗、髹漆雕鏤、燦然眩乎目。今茲當於其開佛之辰也。士女之作遊者甚多。岩泉迸于石上、燿燦乎若碎宝珠。墜而為瀑者二三處、練曳素映乎密樹中。莫不奇観矣。

憩于山下酒店。偶會於桑子義者至。余之郷人也。相與引酒。酔後耳熱、言論纚々、若蜚鋸屑。日将亭午、相別而去。

過尾嶋駅。遇一老僧従徒而行。余問有奇跡不。僧迺指道右一松林、曰此為平氏墳。在昔少帝之狩于西焉、平族悉尽厥鹿。孽支子僅保身命而逸者、為追兵所圍、力戦殪于此。土人至於今、見其青燐鬼火、

を踰ゆ。路災(あや)ふきも人を容(い)る。

北関(きたのせき)、原、野の諸駅を過ぐ。行杉路を夾み、森然(しんぜん)として挺立す。道の右に石碑を見る。亭々(ていてい)として偉丈夫の如し。銘に、「清水山路」と曰ふ。余進みて狭径を行く。卑湿沮洳(ひしつそじょ)にして足を塗(けが)す。

四里許り、碁石村に抵る。迺(すなわ)ち清水山(きよみずやま)の下なり。山上に寺有り、大悲閣と曰ふ。堂構巨麗(きょれい)、髹漆雕鏤(きゅうしつちょうろう)、燦然(さんぜん)として目に眩(かがや)く。今茲(こんじ)、其の開仏の辰(しん)に当たるなり。士女の遊を作(な)す者、甚だ多し。岩泉、石上に迸(ほとばし)り、燿燦乎として宝珠を砕くが若(ごと)し。墜ちて瀑と為る者二、三処、密樹の中に練曳(れんぴ)き素映(うつ)る。奇観ならざるは莫し。

山下の酒店に憩ふ。偶(たまたま)、桑子義なる者の至るに会ふ。余の郷人なり。相与(とも)に酒を引く。酔後耳熱く、言論纚々(しし)たること鋸屑(きょせつ)を蜚(と)ばすが若し。日、将に亭午(ていご)ならんとし、相別れて去る。

尾島駅を過ぐ。一老僧の徒(と)を従へて行くに遇ふ。余問ふ、「奇跡有りやいなや」と。僧迺ち道の右の一松林を指さして

髣髴於榛蕀間者云。蓋寃気所結、精魄之
未消者也。
　歴一丈驛、左右松樹大二三圍、矗立成
行。松裂處、往々見遠水之侵樹者。皆大
澤陂也。滀以為水田助云。
　行五六里、日没于蒙谷。遠近蒼茫、指
點山嶽、而不得審其狀。既無爝火之導、
我若迷于襄城之野。行歩艱難、稍達于府
中驛。急叩客舎而宿焉。

曰はく、「此れ平氏の墳と為す。在昔、少帝の西に狩するや、
平族悉く厥の鹿を尽くす。孽支子の僅かに身命を保ちて逸る
者、追兵の囲む所と為り、力戦して此に殪る。土人、今に至
るも、其の青燐鬼火の榛棘の間に髣髴たる者を見ると云ふ。
蓋し寃気の結ぶ所にして、精魄の未だ消えざる者なり。」と。
　一丈駅を歴、左右の松樹、大いさ二、三囲、矗立して行を
成す。松の裂くる処、往々にして遠水の樹を侵す者を見る。
皆大沢の陂なり。溜めて以て水田の助けと為すと云ふ。
　行くこと五、六里、日、蒙谷に没す。遠近蒼茫、山岳を指
点するも、其の状を審らかにするを得ず。既に爝火の導無く、
我、襄城の野に迷ふが若し。行歩艱難し、稍く府中駅に達す。
急ぎ客舎を叩きて宿す。

《注》

●晨起：朝早く起きる。　**●岑々**：頭の痛むさま。　**●関**：関所。通常関所とは言わず「南関御番所」と言った。現在の南関町の中心部近くにその跡がある。　**●伯陽氏**：老子のこと。老子が国境の関所を通ろうとした時に、関所の役人から老子の教えを書いてほしいと要望されて、老子が「老子道徳経」（五千言）を書いて渡して、どこかに去ったという。　**●弇中**：細道。　**●北関**：筑前の北関。　**●原・野**：原町と野町。　**●森然**：樹木がこんもりと茂るさま。　**●挺立**：まっすぐ上にぬき出ている。　**●亭々**：高くそびえるさま。　**●卑湿**：土地が低く、湿気でじめじめしたさま。　**●沮洳**：湿気の多い土地。　**●碁石村**：現在の福岡県みやま

市瀬高町本吉付近か。●清水山（きよみずやま）：福岡県みやま市にある山。標高三三〇メートル。●大悲閣：本吉山清水寺（きよみずでら）の本堂。福岡県みやま市瀬高町の天台宗の寺。伝教大師（最澄）によって開かれた古刹。大同元年（八〇六年）に現在の本堂を建立。大師作の本尊、千手観音が安置されている。●堂構：建物のかまえ。●巨麗：大きくて美しい。●髹漆：漆塗りを主とする漆芸技法。●雕鏤：彫刻。●今茲：今年。●辰：日。●燦然：鮮やかに光り輝くさま。●璀燦：玉が光り輝くさま。●練曳く：ねり絹を引く。●素映る：白い布が映える。●桑子義：桑満負郭（くわみつふかく）。名は伯順、字は子義。菊池出身。父のあとを継いで医を業とし、かたわら儒学を教えた。文政期に抜擢されて熊本藩侍医。黄華とは、渋江松石の塾の同門。松石の門下の逸材として知られる負郭のほか、黄華、町野鳳陽、池辺丹陵、城野静軒などがいたが、その筆頭である。桑満の門からは、木下韡村が出ている。安政四年、九一歳没。●纚々（しし）：連なるさま。次第にあるをいう。●蜚：草を食べるイナゴの類。●鋸屑：おがくず。転じて、ことばや文章がよどみなく出てくること。●亭午：正午。●尾嶋：尾島。●平氏の墳：尾島の「一之塚源平古戦場」（「市の塚」とも書く）を指す。壇ノ浦の戦いで生き残った平家の一団は博多を経て太宰府に逃れ、さらに薩摩街道を南に逃れた。尾島付近で源氏の追手に平家の多く武将が討ち取られ、その地に葬られたと言われている。現在、尾島の旧薩摩街道（豊前街道）沿いの広場に塔が残っており、また「一之塚源平古戦場跡」の碑が建てられている。●少帝：年若い天子。ここでは安徳帝。●孽支子：側妾の子。●追兵：敵を追撃する兵士。●榛棘：荒れ果てて雑草の茂ったさま。●髣髴：ぼんやり見えるさま。●冤気：うらみ。●精魄：たましい。●一丈駅：一条宿。●囲：一囲は、両手を広げてひと囲みする長さ。●矗立：まっすぐ聳え立つ。●大沢：大きな沼地。一条の西方から南にかけて、江戸時代に作られた農業用「ため池」が多数ある。本文に言及のある沼地は、これらを指しているのであろう。●蒙谷：中国古代神話で、太陽が西に没して入ると言われるところ。●蒼茫：ぼんやりとかすんでいるさま。●爝火：松明の火。●襄城の野：『荘子』雑篇の「徐无鬼」に書かれている黄帝一行が襄城の野で迷ったときのこと（「至於襄城之野、七聖皆迷。」）を踏まえている。豊前街道沿いに一条宿から府中宿への途中は、段丘面上への登りとなるが、その付近を指していると考えられる。●**艱難**：苦しみ。●**府中駅**：府中宿。現在の福岡県久留米市御井町。薩摩街道の宿場であると同時に高良大社の門前町でもある。

【口語訳】

二十二日朝早く起きた。二日酔いがまださめず、頭が痛い。しかし、無理に食事をして出発した。関所（**写真②**）がある。ここは肥後と筑後とが交わる所である。関所の役人が私をとり調べた。私は老子ではないので、「五千言」を求められるほどの者ではない。

二里ばかり行った。肥後と筑後の山川は犬の牙のように交錯している。細道を通った。道は危険だが、通られる。

北関（きたのせき）、原町、野町の各宿場を過ぎた。杉並木が道を挟み、こんもりと茂ってまっすぐ上に抜き出ている。道の右に石碑を見た。偉丈夫のように高く聳えている。銘に「清水山路」と言う。私は進んで、狭い道を行った。じめじめした低湿地で、足がどろどろに汚れた。

四里ばかりで碁石村に着いた。とうとう清水山のふもとに来た。山上に寺があって、大悲閣（**写真③**）と言う。建物の構えは壮麗で、漆塗りの彫刻が眼前に鮮やかに光り輝いていた。今年はその開仏の時に当たる。参詣する男女が非常に多い。岩清水は、石の上から飛び散り、宝珠を砕いたように光り輝いている。落ちて瀑布となるものが二、三ケ所あり、密に茂った木々の中にねり絹を引き白布が映える。すばらしい眺めばかりだ。

山のふもとの酒店で休んだ。たまたま桑満負郭という者が入ってきたのに会った。私の郷里の人である。ともに酒を飲んだ。酔って耳が熱くなり、おがくずを飛ばすように淀みなく議論した。日はまさに正午となり、別れて去った。

尾島宿を過ぎた。弟子を従えた一人の老僧に出会った。私は、「不思議な現象はありますか」と質問した。僧は、そこで、道の右の一つの松林を指し示して言った。

「これは平氏の墳墓（**写真④⑤**）です。昔、少帝（安徳天皇）が西に巡狩（視察）したとき、平氏は鹿（政権）を失いました。わずかに命を保って逃げた側妾の子も追手に囲まれて力戦してここに討死にしました。土地の者は、今でもその青燐鬼火が、草むらにぼんやりと灯るのを見ると言います。思うに、うらみの気が結んだもので、魂がいまだに消えないのでしょう。」

一条宿に行くと、左右の松の木は、二、三囲の大きさで、まっすぐ聳え立ち、列をなしている。松の切れ間に、しばしば遠くの水が木を浸しているのを見た。皆大きな沼（**写真⑥**）の堤である。溜めて、水田の助けにすると言う。
五、六里行き、日は「蒙谷」に沈んだ。遠近がぼんやりとして、山岳を指し示すが、その姿は詳しくは分からない。すでに松明の導きがなく、私は、昔、中国の黄帝（こうてい）一行が襄城の野で迷ったように進退に窮した。歩くのに苦労して、ようやく府中宿に着いた。急いで宿屋を叩いて泊まった。

（三） 四月二十三日

二十三日、登高良山。門前石華表扁曰

二十三日、高良山（こうらさん）に登る。門前の石華表（せきかひょう）に扁して、「玉垂（たまたれ）

玉垂祠。上三里許、右置浮圖曰新清水寺。石磴百級、跰蹮而進。西望鴻濛一色、環雲如屯絮。豈大海之気乎。頫視則小池澹如、群石之似於山者、凸峙乎其中矣。垂楊列生両崖若幟。

右紆而下、取道於左。是日軽陰未散、白雲蓬勃乎、起草莽之気、溢乎山中、遠近黯黮如。

上十余里、乃見層樓。睥睨者是為寺主之居焉。盤桓而上漸達于頂。迺玉垂祠也。祠祭武内宿禰云。堂宇輪奐美甚。嗚呼武内王藩屏、皇室衰闕是補、西慴伏三韓之戎。威武所加、何滅於阿衡尚父乎哉。奕々神鏡、使千載之懍々乎生気焉。苟非盛徳、誰能若是。

三拝而下右行。雨足躑躅。厥株駒横于路。唯蹶是愳。

祠（し）」と曰ふ。上ること三里許り、右に浮図（ふと）を置き、「新清水寺」と曰ふ。石磴百級（せきとうひゃくきゅう）、跰蹮（へんせん）して進む。西のかた望めば、鴻濛（こうもう）一色、環雲は屯絮（とんじょ）の如し。豈に大海の気なるか。頫視（ふし）すれば、則ち小池澹如（たんじょ）として、群石の山に似る者、其の中より凸峙（とつじ）す。垂楊（すいよう）の両崖に列生すること幟（のぼり）の若し。

右に紆（ま）がりて下り、道を左に取る。是の日軽陰（けいいん）未だ散らず、白雲蓬勃乎（ほうぼつこ）として草莽（そうもう）の気を起（お）こし、山中に溢（あふ）れて遠近は黯黮如（あんたんじょ）たり。

上ること十余里、乃ち層楼を見る。睥睨（へいげい）する者は是れ寺主（じしゅ）の居と為す。盤桓（ばんかん）して上り、漸く頂に達す。迺（すなわ）ち玉垂祠なり。祠は武内宿禰（たけのうちのすくね）を祭ると云ふ。堂宇輪奐（りんかん）、美なること甚だし。嗚呼、武内王は藩屏（はんぺい）にして、皇室の衰闕（こんけつ）を是れ補ひ、西すれば、三韓の戎（じゅう）を慴伏（しょうふく）せしむ。威武の加ふる所、何ぞ阿衡尚父（あこうしょうほ）より減（げん）ぜんや。奕々（えきえき）たる神鏡（しんきょう）、千載（せんざい）之をして懍々乎（りんりんこ）として気を生ぜしむ。苟（いや）しくも盛徳に非ずんば、誰（たれ）か能（よ）く是（か）くの若（ごと）からんや。

三たび拝して下り右に行く。雨足躑躅（うそくてきちょく）す。厥（そ）の株駒（しゅく）路に横

五里許、至追分駅。行路徐々坦於砥矣。連山蜿蟺乎四方、蒼翠之色欲滴。最遠如張黒雲。土人云、是為宝満峯。北筑之地鎮也。余問之呀然。

詣善道寺。屋瓦鱗次、三宇鼎立。福田也哉。凡自中古以来、圓顱氏之以其道、驕于萬乗也。錦襴之飾、伽藍之壮、抱圖牒以系之世。乃雖遊于方外乎、何減於王公世封之家哉。

出寺而行、傍廻渓而北。水色如泥。尋丈之溝、蓋非尺鯉所游也。

疾行而過六七里、一帯水気蒼茫。射林樹者、為筑河。蓋西国第一巨河也。発源于我肥小国縣、盤廻豊筑之間至、於此始大矣。

舟而渉焉。北行七八里、路皆乾泥。黄麥覆壠、肥梟之気襲人鼻。既無酒店茶屋、

たはる。唯だ蹶くことを是れ懼るるのみ。

五里許り、追分駅に至る。行路徐々として砥よりも坦らかなり。連山四方に蜿蟺として、蒼翠の色滴らんと欲す。最も遠きは黒雲を張るが如し。土人云ふ、「是れ宝満峰と為す。北筑の地鎮なり」と。余、之を問ひて呀然たり。

善道寺に詣づ。屋瓦鱗次し、三宇鼎立す。福田なるかな。凡そ中古より以来、円顱氏の其の道を以てするや、万乗よりも驕るなり。錦襴の飾、伽藍の壮、図牒を抱きて以て世に系ぐ。乃ち方外に遊ぶと雖も、何ぞ王公世封の家に減ぜんや。

寺を出でて行き、廻渓に傍ひて北す。水色泥の如し。尋丈の溝、蓋し尺鯉の游ぶ所にあらざるなり。

疾行して過ぐること六七里、一帯の水気蒼茫たり。林樹を射る者を筑河と為す。蓋し西国第一の巨河なり。源を我肥の小国県に発し、豊筑の間に盤廻して至り、此に於いて始めて大いなり。

舟して渉る。北行すること七八里、路は皆乾泥なり。黄麦壟を覆ひ、肥梟の気、人の鼻を襲ふ。既に酒店茶屋無く、一

莫由乎一滴潤口吻焉。

午時抵松崎駅。稍入酒罏而息。飲食汲々猶藴蟲之得雨也。二里許見石碑双立。是為二筑之交。遇一道者。形容凝黒。乃述浮屠報應之説、過去現在種々説法。余悪其鄙俗、掻首者数矣。

小還抵石櫃駅。再叩酒壚而入。引満者数、隗然而酔、顧謂僕夫曰、此行也為酒而来耶。祖神之導我以杜康耶。皆笑而行。喬松夾岸、礧石砭足。

宝満之峯巍然于西、雲行雨施若有鬼神者。是時日且息駕于虞泉矣。大于紫金鉦。冉々垂墜、僅余一線。

踰磨鍼嶺。薄暮宿于二日市駅矣。


滴の口吻を潤すに由るもの莫し。

午時、松崎駅に抵る。稍く酒罏に入りて息む。飲食の汲々たること猶ほ藴虫の雨を得たるがごときなり。二里許り、石碑の双立するを見る。是れ二筑の交と為す。一道者に遇ふ。形容黒を凝らす。乃ち浮屠の報応の説、過去現在種々の説法を述ぶ。余、其の鄙俗を悪み、掻首する者数なり。

小く還りて石櫃駅に抵る。再び酒壚を叩きて入る。引満する者数、隗然として酔ひ、顧みて僕夫に謂ひて曰はく、「此の行や酒の為に而して来たるか。祖神の我を導くに杜康を以てするか。」と。皆笑ひて行く。喬松岸を夾み、礧石足を砭す。

宝満の峰、西に巍然として、雲行き雨施すこと鬼神有るが若き者なり。是の時、日且に虞泉に息駕せんとす。紫金の鉦よりも大いなり。冉々垂れて墜ち、僅かに一線を余す。

磨鍼嶺を踰ゆ。薄暮、二日市駅に宿す。

《注》 **●高良山**：福岡県久留米市の山（三一二・三メートル）。山頂に高良山奥院、中腹に高良大社がある。 **●石華表**：石の鳥居。 **●玉垂祠**：高良山にある高良大社の古称。高良大社は、古くは「高良玉垂命神社」と呼ばれた。石の鳥居には、「玉垂宮」の額がかかっている。今から一六〇〇年前、仲哀天皇の御代、異国の兵が筑紫に攻め込んだ時に、神功皇后がこれを追い返し、筑前国四王子嶺に登って神仏に助けを祈った時に、高良玉(こうらたま)垂命(たれのみこと)という神が住吉の神と共に初めて出現したと伝わっている。●浮図：寺又は仏。●新清水寺：新清水観音堂のこと。高良山の清水山頂（御手洗池西岸）にあったが、明治の神仏分離により廃された。●石磴百級：百の石段。●蹣跚：よろよろと歩く。●鴻濛：天地の元気。●環雲：還る雲。●屯聚：集まったわた。●小池：御手洗池。●澹如：静かで安らかなさま。●垂楊：しだれやなぎ。●幟：のぼり。●軽陰：薄曇り。●蓬勃：風・雲・香気などが盛んにわきあがるさま。●草莽：草むら。●黯黮：薄暗いさま。●層楼：高くそびえた楼閣。●睥睨：うかがい見る。●寺主：仏教の僧侶の役職。寺院内の事務を管轄する。●盤桓：進みがたいさま。●武内宿禰：記紀所伝の人物。大和朝廷の初期、景行・成務・仲哀・応神・仁徳の五朝に二百数十年仕えたという。蘇我・葛城・巨勢(せこ)・平群(へぐり)氏などの祖とされる。高良玉垂命が誰であるかについては諸説あるが、江戸時代には武内宿禰とする説が主流であった。●堂宇：壮大な建物。●輪奐：建物の大きく美しいさま。●藩屏：国家・天子の守りとなる諸侯。●衮闕：天子の過失。●三韓：古代朝鮮半島南部に分立した馬韓、辰韓、弁韓の総称。●戎：軍隊。●慴伏：恐れて屈服する。●阿衡尚父：呂尚（太公望）のこと。阿衡は、摂政・関白の異称。●奕々：光り輝くさま。●神鏡：神聖な鏡。●千載：千年。●生気：活力。●懍々：心身を引き締めるほどの威厳があるさま。●盛徳：立派な徳。●躑躅：行って進まないさま。●株駒：切り株。●追分駅：追分宿。●徐々：ゆるゆると。●蜿蟺：うねうねと曲がりくねっているさま。●蒼翠：あおみどり。●宝満峰：宝満山（標高八二九メートル）。頂上には、竈門神社の上宮がある。●肥筑：筑後国と肥後国。●呀然：口を大きく開けるさま。●善道寺：福岡県久留米市の浄土宗大本山善導寺。法然上人の第一の弟子であった聖光上人により開山された。●鱗次：うろこのようにびっしりと連なる。●三宇：建物三棟。●鼎立：拮抗して立っている。●福田：福徳をもたらす下地。●円顱氏：僧侶。●万乗：一万台の兵車を出せる力を持った大国。●錦襴：錦のつづれ織り。●図牒：系図。●方外：俗世間の外。●王公世封：王侯貴族。●廻渓：めぐり曲がる谷。●尋丈：尋は八尺、丈は一丈。●尺鯉：大鯉。●蒼茫：青々として広がっているさま。●筑河：筑後川。●盤回：ぐるぐる回る。●豊筑：豊前と筑前。●肥臭：肥やしの臭い。●午時：正午ころ。●松崎駅：松崎宿。●汲々：憂えて落ち着かないさま。●蘊：蘊藻。水草。●二筑：筑後と筑前。●石碑の双立：乙隈境石と馬市境石。豊前街道沿いの筑前と筑後の国境に並んで建てられている二つの大きな石碑。●道者：僧侶。●報応：因果応報。●鄙俗：いやしく俗っぽい。●掻首：頭をかく。●石櫃駅：石櫃宿。●引満：なみなみと酒を盛る。●隗然：ひどく酔うさま。●祖神：道祖神。●杜康：伝説上の酒造法発明者。転じて「酒」の異名。●喬松：背の高い松の木。●夾岸：両岸。●礧石：多くの石。●巍然：高く雄大なさま。●虞泉：虞淵。神話で、太陽が没するところとされている場所。●息駕：車をとどめる。●紫金の鉦：赤銅色の鐘。●冉々：しだいに進行するさま。●磨鍼嶺：針摺峠。旧日田街道が通っていた筑紫野市針摺(はりすり)東の筑紫野中学校敷地南端付近にあった(『ちくしの散歩（日田街道）』)。太宰府に流された菅原道真は、自分が無実であることを訴えて天判山（天拝山）に登り祈った。その帰りに通りかかった場所で、一人の老人が斧を石に擦り付けているのに出会した。不思議に思った道真は、何をしているのかと訊ねた。老人は斧をすり減らして針を作ろうとしていることを答えた。道真は、これを聞いて何事も精魂込めて務めることが必要であることを悟り、天判山の頂上で祈ったという。この石を「針摺石」といい、地名を「針摺」と呼ぶようになったという。(『太宰府市史民俗資料編』) ●二日市駅：二日市宿。

【口語訳】

二十三日、高良山に登った。門前の石の鳥居の扁額に、「玉垂祠」(玉垂宮) とある。三里ほど登った。右に観音堂を配して、「新清水寺」と言う。百の石段 (**写真⑦**) をよろよろと進んだ。西の方を望むと、天地の気が一色となっていて、還る雲は集まった綿のようである。ことによると大海の気なのだろうか。見下ろせば、小さな池 (御手洗池) は静かな様子で、山に似た群石がその中から突き出てまっすぐに立っている。しだれ柳が両側の崖に並んで生えるさまは、幟のようである。

右に曲がって下り、左に行った。この日は薄曇りでまだ散らず、白雲が盛んに湧き上がって草むらの気を起こし、山中に溢れて、あちこち薄暗い。

十余里上って、ようやく層楼が見えた。うかがい見たものは、寺主の住居であった。難儀して上り、次第に頂上に達した。高良大社（玉垂祠）（**写真⑧**）である。祠は武内宿禰を祭るという。殿堂は非常に美しい。ああ、武内王は国家の守りで、皇室の不十分な所を補い、西に行けば、三韓の軍隊を屈服させた。その武勇の及ぼしたものは、どうして阿衡尚父よりも劣ろうか。光り輝く神鏡（御神体）は、千年も心身を引き締めるほどの威厳を保ち、霊気が生じている。もしも盛徳の人でなかったならば、このようにはなるまい。

三度拝して下り、右に行った。雨が降り移っていかない。切り株が道に横たわっていた。ただ躓くことだけを恐れた。

五里ほどで追分宿に着いた。道はゆるゆるとして砥石よりも平らである。連なる山々は四方にうねうねと曲がりくねり、青緑の色が今にも滴りそうだ。最も遠い山は黒雲を張っているように見える。土地の者は、「これが宝満山で、北筑の地の鎮です。」と言った。私はこれを聞いて、大きく口をあけた。

善導寺（**写真⑨**）に詣でた。屋根瓦はうろこのようにびっしりと連なり、三つの建物は拮抗して立っている。福徳をもたらすものであるなあ。そもそも中古以来、僧侶が仏道を行うさまは、天子よりも驕っている。錦襴で飾り、伽藍は壮大で、所有地の地図と系図を大切にして代々受け継いでいる。まことに俗世間の外に遊ぶと言っても、どうして王侯貴族の家に劣ろうか。

寺を出て歩き、めぐり曲がる谷川に沿って北へ行った。川の色は泥のようである。八から十尺ぐらいの溝なので、およそ一尺の鯉の遊ぶところではない。

　急いで進み、六、七里を過ぎた。一帯の水気は、青々として広がっている。林を射るように流れているのが、筑後川である。およそ西国第一の大河である。我が肥後国の小国県に源を発し、豊筑の間を回って、ここに来てはじめて大きな川となる。

　舟で川を渡る。北へ七、八里行く。道はみな乾いた泥である。黄麦が畦を覆い、肥料の臭気が人の鼻をついた。すでに酒店や茶店がなく、口元を潤すための一滴の水もない。

　午の刻、松崎宿に着いた。やっと酒店に入って休んだ。せかせかと飲み食いするさまは、水草にすむ虫が雨を得たのと同じである。二里ほどで、石碑（**写真⑩**）が二つ立つのを見た。ここは、筑後と筑前の交わる所である。一僧侶にたまたま会った。容姿は黒ずくめである。仏教の因果応報の説、前世現世、種々の説法を述べた。私は、その低俗さがいやで、何度も頭を掻いた。

　すこしまわって、石櫃宿に着いた。再び酒店の戸を叩いて入った。何度もなみなみと酒を盛り、ひどく酔い、ふりかかって従者に言った。「この旅は、酒のために来たのか。道祖神が杜康（酒）によって私を導いたのか。」と言った。皆笑いながら行った。背の高い松が岸を挟み、川底のたくさんの石が足を石針のように刺す。

　宝満山は西に高くそびえ、雲が行き、雨をもたらすさまは、まるで鬼神がいるようである。この時、夕日は今にも虞泉に車をとどめよう（沈もう）としていた。赤銅の鐘よりも大きい。次第に垂れて落ち、わずかに一線を残した。

　針摺峠（**写真⑪⑫**）を越えた。薄暮、二日市宿に泊まった。

(四) 四月二十四日

二十四日、東方未明、乃命僕夫蓐食而発。道左古祠、老松数十株、大可合抱。所謂高砂祠也。宝満轉于東方、翠屏環峙、山色與朝旭相媚掩暎霏。

　亹行二三里許、抵太宰府。乃往昔之雄鎮。今則弾丸之地哉。星轉物換自古而然。

　有銅華表者。数歩入傍、旁地為池、小橋絶于其上。池中游魚、鶩揚発躍。

　置一門焉。壮大殊甚。竹林岑寂、鐘声磬音、時々凄人耳矣。祠也則高華美麗、彤棟朱楹、詭文回波、五彩瞶目。

　傍栽一株梅。所謂飛梅者也。事則詳於青史矣。吁嗟菅相公、以文武之才、黼黻王猷、潤色鴻業。洋々乎美也哉。

　而浸潤之譖、蝎蠹其間、遂使公有海西

二十四日、東方未だ明けず、乃ち僕夫に命じて蓐食（じょくしょく）して発つ。道左の古祠、老松数十株、大いさ合抱（ごうほう）すべし。所謂（いわゆる）高砂祠なり。宝満、東方に転じ、翠屏（すいへい）環峙し、山色と朝旭と相媚（び）掩（えん）して霏に映ず。

　亹行（びこう）すること二、三里許り、太宰府に抵る。乃ち往昔（おうせき）の雄鎮なり。今は則ち弾丸の地なるかな。星転じ物換（か）はるは古（いにしえ）よりして然り。

　銅の華表なる者（もの）有り。数歩傍らに入れば、旁地を池と為し、小橋其の上に絶（わた）る。池中の遊魚、鶩揚（ぶよう）発躍す。

　一門を置く。壮大殊（こと）に甚し。竹林は岑寂（しんじゃく）として、鐘声磬（けい）音、時々人耳（じじじんじ）に凄（せい）たり。祠や則ち高華美麗、彤棟朱楹（とうとうしゅえい）、詭文回波、五彩目に瞶（かがや）く。

　傍らに一株の梅を栽（う）う。所謂飛梅（とびうめ）なる者なり。事は則ち青（せい）史（し）に詳らかなり。吁嗟（ああ）、菅相公（かんしょうこう）、文武の才を以て王猷（おうゆう）を黼（ふ）黻（ふつ）し、鴻業（こうぎょう）を潤色（じゅんしょく）す。洋々乎として、美（び）なるかな。

之行者、不亦悲乎。雖然威烈不虧、升為明神、千載之下、尸而祝之者、豈非其明徳之光輝乎哉。

日午入茶店而息。北行道阻且難。宝満峩然于右。四方之山累々相持、朝宗于其半腰。愈行愈峻。層山之際、遥見黒焔漲于天者。問諸土人、則謂燃石灰矣。蓋礐之類也。此地甚陿隘目境、皆山與雲相浮沉。前則深渓幽峭、水鳴有声。

五六里、抵生村。地稍坦迤、山亦不甚高。有叢祠。傳言□神后皇誕□應神帝于此。其所浴之及胎穢所埋悉存矣。

出村而行。水田漠々道路甚徐。西北有一山、形如舞袖。是謂立華峯。他亦亾奇者。

七八里、抵函崎。地濱於海、松林数行、若曳歩障。松根屈蟠、白沙轢之、鑿々可

而れども浸潤の譖り、其の間に蝎のごとく蠹し、遂に公をして海西の行有らしむるは、亦た悲しからずや。然りと雖も威烈虧けず、升りて明神と為り、千載の下、尸にして之を祝ふは、豈に其の明徳の光輝にあらずや。

日午、茶店に入りて息む。北に行けば、道阻しく且つ難し。宝満、右に峨然たり。四方の山、累々として相い持し、其の半腰に朝宗す。愈行けば愈峻し。層山の際、遥かに黒焔の天に漲る者を見る。諸を土人に問へば、則ち石灰を燃やすと謂ふ。蓋し礐の類なり。此の地、甚だ陿隘にして、境を目すれば、皆山と雲と相浮沈す。前めば則ち深渓幽峭、水鳴りて声有り。

五、六里、生村に抵る。地稍坦迤にして、山も亦た甚だしくは高からず。叢祠有り。伝へ言ふ、「神后皇、応神帝を此に誕む。其の之を浴する所及び胎穢の埋む所、悉く存す。」と。

村を出でて行く。水田は漠々として道路は甚だ徐やかなり。西北に一山有り、形は舞袖の如し。是れを「立華峰」と

愛。有應神廟、堂宇壯大。榜曰敵国降伏。不知何人所書。字体甚正、筆鋒若剣。

　西望則大洋萬里、遥碧彎々然、滔天之濤轟、殷于地軸。列檣鳥過乎其中。大風則帆倒、小風則帆邪。殆若與風濤角力者。遠近嶋嶼、若蝸牛若青螺、明滅不定。是長卿投筆、枚叔有何七焉。余藉草而息者久之。

　南行二里、達于覇臺。街々甚喧豗、貨琁如山。士人絡驛、袂之成幕、袵之成帷。

　過覇臺、踰大橋、入福岡。迺北筑之国都。屋宇之麗、亦不減乎覇臺。酒屋茶肆、往々棊置、妖冶之郎、桀驁之夫、處々成群。

　南行五六里、出福岡渡小水。乃海潮之所通。漁父釣客投竿舉波臣。其楽可知矣。長橋架于其上。山若蟻壌、松若薺萍。景

謂ふ。他に亦た奇なる者亡し。
七、八里、函崎に抵る。地は海に浜り、松林数行、歩障を曳くが若し。松根屈蟠し、白沙之を櫟り、鑿々として愛すべし。応神廟有り、堂宇壮大、榜に「敵国降伏」と曰ふ。何人の書く所なるやを知らず。字体は甚だ正しく、筆鋒は剣の若し。
　西のかた望めば、則ち大洋万里、遥碧彎々然として、天に滔こるの濤轟き、地軸に殷んなり。檣を列ね鳥其の中に過ぐ。大風には則ち帆倒れ、小風には則ち帆邪となり、殆ど風濤と力を角ぶる者の若し。遠近の島嶼、蝸牛の若く青螺の若く、明滅して定まらず。是れ長卿の筆を投じ、枚叔に何ぞ七有らん。余、草を藉きて息む者之を久しくす。

　南に行くこと二里、覇台に達す。街々甚だ喧豗にして貨琁は山の如し。士人絡駅し、袂の幕と成り、袵の帷と成る。

　覇台を過ぎ、大橋を踰えて、福岡に入る。迺ち北筑の国都なり。屋宇の麗しき、亦た覇台に減ぜず。酒屋茶肆、往々棋置す。妖冶の郎、桀驁の夫、処々に群を成す。

引其指、指随目移、應接之不暇、不知天
日之歿于西也。
　行三四里、抵姪濱宿。主人故遊于余郷
者。饗労如礼酒肴雑至、酩酊就寝。

　南に行くこと五、六里、福岡を出でて小水を渡る。乃ち海潮の通ずる所なり。漁父釣客、竿を投じて波臣を挙ぐ。其の楽知るべきなり。長橋其の上に架かる。山は蟻壌の若く、松は薺萍の若し。景は其の指を引き、指は目に随ひて移り、応接の暇あらざれば、天日の西に没するを知らざるなり。
　行くこと三、四里、姪浜宿に抵る。主人、故、余郷に遊ぶ者なり。饗労礼の如くし、酒肴雑はり至り、酩酊して就寝す。

《注》
●**蓐食**：早朝に寝床で食事をする。朝食の時間が大変早いこと。●**合抱**：ひとかかえにする。●**高砂祠**：二日市八幡宮か。●**宝満**：宝満山。●**翠屏**：青々とした連山のさま。●**環峙**：めぐって聳え立つ。●**朝旭**：朝日。●**霏**：もや。●**亹行**：休まずに進む。●**弾丸の地**：きわめて狭い土地。●**華表**：鳥居。●**数歩**：二あし三あし。●**旁地**：そばの土地。●**池**：心字池。●**驚揚**：はねあがる。●**一門**：楼門。●**岑寂**：ひっそりしている。●**磬**：寺院で僧侶たちを招集するために叩く鉢型の銅製の器具。●**彤棟**：朱の棟木。●**朱楹**：朱の柱。●**詭文**：不思議な模様。●**回波**：めぐり流れて立つ波。●**五彩**：五色。青・赤・黄・白・黒。●**飛梅**：太宰府天満宮の神木として知られる梅の木。●**菅相公**：菅原道真。●**青史**：歴史書。●**王猷**：王者の治道。●**黼黻**：天子を助ける。●**鴻業**：天下を治める帝王の大事業。●**潤色**：文章などを飾って美しく仕上げる。●**浸潤の譖り**：水が次第にしみこむように徐々に深く信じられるようになる讒言。●**威烈**：すばらしく威厳があるさま。大きな手柄。●**尸**：祭りで神霊の依る所。●**明徳**：人間の生まれつきの純粋で曇りのない本性。●**日午**：正午。●**峨然**：高く抜きん出ているさま。●**半腰**：中ほど。●**朝宗**：天子に拝謁する。●**石灰を焼く**：石灰石の産地では、江戸時代後期から石灰焼きが行われ、消石灰が作られた。福岡では筑前灰が有名。灰は、稲作の肥料などに使われた。●碧：かたい石。●幽峭：奥深く険しい。●生村：宇美村。●叢祠：樹の茂った中に建てた祠。宇美八幡宮のこと。●神后皇：神功（じんぐう）皇后。●応神帝：応神天皇。●坦迤：山がなだらかに続いているさま。●胎穢：出産時に出てくる体内物（臍の緒其他）。●漠々：はるかに広がっているさま。●立華峰：立花山（たちばなやま）（三六七メートル）。●函崎：箱崎。●歩障：竹をたて幕を張った囲い。●屈幡：かがまり、わだかまる。●鑿々：はっきり見えて鮮明なさま。●応神廟：筥崎宮（はこざき）。筥崎八幡宮。応神天皇を主祭神として、神功皇后、玉依姫命が祀られている。醍醐天皇が神勅により「敵国降伏」の宸筆を下賜され、この地に壮麗な御社殿を建立し、延長元年（九二三年）筑前大分宮（だいぶ）（穂波宮）より遷座したという。●筆鋒：筆勢。●万里：非常に遠い距離。●遥碧：はるかな青空。●彎々：弓なりに曲がるさま。●地軸：大地を支える軸。●檣：帆柱。●風濤：風と大波。●力を角ぶる：力比べをする。●蝸牛：かたつむり。●青螺：青い法螺貝。●長卿：司馬相如（しょうじょ）。前漢の文人。字は長卿。梁の孝王のもとで枚乗らと交わり、賦の創作に努力した。●枚叔：枚乗（ばいじょう）。前漢の文人で、美文の名手で、「七」と呼ばれる賦の新形式を開いた。●覇台：博多。●喧豗：さわがしい。●貨琁：品物や美しいもの。●士人：庶民。●絡駅：往来の続いて絶えないさま。●茶肆：茶店。●往々：ときどき。●棋置：碁石を置くように所々にある。●妖冶：あだっぽい。●桀驁：凶暴でいばる。●波臣：魚。●蟻壌：蟻塚。●薺萍：なずなと浮草。●饗労：馳走して労う。

【口語訳】

二十四日、東の方はまだ明けていないが、従僕に命じて大変早くに朝食をとって出発した。道の左の古社は、数十株の老松が茂り、ひとかかえの太さである。いわゆる高砂神社である。宝満山は東に方向を変えて、みどり色の屏風のように連山が聳え立ち、山の色と朝日がなまめかしく隠し合って、もやに映えている。

二、三里ばかり休まずに進み、太宰府に着いた。まさに昔の都会である。今は極めて狭い土地であるなあ。星が転じ移り、物が変わるのは、昔からそうなのだ。

銅の鳥居がある所から、二あし三あし脇に入ると、そばには池があって、小さな橋がその上を横切っている。池の中の魚は、跳ね上がり、ぱっと現れる。

一つの門が在る。特に著しく壮大である。竹林はひっそりとしており、鐘や磬の音がときおり人の耳に寂しく響く。社殿（**写真⑬**）こそは高く華やかで美しく、朱塗りの棟木や柱には不思議な波紋のような模様があり、五彩が目の前に輝いた。

傍に一株の梅を植える。いわゆる「飛梅」（**写真⑭**）である。それについては歴史書に詳しい。ああ、菅原道真公は、文武の才によって王者の治道を助け、大事業を美しい文章に記録した。立派で洋々たることよ。

けれども、水が次第にしみ込むような讒言が、彼のまわりに木くい虫のように内からむしばんで、とうとう道真を海の西に行かせたことは、なんと悲しいことではないか。そうであっても、素晴らしい威厳は損なわれず、天に昇って明神となり、千年の後も、道真の神霊を祭って祈るのは、その明徳の光輝の賜ではないか。

正午に茶店に入って休息した。北に行くと、道が険しくかつ通行が困難であった。宝満山は、右に高く抜きん出ている。四方の山は重なり合って互いにゆずらず、宝満山の中腹に拝謁している。行けば行くほどますます険しい。重なった山のきわに、はるか遠くに暗い炎がみなぎるのを見、土地の者にこれを問うたら、石灰（いしばい）を燃やしていると言う。かたい石の類（たぐ）いである。この地は非常にせまく、境を見ると、みな山と雲とが浮き沈みしている。進むと、深い渓谷は奥深くて険しく、水の鳴る音がした。

五、六里、宇美村に着いた。土地はやや平坦で、山はまたそれほど高くはない。樹の茂った中に神社（宇美八幡宮）（**写真⑮**）がある。言い伝えによれば、神功皇后が応神天皇をここで産んだ。皇后が帝を湯浴みさせた所と、胎穢を埋めた所がすべてであるという。

村を出て行く。水田が遥かに広がっていて、道はゆとりがある。西北に一つの山があって、舞い姿のような形である。これを立花山という。他にめずらしいものはない。

七、八里で箱崎に着いた。地は海に間近に臨み、二、三筋の松林はまるで囲い幕を張ったようである。松の根がかがまり、わだかまって、白砂がすれあい、さくさくと音がするのが気に入った。筥崎宮（**写真⑯**）があり、堂宇は壮大で、扁額に「敵国降伏」とある。誰が書いたものか知らないが、字体はたいそう整っていて、筆勢は剣のようである。

西を望むと、万里の大洋が広がって、はるかな青空は弓なりに見え、天に届くほどにあふれはびこる波が轟き、大地に盛んに打ち寄せている。帆柱を並べ、その中を鳥が通り過ぎる。大風が吹けば帆が倒れ、そよ風が吹けば帆が斜めになる。風や大波と力くらべをしている人のようである。あちらこちらの島は、かたつむりや青い法螺貝のようで、明るくなったり暗くなったりと定まらない。これでは司馬相如も筆を投げ出すし、枚乗も決して賦を作るまい。私は草を敷いてしばらく休んだ。

南に二里行き、博多に着いた。町は非常に騒がしく、品物は山のようにある。士民の往来が続いて絶えず、袂が幕となり、えりがとばりとなる。

博多を過ぎ大橋を越えて福岡に入った。まさに北筑の国都である。家屋の麗しさは、博多に劣らない。酒屋や茶店は、あちこちに碁石を置いたようにある。遊び人や荒くれ者が、いたるところに群れをなしている。

南に五、六里行き、福岡を出て、小川を渡った。まさに、海の潮が通じるところである。漁師や釣り人が竿を投じて魚を釣り上げる。その楽しみが感じとられる。長い橋がその上に架かっている。山は蟻塚のようで、松はなずなや浮き草のように見える。景色は私の指を引き、指は目に従って移り、あたかも応接している暇もないような状態だったので、太陽が西に沈むのも気づかなかった。

三、四里行き、姪浜に着いた。主人は、以前わが郷に遊学した人である。馳走や慰労は礼に従い、酒肴がいろいろ出され、酩酊して就寝した。

(五) 四月二十五日

二十五日晏起、遶街。魚塩尤多。他亦無甚玩好奇物。

午時遊于福岡、訪亀南冥。南冥之所居、臨于海、左右皆松林、地饒白沙。

余先到其門、通刺云々。忽見一人出。蓬髪掩面、圓目烱々。呼曰、来、遠方之君子。余迺升其堂。

有一人、坐于堂隅執管吸烟。迺南溟之

二十五日、晏起して街を遶る。魚塩尤も多し。他に亦た甚だしくは奇物を玩好する無し。

午時福岡に遊び、亀南冥を訪ふ。南冥の居る所は、海に臨み、左右は皆松林にして、地には白沙饒し。

余先ず其の門に到り、刺を通じて云々す。忽ち一人の出づるを見る。蓬髪面を掩ひ、円目烱々たり。呼びて、「来たれ、遠方の君子よ」と曰ふ。余、迺ち其の堂に升る。

一人有り、堂隅に坐し、管を執りて煙を吸ふ。迺ち南冥の

長子亀元鳳也。往之蓬髪而呼余者、坐于南溟之右。自稱南溟之季子亀万。字曰大年。余一々拜之、二人答拜、相見之礼既畢矣。

茶菓相慰労、選間元鳳引余於奥室。到則有諸生数十人。引酒傾爵、飲食齷齪。

元鳳曰、家翁今日詣太宰府。四五日而帰哉、未可知也。君少安焉。余頷諾之。酒相與対飲、言笑嗌々。天色将莫。乃帰于姪濱。


長子亀元鳳なり。往の蓬髪にして余を呼ぶ者、南冥の右に坐す。自ら南冥の季子亀万と称す。字を大年と曰ふ。余、一々之を拝し、二人答拝し、相見の礼既に畢る。

茶菓もて相慰労し、選間、元鳳余を奥室に引く。到れば則ち諸生数十人有り。酒を引き爵を傾け、飲食齷齪たり。

元鳳曰はく、「家翁、今日、太宰府に詣づ。四、五日にして帰るや、未だ知るべからざるなり。君、少く焉に安んぜよ。」と。余之を頷諾す。酒ち相与に対飲し、言笑嗌々たり。天色、将に莫れんとす。乃ち姪浜に帰る。

《注》 ●**晏起**：朝遅く起きる。 ●**魚塩**：魚や塩を売る者。 ●**奇物**：珍しい品物。 ●**玩好**：好んで楽しむ。 ●**午時**：午の刻。正午頃。 ●**亀南冥**：亀井南冥。「『北筑紀行』の解説」参照。 ●**南冥の居る所**：亀井家の家塾のあった百道林と思われる。樋井川に架かる新今川橋の西岸付近と言われる。 ●**刺を通ず**：名刺を差し出して面会を求める。 ●**烱々**：光り輝くさま。 ●**亀元鳳**：亀井元鳳。通称昱太郎。字は元鳳、号は昭陽。儒学者。安永二年（一七七三年）筑前生まれ。亀井南冥の長男で、二〇歳で福岡藩の藩儒となる。若い時から頼山陽（久太郎）、佐賀の古賀穀堂（壽太郎）とともに、「文政の三太郎」と称された。天保七年（一八三六年）、六四歳で没。 ●**蓬髪**：ムカシヨモギのように乱れた髪。 ●**季子**：末子。 ●**亀万**：亀井大年。南冥の三男。名は万、号は天地坊。通称萬三郎。安永六年（一七七七年）生まれ。祖父聴因の旧宅である姪浜忘機亭において医業を行った。文化九年、三九歳で没。●相見：対面する。●選間：すぐに。●齷齪：相せまる。●家翁：亀井南冥を指す。●言笑：談笑する。●哈々：笑うさま。●天色：空の色。

【口語訳】

二十五日、朝おそく起きて町を巡った。魚や塩を売る者がとりわけ多い。他に、珍しい品物を手に取って楽しむほどのものはない。

午の刻、福岡に行き、亀井南冥を訪ねた。南冥の住居は海の近くで、左右はみな松林で、地には白砂が多い。

私は、まずその門に着いて、名を伝えて面会を求めるなどした。いつの間にか一人が出て来たのを見た。乱れた髪が顔を隠し、丸い目は光り輝いている。私を呼んで、「来たまえ、遠方の君子よ。」と言った。私は、その堂に上った。

一人、堂の隅に座り、キセルをとってタバコを吸う者がいる。これが南冥の長男の亀井昭陽（元鳳）である。さっき乱れた髪をして私を呼んだ者は、南冥（の座）の右側に座った。自ら南冥の末子亀井万と称した。字を大年という。私はめいめいに礼をし、二人は返礼し、対面の礼が終わった。茶菓で労われ、すぐに、昭陽は私を奥の間に招いた。そこに着くと、諸生が数十人いた。酒を引き杯を傾け、狭い所で飲食した。

昭陽は言った。「家の主人（南冥）は、今日、太宰府に詣でた。四、五日で帰るかどうかわからない。君はしばしこの地にいたまえ。」私は頷いた。そして、共に飲み、談笑した。空は夕暮れの気配となった。そこで姪浜に帰った。

（六）　四月二十六日

二十六日、訪大年。大年居於姪濱、會乎其不在。轉而入于福岡、再叩元鳳。相與命坐、討論千古、大呼稱快。元鳳出其所著諸書以示乎余。余受而讀之。文辭秀麗、卓爾乎衆。話譚移時而歸。

二十六日、大年を訪ふ。大年、姪浜に居るも、其の不在に会ふ。転じて福岡に入り、再び元鳳を叩く。相与に坐するを命じ、千古を討論し、大呼（たいこ）して快（かい）と称す。元鳳、其の著す所の諸書を出だして、以て余に示す。余受けて之を読む。文辞秀麗にして衆より卓爾（たくじ）たり。話譚（わたん）時を移して帰る。

《注》　●千古：遠い昔。　●大呼：大声で叫ぶ。　●卓爾：高く抜きん出ている。

【口語訳】

二十六日、大年を訪れた。大年は姪浜に居るが、おりしも不在であった。向きを変えて福岡に入り、再び昭陽を訪問した。互いに座れと言って、千古の思想や歴史について討論し、大声で快哉を叫んだ。昭陽はその著書を取り出して私に示し、私は受けとってそれを読んだ。文章は秀麗で人並みよりも高く抜きん出ている。語り合って時を過ごし、帰った。

(七) 四月二十七日

二十七日、再訪大年。大年乱髪散帯、傲然出迎、引余乎上座。撃鮮傾杯、豪談古英雄事。懸河不啻及於午而帰、遊于福岡。

訪元鳳。元鳳亦出醇酒、行太白。余既尽酔於大年。今為元鳳所逼溶乎。不知人、満益傾々、乃飛爛醉而出。謁□神祖廟。錦繍之飾甚美。

出福岡、詣愛宕祠。祠屹立于層岩上。西北滄海大濶、日恬潮平。小漪若織、文綸似縠。岩礫之隈、介族呴沫、璣貝万斛、眴爛射眼。

遠之鹿鋸玄界諸嶌、如曳淡墨、點綴乎茫茫中。近之福岡在目、千甍翼張、漁艦数百、雁序歯々。余不覚絶倒呼快哉。日

二十七日、再び大年を訪ふ。大年は乱髪散帯にして、傲然として出でて迎へ、余を上座に引く。鮮を撃ち杯を傾けて、古の英雄の事を豪談す。懸河は啻だに午に及びて帰るのみならず、福岡に遊ぶ。

元鳳を訪ふ。元鳳も亦た醇酒を出し、太白を行ふ。余既に大年よりも尽酔す。今、元鳳の逼溶する所と為るか。人を知らず、満溢傾々、乃ち飛爛のごとく酔ひて出づ。神祖廟に謁す。錦繍の飾、甚だ美なり。

福岡を出でて、愛宕祠に詣づ。祠は層岩の上に屹立す。西北のかた滄海大濶にして、日恬らかに潮平らかなり。小漪は織るが若く、文綸は縠の似し。岩礫の隈、介族呴沫し、璣貝万斛、眴爛として眼を射る。

遠きは之れ鹿鋸玄海の諸島、淡墨を曳くが如く、茫々の中に点綴す。近きは之れ福岡目に在り、千甍翼張、漁艦数百、雁序歯々たり。余覚えず絶倒し快哉を呼ぶ。日業已に夕なり。

業已夕矣。帰于姪濱。　　姪浜に帰る。

《注》●**散帯**：身じまりのたしなみがない。●**傲然**：おごり高ぶって尊大に振る舞うさま。●**杯を傾ける**：酒を飲む。●**豪談**：大言壮語する。●**懸河**：川を上から釣り下げたように弁舌のよどみないさま。●**醇酒**：濃くてよい酒。●**太白**：大杯。●**尽酔**：十分に酔う。●**逼溶**：ひしひしとせまって溶かす。●**満溢**：みちあふれる。●**飛爛**：風に吹きまくられている火焔。●**神祖廟**：明治はじめまで存在した徳川家康を祀る「荒戸山東照宮」のこと。同東照宮は、筑前福岡藩の第二代藩主黒田忠之により承応元年（一六五二年）に建立されたが、明治維新により廃された。東照宮のあった場所には、明治四二年（一九〇九年）に「光雲（てるも）神社」が移転された。●**愛宕祠**：愛宕神社。景行天皇の時代の創建。江戸時代、福岡藩主が、黒田騒動を愛宕権現の霊験により乗り切ったことに感謝して、京都の愛宕山白雲寺より愛宕権現を勧請し、鷲尾山に祀った。●**大闊**：広大。●**層岩**：重なっている岩。●**小漪**：小さなさざなみ。●**綸**：いと。●**縠**：ちりめん。●**介族**：甲殻類。●**喣沫**：あわを吹く。●**璣貝**：玉のように美しい貝。●**万斛**：きわめて多くの分量。●**眴爛**：目がくらむような輝く光。●**鹿**：志賀島。●**鋸**：能古島。●**玄海諸島**：玄界灘に点在する島々。●**茫々**：はるかに遠いさま。●**点綴**：装飾を加えて、さらに美しくさせるさま。●**千甍**：多くの瓦葺きの屋根の棟。●**翼張**：つばさを張る。●**漁艦**：魚を採る舟。●**雁序**：ガンの列。●**歯々**：歯並びのようにきちんと並んでいるさま。●**覚えず**：思わず知らず。●**絶倒**：非常に敬服する。●**快哉を叫ぶ**：心地よい出来事を喜んで大声をあげること。

【口語訳】

二十七日、大年を再訪した。大年は髪が乱れ身なりもととのわぬまま、傲然として出迎え、私を上座に招いた。さしみを食べ酒を飲み、昔の英雄のことを大言壮語した。川を上から釣り下げたようによどみない弁舌は午の刻になって帰っただけではおさまらず、福岡に行った。昭陽を訪問した。昭陽も濃い酒を取り出し、大杯で飲んだ。私は、すでに大年よりも酔っぱらっていた。今、昭陽に溶かされてしまうのか。人の見分けもつかず、なみなみと差しつ差されつ飲み、風に吹きまくられた火焔のように酔って外に出た。東照宮に参拝した。錦繍の飾りが非常に美しい。

福岡を出て愛宕神社（**写真⑰**）に詣でた。社は、層岩の上に聳え立っている。西北の方の青い海は広大で、日差しは安らかで潮はおだやかだ。小さなさざなみは機を織るように寄せてはかえし、美しい模様の絹布はちりめんのようである。小石のすみで蟹は泡を吹き、たくさんの美しい貝はあざやかに目にさしこむ。

遠くは志賀島、能古島、玄海諸島（**写真⑱**）が、薄墨を引くように、ぼんやりとした中に点在する。近くは福岡が見え、多くの瓦屋根が翼を張り、数百の漁船がひしめき、雁が順序正しく並んで飛んで行く。私は思わず気絶しそうになって、快哉を叫んだ。もう夕方だ。姪浜に帰った。

（八）四月二十八日

二十八日、将発姪濱、告別于主人。主人設酒殽。鄰人数十携手而至、擎跽曲拳、請余書甚切。倐忽之際、楮生成堆。余不能辞、直執毛潁。一気呵成、墨痕淋漓。

二十八日、将に姪浜を発せんとし、主人に告別す。主人、酒殽を設く。隣人数十、手を携へて至り、擎跽曲拳して、余に書を請ふこと甚だ切なり。倐忽の際、楮生堆を成す。余、辞すること能はず、直ちに毛潁を執る。一気呵成、墨痕淋漓

既而発抵福岡、告別於元鳳。元鳳出其詩文以貺於余。
歴覇臺、詣櫛田祠。乃我菊池公詠国風処云。濿一小水、叢松森然、行人之語、駅豎之歌、杳々乎聞矣。
過雑句驛、日云莫矣。東行七八里、戴星而行。抵太宰府而宿焉。

たり。

既に発して福岡に抵り、元鳳に告別す。元鳳、其の詩文を出だして以て余に贐(はなむけ)す。
覇台を歴(へ)て櫛田(くしだ)祠に詣づ。乃ち我が菊池公の国風を詠ずる処と云ふ。一小水を濿(わた)れば、叢松(そうしょう)森然として、行人の語、駅豎の歌、杳々乎(ようようこ)と聞こゆ。
雑句駅を過ぎ、日は云(ここ)に莫(く)れぬ。東に行くこと七、八里、星を戴(いただ)きて行く。太宰府に抵りて宿す。

《注》 ●**擎跽曲拳**：手をささげ、足をひざまずき、身をまげ、首を俯す。礼をつつしむさま。 ●**倏忽**：たちまち。 ●**楮生**：紙の異名。 ●**毛穎**：筆。 ●**淋漓**：勢いが溢れているさま。 ●**櫛田祠**：櫛田(くしだ)神社。天平宝字元年（七五七年）の創建。博多の総鎮守。 ●**菊池公**：菊池武時。 ●**濿る**：石を踏んで川を渡る。 ●**杳々**：はるかに遠いさま。 ●**雑句駅**：雑餉隈(ざっしょうのくま)宿。 ●**国風**：和歌。 ●**星を戴きて行く**：空の星を仰いで歩く。

【口語訳】

二十八日、これから姪浜を出発しようとし、主人に別れの挨拶を告げた。主人は、酒肴を設けた。数十もの近隣の人々が手を携えて来て、大変丁重に挨拶し、私に大変ねんごろに書を所望した。たちまち、紙がうずたかく積まれた。私は、断ることができず、すぐに筆をとった。一気呵成に書き、墨の跡には勢いが溢れた。

出発して福岡に着き、昭陽に別れを告げた。昭陽は彼の詩文をとり出して、それを私へのはなむけとした。

博多を経て、櫛田神社（**写真⑲**）に詣でた。まさにわが菊池公が和歌を詠んだところである。小川を渡ると、群がって生えた松がこんもりと茂っていて、道を行く人の声や宿場の子供の歌がはるか遠くから聞こえてきた。

雑餉隈宿を過ぎ、日は暮れた。東に七、八里行き、空の星を仰いで歩いた。太宰府に着いて泊まった。

（九）四月二十九日

二十九日、訪亀大壮。大壮南溟之次子、為醫于太宰府焉。余問以南溟。則曰既帰矣。告別而出。

登宝満峯。峯升降凡十余里、當乎太宰府之後。是日也軽陰早霽、朝日之所映発、鮮濃如画。五里得石華表。榜曰宝満祠。

行路盤廻、足指悉仰。左則赤崖童々。視瀑布。自巓而下、勢如游龍、飛虹雪飜

二十九日、亀大壮を訪ふ。大壮は南冥の次子にして、医を太宰府に為す。余問ふに南冥を以てす。則ち既に帰ると曰ふ。告別して出づ。

宝満峰に登る。峰は升降すること凡そ十余里、太宰府の後に当る。是の日や軽陰早く霽れ、朝日の映発する所、鮮濃たること画の如し。五里、石の華表を得たり。榜に「宝満祠」と曰ふ。

行路盤廻して足指悉く仰ぐ。左は則ち赤崖童々たり。瀑

谷、鳴怒巌、夾澗水、撃石闘。右則密樹不受日未暝。

已留怪石枳足、且語且喘。雖拾拾級而行哉。唯傷是懼。

下視谷底、則農夫若螘、牧馬狗。卬望則嶄崖劈裂十仞之水、若著蒼翠、射睫目瞳眴。

轉上六里許、得古祠。是為下宮。僧房甚多。絶頂距此二三里、峻険殊甚。余班荊而息。

東望焉、則蒼嶺千疊、猶乎輔車之相依也。西望焉、則滄海鬱蒸、嶋嶼繍錯。覇臺可呼。福岡若偃月、姪濱若長鬚、形状不一。筆為影所壓耳目所牽。

少焉山巓蓊乎出雲、扶寸而合、咫尺不辨。烈風撲面足、不能上。余憯然曰、吁山之無詩縁于我耶。抑鬼神之憎文人耶。


布を視る。巓よりして下り、勢は游竜の如く、虹雪を飛ばして谷に翻へり、怒巌を鳴らし、澗水を夾み、石を撃ちて闘ふ。右は則ち密樹日を受けずして未だ暝からず。

已に怪石を留りて足を枳なひ、且つ語り且つ喘ぐ。拾ると雖も拾級して行く。唯だ傷なはんことを是れ懼るるのみ。

谷底を下視すれば、則ち農夫は螘の若くして、馬狗を牧す。卬ぎ望めば、則ち嶄崖の十仞の水を劈裂すること、蒼翠を著くるが若く、睫目瞳眴を射る。

転じて上ること六里許り、古祠を得。是れを下宮と為す。僧房甚だ多し。絶頂、此より距つること二、三里、峻険、殊に甚だし。余、班荊して息む。

東のかた望めば、則ち蒼嶺千畳、猶ほ輔車の相依るがごとし。西のかた望めば、則ち滄海鬱蒸、島嶼繍錯す。覇台呼ぶべし。福岡は偃月の若く、姪浜は長鬚の若く、形状一ならず。筆は影の圧する所、耳目の牽く所と為る。

少焉山巓蓊乎として雲を出だし、扶寸にして合し、咫尺も弁ぜず。烈風、面足を撲ち、上ること能はず。余、憯然と

亦莫奈之何也。已乃下。巌石輿足、余之身之危、如執圭哉、如捧盈哉。

稍抵太宰府。発客舎、再向于福岡。道詣観音寺。西古戒壇之所在、破壊已甚。観都府樓遺趾。柱礎二三掩没于草莽中。他亦無所見。陵谷変遷。余不覚長嘆息者長之。薄入福岡。

して曰はく、「吁、山の詩無きは、我に縁るか。抑鬼神の文人を憎むか。亦た之を奈何ともする莫し。」と。已にして乃ち下る。巌石に足を輿すれば、余の身の危ふきこと、圭を執るが如きか、盈つるを捧ぐが如きか。

稍く太宰府に抵る。客舎を発ち、再び福岡に向かふ。道に観音寺に詣づ。西のかた古の戒壇の在る所、破壊已に甚だし。都府楼の遺趾を観る。柱礎二三、草莽の中に掩没す。他に亦た見る所無し。陵谷変遷す。余、覚えず長嘆息する者、之れ長し。薄に福岡に入る。

《注》●**亀大壮**：亀井大壮。南冥の次男。安永三年（一七七四年）生まれ。名は昇、号は雲来。幼い頃、出家し、後に還俗して、後に太宰府で医業を行った。文政八年、五一歳で没。●**軽陰**：薄曇り。●**映発**：互いにうつりきらめく。●**鮮濃**：あでやか。●**宝満祠**：宝満宮竈門神社。なお、アニメ「鬼滅の刃」のブームとともに、主人公の姓が「竈門」であること等もあり、二〇一九年末頃から「鬼滅の刃」の聖地ではないかとして、参拝者が急増していると言われている。●**盤廻**：ぐるぐると曲がりくねる。●**童々**：木のはえていないさま。●**游竜**：舞い昇る竜。●**虹雪**：いろいろな色を反射する雪。●**怒巌**：荒々しい岩。●**澗水**：谷川の水。●**怪石**：怪しい形の石。●**枳ふ**：みみずばれ。●**拾級**：階段を上る時、一段ずつ両足を揃えてから歩を出す。●**嶄崖**：高く険しい崖。●**劈裂**：開き裂く。●**蒼翠**：あおみどり。●**下宮**：竈門神社には、上宮、中宮、下宮があった。「下宮」は宝満山山麓にあるが、鳥居を過ぎてから大分登っており、また付近に僧坊が非常に多いとも書かれているので、黄華が「下宮」としているのは「中宮」と思われる。中宮には、講堂、神楽堂、鐘楼、石の鳥居、荒神社、法華塔、九重塔などがあったと言われるが、明治のはじめの廃仏毀釈により壊され、現在は、竈門山碑が建っている。(『宝満山歴史散歩』) ●**班荊**：友人と睦まじく並んで、いばらを敷いて座る。 ●**千畳**：山などの幾重にも重なり合っていること。 ●**輔車の相依る**：相互に助け合う密接な関係のたとえ。 ●**鬱蒸**：さかんにむす。 ●**繍錯**：縫い取りのように、あやをなして入り交じる。 ●**偃月**：半月に達する以前の月。 ●**山巓**：山頂。 ●**蓊**：草や木が勢いよく茂るさま。 ●**扶寸**：わずかな距離。 ●**咫尺も弁ぜず**：きわめて近いところもわからない。 ●**憯然**：憂え痛むさま。 ●**圭を執る**：圭は玉で作った細長い手版。使臣があずかって主君の敬意を他国の君に伝えた。『論語』「郷党篇」に「圭を執れば、鞠躬如たり」(圭を持つ時はおそれ慎しんだ) とある。 ●**観音寺**：観世音寺。 ●**戒壇**：戒律を授ける式場。 ●**都府楼遺趾**：大宰府政庁跡。 ●**掩没**：かくれる。 ●**陵谷変遷す**：丘が谷となり、谷が丘となる。ものごとの激しい変化・盛衰のたとえ。 ●**嘆息**：なげきのため息をつく。

【口語訳】

二十九日、亀井大壮を訪問した。大壮は南冥の次男で、太宰府で医者をしている。私は南冥のことを問うた。すでに帰ったと言う。別れを告げて出た。

宝満山 (**写真⑳**) に登る。峰はおよそ十余里、登っては下り、太宰府の後に当たる。この日は薄曇りが早く晴れ、朝日が映りきらめいて、絵のようにあでやかだ。五里行くと、石の鳥居があった。額に宝満宮 (**竈門神社下宮の写真㉑**) とある。

道はぐるぐると曲がりくねり、足指はすべて上を向く。左は赤い崖で木が生えていない。滝を見た。頂上から下り、勢いは遊び動く竜のように盛んで、虹の雪を飛ばして谷に翻り、怒岩を鳴らし、谷川を挟み、石を撃って闘っている。滝の右は、密に茂った木々が、日光を受けていないのに暗くならない。すでに怪石を侮って足がみずばれになり、あえぎながら話しあった。登るといっても、一段ずつ両足を揃えて行った。ただ怪我することを恐れるばかりだ。

谷底を見下ろせば、農夫はまるで蟻のように小さく見えて、犬馬を飼っている。仰ぎ望めば、高く険しい崖が十仭の水を開き裂いたさまは、あおみどりを着けたかのようで、目の中にくまなく差し込む。

向きを変えて六里ばかり上ると古社があった。これは中宮（注：原文では「下宮」とされているが誤りと思われるので、「中宮」に修正した）（**写真㉒**）である。僧坊が非常に多い。山頂は、ここから二、三里離れていて、険しさは特に著しい。私は草を敷いて座り、休んだ。

東の方を望むと、たくさんの重なる青い峰は、輔と車のように互いに助け合っているように見える。西の方を望めば、青い海がさかんに蒸し、島々は、あやをなして入り乱れている。博多は呼べば聞こえる所にある。福岡は偃月のようで、姪浜は長い髭のようで、形は同じではない。筆は光に圧倒され、耳目を引く。

少したって、山頂は勢いよく雲を出し、わずかの間に合わさり、すぐ近くもわからなくなった。烈風が顔や足を打って、登ることができない。私は、憂えて言った。「ああ、山に詩がないのは私のせいか。そもそも鬼神は文人を憎んでいるのか。これをどうすることもできない。」まもなく下った。もしも岩石に足を載せていれば、私の身の危険なことは、おそれ慎んで圭を持つようであったか、たっぷりものの入った器を捧げ持つようであったか。

しばらくして太宰府に着いた。宿屋を出発し、再び福岡に向かった。途中で観世音寺（**写真㉓**）に詣でた。西方の昔の戒壇があるところは、すでに破壊がひどい。都府楼の遺跡（**写真㉔㉕**）を見た。二、三の柱の礎石が草むらに隠れ埋もれている。他に見るものはない。丘が谷となり、谷が丘となるように、ものごとは変遷する。私は思わず長いため息をついて、たたずんだ。薄暮、福岡に入った。

（十）五月朔

明為五月朔。余直訪南冥。元鳳出迎、引余入于南冥堂。南冥在坐、美須豪眉、目光奕々旁射、真如神仙中人也。余先通識韓、譚論移時。南冥迺録其舊稿数首、以贈于余。午時告別而帰。

直発福岡、宿于武蔵。有温泉、療悪瘡。清室可愛、浴者尤多。

明けて五月朔と為る。余直ちに南冥を訪ふ。元鳳出でて迎へ、余を引きて南冥の堂に入らしむ。南冥座に在り、美須豪眉、目光奕々として旁射し、真に神仙中の人の如し。余、先づ識韓を通じ譚論時を移す。南冥迺ち其の旧稿数首を録し、以て余に贈る。午時、告別して帰る。

直ちに福岡を発し、武蔵に宿す。温泉有り、悪瘡を療す。清室愛すべく、浴する者尤も多し。

《注》●美須：立派な顎髭。●豪眉：長い毛の眉。●奕々：ひかり輝くさま。●旁射：光が広く照らす。●識韓：優れた人に面会して名を知られるたとえ。●譚論：議論する。●録す：書き写す。●武蔵：武蔵村。二日市宿の南にあり、温泉がある。この温泉は、現在は「二日市温泉」と呼ばれている。これは昭和二五年に命名されたもので、それ以前は「武蔵温泉」、「薬師温泉」、「次田温泉（すいたの湯）」などと呼ばれていた。●清室：清らかで涼しい部屋。

【口語訳】

明けて五月一日となった。私は、ただちに南冥を訪問した。昭陽が出迎え、私を引いて南冥の部屋に入らせた。南冥は座にいて、立派なあごひげと長い毛の眉で、眼光は輝いて広く照らし、まことに神仙世界の人のようであった。私はまずわが来歴を述べて、しばらく議論した。南冥は、彼の数首の旧作の詩をしるして私に贈った。午の刻に別れを告げて帰った。

すぐに福岡を出発し、武蔵に泊まった。温泉があって、難治のできものを治す。部屋も好く、入浴する者がとりわけ多い。

（十一）五月二日

二日、発武蔵。陰雨濛々。襏襫而出。遠山吐雲、溪流與雨聲相助、潺潺然鳴。五六里雨霽日出。行松林間、冷然之風、衝肌而至。此地二筑與西肥境界、相錯如繍。

抵原田駅。轉而南、踰一村落、則曠然平原也。野草膴々如敷青氊。

二日、武蔵を発す。陰雨濛々たり。襏襫（はっせき）にして出づ。遠山雲を吐き、溪流と雨声と相助けて、潺潺（さんさく）然として鳴る。五、六里、雨霽（は）れ日出づ。松林の間を行けば、冷然の風、肌を衝きて至る。此の地は二筑と西肥との境界にして、相錯（ま）じはること繍（しゅう）の如し。

原田（はるだ）駅に抵る。転じて南し、一村落を踰ゆれば、則ち曠然たる平原なり。野草膴々（ぶぶ）として青氊（せいせん）を敷くが如し。

数里不見人、稍抵小郡驛。復取道于南、傍小渓而下。行長堤上数里、歴宮地駅、踰筑河。

抵米府。南筑之国都。雖蕞爾乎、繁華又甚。詣五穀神祠。壮麗不及乎玉垂。叩門前酒罏、引満而出。

訪文学樺嶌勇七者。勇七齢且強。士言談縷々如抽繭絲、久之。出行四五里、宿于上埜駅。

数里人を見ず、稍（ようや）く小郡（おごおり）駅に抵る。復た道を南に取り、小渓に傍（そ）ひて下る。長堤の上を行くこと数里、宮地駅を歴（へ）て、筑河を踰ゆ。

米府に抵る。南筑の国都なり。蕞爾（さいじ）たりと雖も、繁華又た甚だし。五穀（ごこく）神祠に詣（もう）づ。壮麗なること玉垂に及ばず。門前の酒罏を叩き、引満（いんまん）して出づ。

文学樺島勇七（かばしまゆうしち）なる者を訪ふ。勇七は齢且（まさ）に強ならんとす。士の言談（げんだん）、縷々（るる）として繭糸（けんし）を抽（ひ）くが如く、之を久しくす。出でて行くこと四、五里、上野駅に宿す。

《注》●濛々：霧や雨や雲などがたちこめて暗く、あたりがはっきりしない。●襏襫：雨用の蓑。●瀺灂：水の落ちるさま。●二筑と西肥の境界：原田には、筑前・筑後・肥前の三国の境界を示す「三国境石」がある。●曠然：広々としているさま。●青氈：青い毛氈。●膴々：肥えてうるわしい。●宮地：宮の陣。●筑河：筑後川。●米府：久留米城下。●蕞爾：国や体などが小さいさま。●五穀神社：久留米市にある神社で、豊宇気比売神（とようけひめのかみ）を主祭神とし、相殿に稲次因幡正誠公（いなつぎいなばまさざねこう）を祀っている。●玉垂：高良大社。●引満：なみなみと酒を盛る。●文学：儒者。●樺島勇七：樺島石梁（せきりょう）。通称は勇七。諱は公礼。字は世儀。寛政七年久留米藩の藩校明善堂創立に際し、主としてその造営の事を司り、当時、藩校の教授で、五五歳。著書に、『石梁文集』『石梁遊草』の他、『樺島石梁遺文』八巻がある。●強：四〇歳。●言談：談話。●縷々：糸のように長く続くさま。●繭糸：絹糸。

【口語訳】

二日、武蔵を出発した。雨がたちこめて暗く、はっきりしない。雨用の蓑を着て出た。遠い山は雲を吐き、渓流と雨音とが相助けて、水の音が鳴る。五、六里行くと、雨がやみ、日がさした。松林の中を行くと、冷たい風が肌を衝いて吹いてきた。この地は筑前・筑後と肥前との境で、刺繍のように入り混じっている。

原田宿に着いた。方向をかえて南に行き、一つの村落を越えると、広々とした平原であった。野の草は肥えてうるわしく、青い毛氈を敷いたようだ。

数里の間、人を見ず、ようやく小郡宿に着いた。さらに南に道をとり、小川にそって下った。数里長い堤の上を行き、宮地宿を経て、筑後川を渡った。

久留米城下に着いた。南筑の都である。小さいけれども、非常に繁華である。五穀神社（**写真㉖**）に詣でた。壮麗さは、玉垂宮に及ばない。門前の酒店に入り、なみなみと酒を盛って飲み、そこを出た。

儒者の樺島勇七という人を訪ねた。勇七は、年が四十に近い。彼の談話は絹糸を引き出すように長く続いた。そこを出て四、五里行き、上野宿に泊まった。

（十二）　五月三日

三日、発客舎。行路之甘、若噉蔗矣。

三日、客舎を発す。行路の甘（かん）なること、蔗を噉（く）らふが若し。

水田千頃、稲葉始秀。風湧波青。十里許、

水田千頃（せんけい）、稲葉始めて秀（ひい）で、風湧きて波青し。十里許り、柳抵柳河。亦南筑之国都、立花侯之所居。

訪文学牧園進士者、不在。乃出距柳川。

五六里抵瀬高駅而午飯。過原駅。乃前

路之所歴。踰北関。日暮入于我肥、宿于

南関。夜分大雨、滴瀝入戸、流潦縦横。

河に抵る。亦た南筑の国都にして、立花侯の居る所なり。文学牧園進士なる者を訪ふも、在らず。乃ち出でて柳川を距つ。五、六里、瀬高駅に抵りて午飯す。原駅を過ぐ。乃ち前路の歴る所なり。北関を踰ゆ。日暮、我が肥に入り、南関に宿す。夜分大雨、滴瀝として戸に入り、流潦縦横たり。

《注》●蔗を啗らう：甘蔗をかむ。次第に味のよさを覚えるたとえ。●千頃：広い田。●立花侯：柳河藩主立花鑑寿。●牧園進士：筑後柳河藩に仕え、文政七年藩校伝習館の創設とともに助教となる。竹田梅廬、亀井南冥に儒学を学び、また村上左沖に医学を学ぶ。号茅山。著書に『行在或問』などがある。当時四二歳。天保七年没。●柳川：柳河に同じ。●滴瀝：しずくがしたたるさま。●流潦：流れる雨水。●縦横：乱れちらばるさま。

【口語訳】

三日、宿を出発した。旅路の味わいは、甘蔗をかむようなもので、次第によさを覚える。広々とした水田は稲の葉がようやく茂り、風が湧き、波が青い。十里ばかりで柳川に着いた。南筑の都で立花侯のいるところである。儒者の牧園進士という人を訪ねたが、不在であった。そこで出て、柳川を後にした。五、六里で瀬高宿に着いて、昼食を取った。原宿を過ぎた。すでに往路で通ったところである。北関を越えた。日暮れに我が肥後に入り、南関に泊まった。夜中に大雨が降り、したたって家に吹き込み、雨水が散らばった。

（十三）　五月四日

四日、雨稍晴、乃発。遠山蒼翠之間、白雲隠々起。日午抵鹿門駅、叩茶店而飯矣。昏黒帰于家、酒殽解労。

此行也、往来凡五百有餘里。山川之奇、往々而有因。次第其事、詩歌紀之凡若干首。

四日、雨稍（ようや）く晴れ、乃ち発す。遠山蒼翠の間、白雲隠々として起る。日午（にちご）、鹿門駅に抵り、茶店を叩きて飯す。昏黒（こんこく）、家に帰り、酒殽もて労を解く。

此の行や、往来すること凡そ五百有余里、山川（さんせん）の奇、往々にして因る有り。其の事を次第して、詩歌もて之に紀（しる）すこと凡そ若干首なり。

《注》●**蒼翠**：あおみどりいろ。●**隠々**：盛んなさま。●**日午**：正午。●**昏黒**：日が暮れて暗くなる。●**五百有余里**：中国の一里は日本の一里の一〇分の一。

【口語訳】

四日、雨が次第に晴れたので出発した。遠い山の青緑のあたりに、白雲が盛んに起こった。正午、鹿門宿に着き、茶店を叩いて、食事をした。暗くなってから家に帰り、酒肴で疲れを癒した。

この旅は、およそ五百里余を往来した。山川の奇勝は、それぞれ特色がある。その事を書きつづって、若干首の詩歌を作って行記の中に記した。

『北筑紀行』の解説

『北筑紀行』は、黄華が文化五年（一八〇八年）の四月二一日から五月四日（新暦では五月一六日から五月二八日）までの一三日間に北筑地方を旅した時の日記形式で記述した漢文体の紀行文である。この年、黄華は一八歳で、熊本藩の藩校「時習館」へ入学した。おそらくこの旅は、入学の直前に行われたものと思われる。そのため、旅の出発点及び帰着点は、いずれも実家のある菊池である。同行者は、菊池の人複数名と従僕一名である。

黄華にとって、この旅は渋江松石の塾から藩校へ進学する機会をとらえての見聞を広める旅であったと言えよう。

一、旅の経路（第一図）

「北筑」とは、筑紫の北部、すなわち筑前地方を指す。当時、熊本と筑前地方を結ぶ主要な街道は豊前街道であった。筑後地方では、長崎街道の山家（やまえ）から鹿児島までを薩摩街道と呼ぶのに対して、熊本では、熊本城の札ノ辻から小倉までを豊前街道、熊本から鹿児島までを薩摩街道と呼んでいる。本稿では、熊本での呼び方に従って豊前街道と呼ぶこととする。

この旅の往路は、熊本藩の菊池から山鹿へ行き、そこから豊前街道に沿って肥後と筑後の境にある南関を経て筑後に入る。

北関、原町、野町を経て旧街道（江戸時代初期の豊前街道）に入り、清水山の清水寺を訪れている。その後、豊前街道に戻り、尾嶋、一丈（一条）を経て、府中に至る。高良大社の門前町である府中では同大社を訪れている。

その後、筑前に入り、豊前街道に沿って松崎を経て石櫃まで行く（この部分は松崎街道とも呼ばれる）。石櫃を経て日田街道に入り二日市まで、そこで日田街道を離れて、太宰府、生（宇美）を経て、博多、福岡、姪浜に至っている。福岡地域滞在中に、一度福岡と太宰府との間を往復している。

復路は、福岡を立って雑句（雑餉隈）・二日市まで行き、そこから武蔵・原田を経て、横隈街道（旧筑肥街道）に入り、小郡、宮地を経て米府（久留米）に至る。なお、福岡・太宰府間を往復した時の福岡への帰路及び復路では、福岡・雑句間を直接結ぶ「中道通り」を通ったと思われる。

久留米からは、久留米・柳川往還（田中道とも呼ばれる）を通って、柳河を訪れている。柳河からは瀬高を経て、往路に通ったコースに戻り、菊池に戻っている。

二、『北筑紀行』の注目点

この旅の注目点は、二つ挙げられる。

一つ目は、亀井南冥・元鳳（昭陽）を訪問したことである。これこそ、旅の主目的と言えよう。南冥は、安永七年に町医より抜擢されて福岡藩儒医兼帯となり、天明四年に新設された二つの学問所の一つである西学甘棠館の祭酒となったが、寛政四年に退役処分となり、終身禁足を命ぜられた。この背景には、寛政二年に寛政異学の禁が出されて、幕府の昌平坂学問所では朱子学以外は禁止されたこともあり、朱子学を奉ずる東学修猷館派の圧力によると言われている。同年に息子の元鳳が家督を相続し、西学の訓導となった。さらに、寛政一〇年には、出火で甘棠館や亀井家の建物も類焼で失われたが、藩は西学再建を許可しなかった。元鳳は家塾を再開し、南冥もその指導にあたった。元鳳は、文化三年に秋月藩主により催された太宰府雅会の幹事役を原古処（秋月藩藩校「稽古館」教授）とともに務めた。同年には秋月藩主の参勤に随行して江戸に赴き、黄華訪問の前年に江戸より戻っている。そのような亀井家の状況下での訪問である。亀井父子の風貌も含めその時の模様が記述されており、非常に興味深い。なお、南冥は、文化一一年三月に原因不明の出火により焼死している。享年七二歳であった。

また、帰路には、久留米藩の藩校「明善堂」の教授である樺島勇七（石梁）、柳川藩の牧園進士を訪問している。生憎、牧園は不在で会えなかったが、樺島とは議論する機会を持っている。

二つ目は、経路沿いの自然の風物や、高良大社、太宰府天満宮などの多数の神社仏閣を訪れ、さらに、宝満山の中宮まで登っている。黄華にとっては、人生はじめての大旅行であり、自然の風物や神社仏閣の訪問により、歴史や文化を見聞する機会であったと思われる。

『北筑紀行』の写真

撮影場所図（丸数字は写真番号）

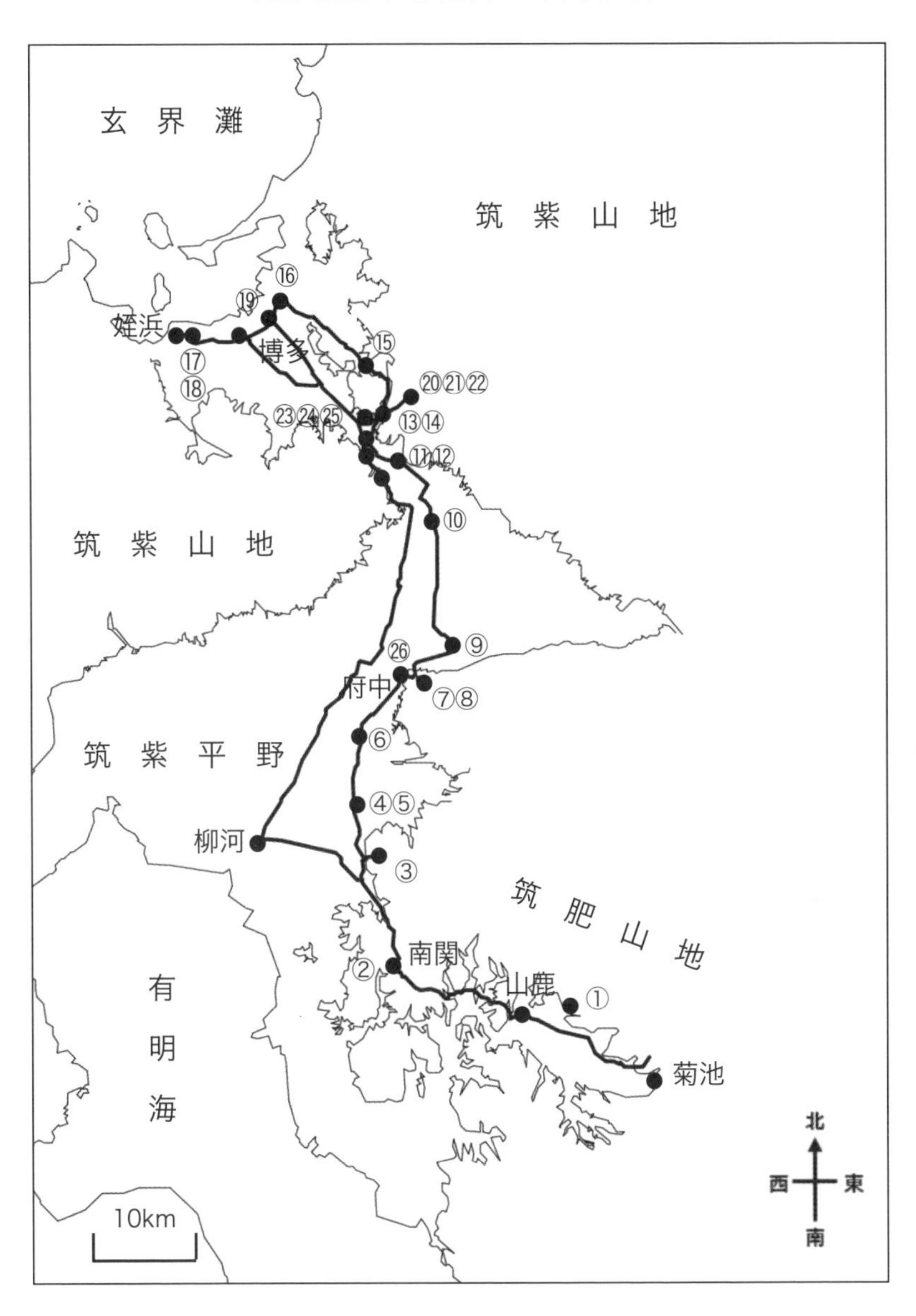

4月21日

①不動岩
（熊本県山鹿市鹿本町来民の北6.5㎞）

4月22日

②南関番所跡（熊本県南関町）

関所と記述されている場所。藩内に置かれた上番所22ヶ所のうちの一つ。

4月22日

③清水寺本堂
（福岡県みやま市瀬高町、標高146m）

老僧が述べた平氏の墳墓の場所。現在、筑後市尾島の国道209号横の広場（尾島公民館の裏）内に、同碑と薩摩街道の標柱と一之塚塔（写真⑤）がある。

4月22日

④一之塚（福岡県筑後市尾島）

4月22日

⑤**一之塚塔**

4月22日

⑥**溜池群**
（福岡県久留米市三潴町西牟田の
清導寺（上）溜池）

杉並木の間から見えた堤は、これらの溜池の中のいずれかと思われる。

4月23日

⑦**高良大社参道**（福岡県久留米市御井町）

4月23日

⑧**高良大社社殿**（府中）
（久留米市御井町、標高312m）

4月23日

⑨善導寺の本堂（右）及び三祖堂
（福岡県久留米市善導寺町）

4月23日

⑩乙隈境石・馬市境石
（福岡県小郡市乙隈、福岡県筑紫野市馬市）

筑前と筑後の国境に立てられた石碑。左が乙隈境石、右が馬市境石。

4月23日

⑪針摺峠

峠は、この坂の上付近にあり（筑紫野市立中学校の校庭の南端）、旧日田街道が右から左に通っていた。

4月23日

⑫針摺石

針摺石は、⑪のさらに西の針摺児童公園の東沿いの道を50mほど北上し、左折した少し先にある。

4月24日

⑬太宰府天満宮本殿
（福岡県太宰府市宰府）

4月24日

⑭太宰府天満宮の飛梅（後は本殿）

4月24日

⑮宇美八幡宮（福岡県糟谷郡宇美町）

4月24日

楼門には「敵国降伏」の
扁額がかけられている。

⑯筥崎宮楼門（福岡市東区箱崎）

4月27日

⑰**愛宕神社**（姪浜の愛宕山（標高68m）の頂上）（福岡市西区愛宕）

西暦72年（十二代景行天皇の時代）に創建され、福岡で最も古い歴史をもつ神社。

4月27日

⑱**博多湾方面の風景**（愛宕神社横（標高68m）より北方向）

右から立花山、海の中道、志賀島、能古島が見える。手前は、姪浜。

4月28日

⑲**櫛田神社社殿**（福岡市博多区上川端）

4月29日

⑳**宝満山**（西鉄太宰府駅前から）
（山の標高829m）

4月29日

㉑**竈門神社本殿拝殿**（福岡県太宰府市内山）

4月29日

㉒**竈門神社中宮跡の竈門山碑**

中宮は、明治初期の廃仏毀釈により取り壊された。

4月29日

㉓**観世音寺**（福岡県太宰府市観世音寺）

4月29日

㉔大宰府政庁跡（福岡県太宰府市観世音寺）

最奥に立っている石碑の一番右側のものは「太宰府碑」（拡大写真㉖）

5月2日

㉖五穀神社（福岡県久留米市通外町）

4月29日

㉕太宰府碑（一番右側）

この碑は、亀井南冥が寛政元年（1789年）に撰したが、藩の建立の許可が出なかったため、大正3年（1914年）に門下生の尽力により建立された。

南行日志

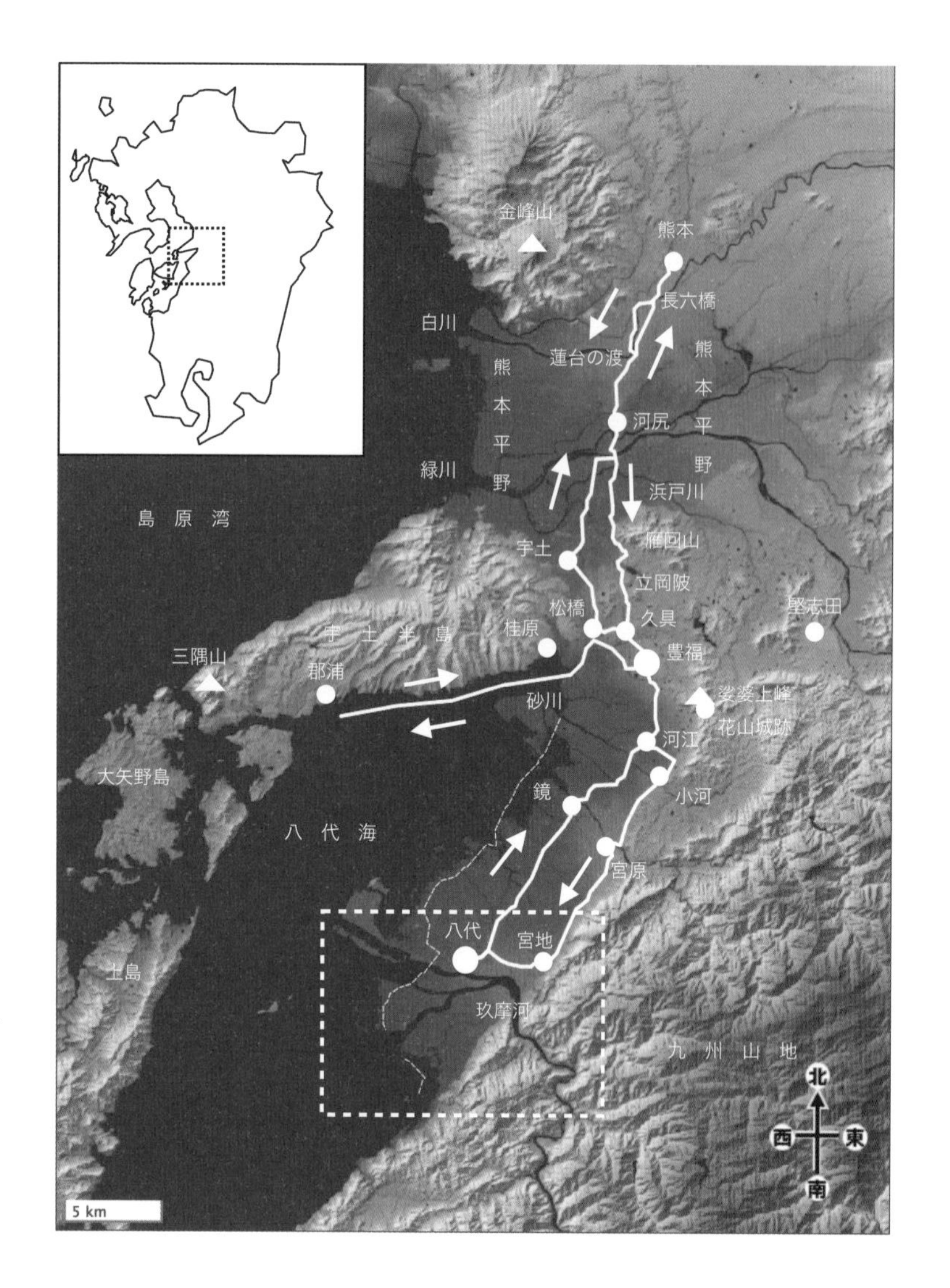

第2図『南行日志』の旅の経路

地名は原文の表記による。大きい白丸は宿泊地。八代平野の海側の細い破線は江戸時代末の埋立地の限界を示す。破線で囲まれた長方形は八代地域拡大図の範囲を示す。

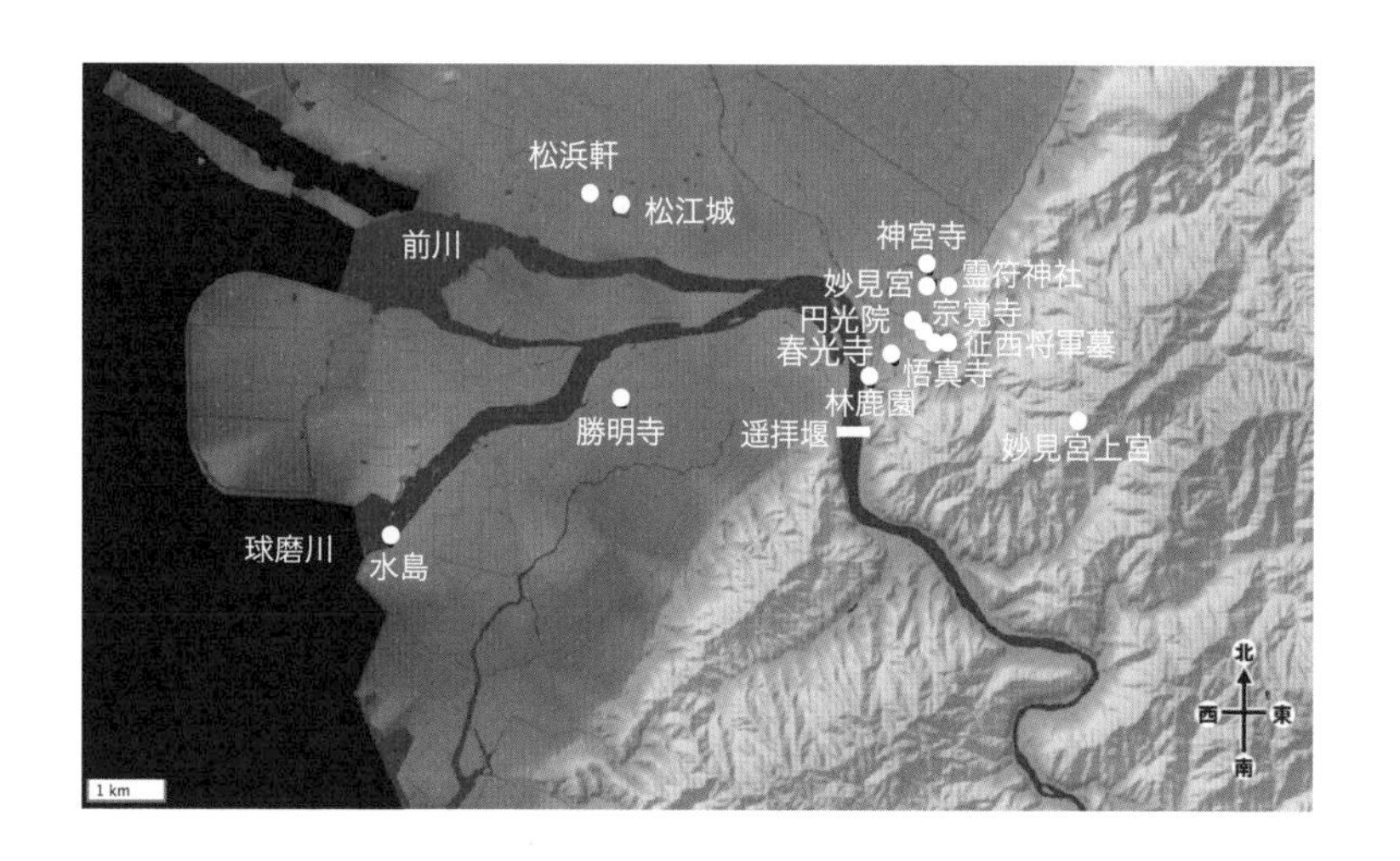

八代地域拡大図

寺社等は現在の呼称による。

『南行日志』

（一）　十月七日

十月七日微陰。同井口正方發壺井草堂、赴饗。菅村常照待余等久之。過蓮臺渡、抵河尻驛。訪不破昌祐宅。昌祐舟行不在。一奚奴迎歸。昌祐扁舟容與投竿。上堂酒飯相饗、話談移晷。

有詩。

長驛千家臨水湄
波涵樓影與山姿
故人勸酒須沉酔
方是丹楓黄橘時

下未發河尻渡緑河。舟中望蘇山、池烟如雲。取捷径、渡小渓。名六彌太渡。是渓源自堅志田来、名濱戸川。余往年東游、屢踰上游歩。行村水田間、稲粱刈獲、無

十月七日微陰。井口正方と同に壺井草堂を発し、饗に赴く。菅村常照、余等を待つこと之を久しくす。蓮台の渡を過ぎ、河尻駅に抵る。不破昌祐宅を訪ふ。昌祐舟行して不在なり。一奚奴迎へて帰る。昌祐の扁舟、容与竿を投ず。堂に上りて酒飯相饗し、話談晷を移す。

詩有り。

長駅千家　水湄に臨み
波は楼影と山姿とを涵す
故人　酒を勧む　須からく沈酔すべし
方に是れ丹楓黄橘の時

下未、河尻を発し、緑河を渡る。舟中にて蘇山を望めば、池煙は雲の如し。捷径を取り、小渓を渡る。六弥太の渡と名づく。是の渓の源は堅志田より来り、浜戸川と名づく。余往年東遊して屢上游を踰えて歩す。村を水田の間に行けば、

復寸穂。

　過森住村。衰柳蘆花、蕭瑟殊甚。行二里、瀰立岡陂下流、抵久具茶店。日既没矣。取田間捷径、抵豊福村。已幾於秉燭。宿福田参和宅。主人出迎慰労具至。参和宅名二清園。燈火譚論移時、飯罷就寝。

　有詩。

　　訪君従野径
　　日暮冷風侵
　　微月臨蘆渚
　　狐燈上竹林
　　入門生喜気
　　把臂慰離心
　　漫酌幽窗下
　　慇懃情愈深

稲粱刈獲して復た寸穂無し。

　森住村を過ぐ。衰柳蘆花、蕭瑟たること殊に甚だし。行くこと二里、立岡陂の下流を瀰り、久具の茶店に抵る。日既に没す。田間の捷径を取り、豊福村に抵る。已に秉燭に幾し。福田参和宅に宿す。主人出でて迎え、慰労具に至る。参和宅を二清園と名づく。灯火譚論時を移し、飯罷みて就寝す。

　詩有り。

　　君を訪ひて野径に従ひ
　　日暮れて冷風侵す
　　微月　蘆渚に臨み
　　孤灯　竹林に上る
　　門に入れば喜気生じ
　　臂を把れば離心を慰む
　　漫に酌む　幽窓の下
　　慇懃にして情愈深し

《注》（文中の一つ目の漢詩）七言絶句　韻字：湄・姿・時（上平四支）。（文中の二つ目の漢詩）五言律詩　韻字：侵・林・心・深（下平十二侵）。

●**井口正方**：井口喜内と思われる。文化九年、家督相続。御番方。当時三一歳。文政九年八代城附。時習館助教より奉行兼用人となった井口呈助（岱陽）は子。（熊本藩「先祖附」） ●**壺井草堂**：内坪井にある黄華の自宅。 ●**黌**：時習館。熊本城の二の丸にあった。 ●**菅村常照**：遺稿では「常昭」となっていたが、「常昭」は文化二年に没した父親の名であるので、すべて「常照」に修正した。当時二五歳。俗称熊次。寛政九年一二月一三日八代で出生。伝習堂で文化七年にその勤学に対して賞を受ける。熊本に出て、大城君升に学ぶ。文政三年三月時習館に入った。文政四年一二月時習館を辞し、その後病で帰郷。文政七年没。享年二九歳。祖父の菅村南澗及び父親の常昭も伝習堂の師範であった。なお、黄華は常照の兄の依頼で常照の没後にその墓碑銘を書いている。（『八代郡誌』、『渡辺琴台伝』） ●**蓮台の渡**：熊本市蓮台寺付近にあった白川の渡し。 ●**河尻駅**：河尻宿。現在、川尻と表記。河尻は、熊本藩が定めた五つの町の一つで、町奉行が置かれていた。 ●**不破昌祐**：不破萬之助。不破敬次郎（当時河尻奉行）長男。志水隼太（蘭陵）（当時八代番頭）の甥。天保九年玉名郡代当分。（『肥後先哲偉蹟』、黄華遺稿「志水君墓誌銘」、熊本藩「先祖附」） ●**奚奴**：召使い。 ●**扁舟**：小舟。 ●**容与**：舟の静かに行くさま。 ●**長駅**：長くのびた宿場。河尻宿は、東西にのびる道とそれに交差して南北にのびる道（薩摩街道）に沿って形成された。 ●**水湄**：水のほとり。 ●**千家**：多くの家。 ●**黄橘**：黄蜜柑（きみかん）。 ●**下未**：未の下刻。午後三時。 ●**緑河を渡る**：緑川にあった「杉島渡し」と思われる。 ●**小渓**：浜戸川。 ●**六弥太の渡**：浜戸川の渡し。『肥後国志』には、「廻江村ニ土橋アリ又六弥太通リト云小路ニ舟渡シアリ」と書かれている。また、『下益城郡誌』には、一六〇〇年（慶長五年）に加藤清正の軍が宇土城攻撃のために浜戸川に架かる橋（土橋）に来たところ、庄屋の久兵衛（後に、六弥太に改名）が農民を指揮してここで阻止したと言われる。そのため、後に「六弥太橋」と呼ばれるようになった。なお、明治以降に行われた流路の改修により、浜戸川の流路は南側に移され、旧流路は現在の流路の北側の水路となっている。 ●**堅志田**：現在の熊本県下益城郡美里町。 ●**東遊**：東へ遊歴すること。 ●**上游**：川の上流。 ●**稲梁**：稲とあわ。 ●**刈獲**：穀物を刈り取る。 ●**森住村**：川尻の南の村のことと思われるが、この村名は見つからない。廻江村（現富合町廻江）あるいは新村（現富合町新）かもしれない。●**蘆**：あし。●**蕭瑟**：ものさびしいさま。●**立岡陂**：立岡池を指す。松山、古保里、境目、善道寺町周辺の水の便が悪いため、灌漑のために作られたため池。慶長年間、加藤清正がこの池の築造を指示したと言われる。隣接して花園池が作られているが、これは嘉永・安政年間に松永手永惣庄屋久保桂助が築造。立岡池・花園池の下流は、潤川（うるご）となり、浜戸川に合流している。●**久具**：熊本県宇城市松橋町久具。●**捷径**：近道。●**豊福村**：熊本県松橋町豊福にあった村。●**秉燭**：ともし火をともす。●**福田参和**：福田元澤と思われる。当時二一歳。豊福村の居住。享和元年三月一八日出生。時習館に入り、居寮生となり、後に再春館で医術を学んだ。文政一一年郡医師、天保九年に独礼医、嘉永元年御目見医師、安政五年再度御目見医師。（『下益城郡誌』）●**微月**：三日月。●**蘆渚**：あしの生えている水際。●**狐灯**：一つだけともっている灯火。●**臂を把る**：手を握って親しみを示す。●**喜気**：はればれとした気。●**離心**：別離の情。●**幽窓**：奥深く薄暗い部屋の窓。

【口語訳】

十月七日薄曇り。井口正方とともに壺井草堂を出発し、時習館に行く。菅村常照は私達を大分長い間待っていた。蓮台の渡し（**写真①**）を過ぎ、川尻宿（**写真②③**）に着いた。不破昌祐宅を訪問した。昌祐は舟行し不在である。召使いが迎えに行って帰ってきた。昌祐は小舟で静かに釣りをしていたのだ。屋敷に上がり、酒飯を供して宴し、話しているうちに時が過ぎた。

詩を作った。

長くのびた宿場の多くの家は、川のほとりに臨んでいる
波は、楼の影と山の姿とを浸している
旧友が酒を勧めるのだ。酔いつぶれなきゃならん

まさに紅葉した楓と黄蜜柑の季節である（私の顔も赤らんできた）
未の下刻、川尻を出発し、緑川を渡った。舟の中で阿蘇山を望むと、カルデラの噴煙は雲のようである。近道を行き、小川を渡った。六弥太の渡し（**写真④**）と言う。この川の源の堅志田から流れてくる。浜戸川と言う。私は先年東方に遊び、しばしば上流を川づたいに歩いた。村の水田の間を行くと、穀物は刈り取られて、すこしの穂もない。
森住村を過ぎた。枯れかかった柳や蘆花が見えて、たいそう寂しい。二里行き、立岡堤（**写真⑤**）の下流を渡り、久具の茶店に来た。日はすでに没している。田の中の近道を行き、豊福村に着いた。そろそろ火を灯す時刻である。福田参和宅に泊まった。主人が出迎え、大変こまごまといたわってくれた。参和宅を二清園と言う。火を灯して議論して時が過ぎ、食事も終わって床についた。
詩を作った。

君を訪ねて野道をたどると
日が暮れて冷たい風がこの身にしみこんだ
三日月が葦の生えた水際に臨むと
ぽつんと灯った灯火が竹林に上っていた（君の家の灯りが見えた）
門を入ればはればれとした気持ちになり
手を握って別れの情を慰める
薄暗い窓の下で、とりとめもなく酌みかわす
ねんごろに語り合って、情はますます深くなる

(二)　十月八日

八日微寒晴。晨起喫茶、朝食畢小飲。上巳發二清園。参和同行。穿竹林中、登一小丘。是爲阿曽氏臣東播磨守長安城墟。爲薩摩将絹脇刑部所滅。墟四望頗豁。其東一太丘爲花山城。乃刑部墟。西南望海。一帯長堤、是爲新堤。花山下一山、爲娑婆上峰。自小川驛走堅志田道也。

路傍櫨葉始黄。過堀江茶店。河江村左、有守山八幡祠。馳道種松。蒼翠可愛。

抵小河驛。人家可二百戸。驛中有一溪、名沙溪。白沙清潔、水源自近山来。自橋上東望、連山簇々。有一峯、出其上如剣尖。土人指曰、是爲國觀峯。釈迦文峯後一山也。距此五里。出驛行。傍有小丘。有營壘之跡、不知其爲誰氏墟也。有一古

八日、微寒、晴る。晨起して喫茶し、朝食畢りて小飲す。上巳、二清園を発す。参和同行す。竹林の中を穿ちて一小丘に登る。是れ阿曽氏の臣東播磨守長安の城墟と為す。薩摩の将絹脇刑部の滅ぼす所と為る。墟は四望頗る豁し。其の東の一太丘を花山城と為す。乃ち刑部の墟なり。西南のかた海を望む。一帯の長堤は是れ新堤と為す。花山の下の一山を娑婆上峰と為す。小川駅より堅志田に走る道なり。

路傍の櫨葉始めて黄ばむ。堀江の茶店を過ぐ。河江村にて左し、守山八幡祠有り。馳道松を種う。蒼翠愛すべし。

小河駅に抵る。人家二百戸可り。駅中に一渓有りて沙渓と名づく。白沙清潔、水源は近山より来る。橋の上より東のかた望めば、連山簇々たり。一峰有り、其の上に出づること剣尖の如し。土人指さして曰はく、是れ国観峰為りと。釈迦文峰の後の一山なり。此を距つること五里。駅を出でて行く。傍らに小丘有り。営塁の跡有り、其の誰氏の墟為るかを知ら

松蟠屈道側。似有所説。偶不逢一人、不能聞其謂也。又遶一山。古松岑蔚。有一標木、題曰熊本至此凡八里。

　行数百歩、入宮原驛。驛与小川同市井。有川曰干川。水尤清冽、源自釈迦文峯下来。燧石得名。憩一酒店。

　是日晴暖、海色蒼茫、布帆如織。宇土山之趾、蜿蜒南下。一峯突兀形如筍為三隅山。如覆敦為一矢埜山。其他天草諸山及遠近島嶼含黛、昇晴縹緲如畫。左右田間、唳鶴鳴雁甚多。

　出宮原、行二里、路左高山曰龍峯。路右有一大石。土人相傳、昔豊太閤征薩、屯兵於此。因踞此石、名為太閤石。半里老松夾路、森々為列。大数圍。

　下中入八代。常照携入其家。浴畢、余等偃臥適意、互談来路之奇、燈下勸酒。

ざるなり。一古松の道側に蟠屈する有り。説く所有るに似たり。偶(たまたま)一人にも逢はず、其の謂はれを聞くこと能はず。又た一山を遶(めぐ)る。古松岑蔚(しんうつ)たり。一標木有り、題して曰はく、「熊本、此より至るは凡そ八里」と。

行くこと数百歩、宮原駅に入る。駅は小川と市井(しせい)を同じくす。川有り、干川(ひかわ)と曰ふ。水尤も清冽にして、源は釈迦文峰の下より来る。燧石(すいせき)もて名を得。一酒店に憩ふ。

是の日、晴暖、海色蒼茫(そうぼう)として、布帆(ふはん)は織るが如し。宇土山の趾、蜿蜒(えんえん)として南に下る。一峰突兀(とっこつ)として形の筍(たけのこ)の如きは、三隅山と為す。敦(たい)を覆すが如きは一矢野山と為す。其の他天草諸山及び遠近の島嶼、黛(たい)を含み、昇晴縹渺(へんせいひょうびょう)として画の如し。左右の田間、唳鶴鳴雁(れいかくめいがん)甚だ多し。

宮原を出でて、行くこと二里、路の左の高山を竜峰と曰ふ。路の右に一大石有り。土人相伝ふ、昔豊太閤、薩を征し、兵を此に屯(とん)す。此の石に踞(うずくま)るに因(よ)りて、名づけて太閤石と為すと。半里、老松、路を夾み、森々として列を為す。大いさ数囲なり。

初更後就寝。四更眠覚、聞涓滴逶簷。因恐明朝探勝之有妨。既而復睡。

下中、八代に入る。常照、携へて其の家に入る。浴畢り、余等偃臥（えんが）意に適ひ、来路の奇を互ひに談じ、灯下、酒を勧む。初更の後、就寝す。四更、眠り覚め、涓滴（けんてき）、簷（えん）を逶るを聞く。因りて明朝探勝の妨げ有るを恐る。既にして復た睡る。

《注》●**上巳**：午前九時から同四〇分までの間。●**一小丘**：豊福城跡。水田中の島状独立台地。もとは猿の山丘陵西端の裾部が南方に延びた台地であったが、築城の際に掘り切って外壕としたため独立の台地となった。戦国時代には、相良氏と名和氏との間で豊福領をめぐる争奪戦が繰り広げられた。●**阿曽氏**：阿蘇氏。●**東播磨守長安**：村上氏の家臣本郷内蔵東播磨か。●**絹脇刑部**：絹脇刑部左衛門。島津氏の武将。花山城の城主となった。●**太丘**：きわめて大きい丘。●**花山城**：天正一一年（一五八三年）に島津氏によって堅志田城の阿蘇氏に対抗して築かれた。天正一三年、阿蘇氏の軍勢により花山城は落城した。その後、島津氏により堅志田城が落とされ、花山城も廃城となった。●**長堤**：八代海の干拓のための堤防のこと。●**娑婆上峰**：娑婆神峠のこと。なお、昔は、小野部田から豊福にかけて、山裾まで海であったため、娑婆神峠が北へ通ずる幹線路であった。●**堅志田**：熊本県美里町堅志田。●**櫨葉**：はぜの葉。●**堀江**：河江に近いところと思われるが、該当地不明。●**河江村**：熊本県宇城市小川町河江。●**守山八幡祠**：守山八幡宮。宇城市小川町南部田にある。●**馳道**：馬車の通る道。●**小河駅**：小川宿。●**沙渓**：砂川。●**簇々**：つぎつぎと群がるさま。●**国観峰**：国見岳（一七三九メートル）。●**釈迦文峰**：大行寺山（九五七・四メートル）。金海山大恩教寺釈迦院（天台宗）があるので、釈迦岳と呼ばれることもある。●**営塁の跡**：小川城跡のことか。●**岑蔚**：草木が深く生い茂っているさま。●**標木**：目印のために立てる木。里程木。●**干川**：氷川。●**燧石**：火打ち石。宮原町一帯は「火の国」発祥の地と言われる。町を流れる氷川（古くは、「火の川」と呼ばれた）の岸辺では火打ち石が多く取れる。●布帆：帆。●山の趾：山麓。●突兀：高く突き出る。●三隅山：宇土半島の三角岳（四〇五・七メートル）。●敦：太くてずっしりした穀物を盛る祭器。●矢野山：熊本県上天草市の大矢野島の飛岳（二二八・六メートル）、あるいは柴尾山（二三五・七メートル）か。●黛：黒味を帯びた濃い青色。●縹渺：はるかに遠いさま。●唳鶴鳴雁：鶴唳鳴雁と同じ。鶴が鳴き雁が鳴く。●竜峰：竜峰山（五一七・二メートル）。●偃臥：寝転がる。●適意：くつろいださま。●涓滴：水がしたたるように流れる。●簷を遶る：軒を巡る。●初更・四更：一夜を五分した最初の時刻（午後七時から二時間。あるいは午後八時から二時間）と四番目の時刻（午前一時から二時間）。

【口語訳】

八日、肌寒い。晴れた。早起きして茶を飲み、朝食が終わって、少し酒を飲んだ。巳の上刻に二清園を出発した。参和が同行した。竹林の中を分け入って、小さな丘（**写真⑥**）に登った。これは阿蘇氏の家臣の東播磨守長安の城跡である。薩摩の武将の絹脇刑部に滅ぼされた。城跡は四方の見晴らしが非常に開けている。その東の極めて大きな丘を花山城という。すなわち刑部の城跡である。西南の方に海を望む。一筋の長い堤は新しい堤である。花山の下の一山を娑婆神峠という。（小川宿から堅志田に続く道である。）

道端の櫨の葉はようやく黄ばんできた。堀江の茶店を過ぎた。河江村で左の方に行くと守山八幡宮（**写真⑦**）がある。馬車の通り道に松が植えられていて、緑がすばらしい。

小川宿に着いた。人家は二百戸ほどである。宿場の中に川が流れて、砂川（**写真⑧**）という。白砂は清らかで、水源は近くの山である。橋の上から東の方を望むと、山なみが群がり集まっている。一つの峰があって、山なみの上に剣の先のように出ている。土地の者が指差して、「これは国見岳です」と言う。大行寺山の後ろの一山である。ここから五里離れている。宿場をあとにした。わきに小さな丘があった。砦の跡がある。それが誰の砦かは分からない。一本の古い松が道側にとぐろを巻いている。由緒があるようだ。たまたま一人も出会わず、その言われを聞くことができなかった。また、一つの山のふもとを廻った。古い松が生い茂っている。標木があって、「熊本、ここからおよそ八里」と書かれていた。

数百歩行き、宮原宿（**写真⑨**）に着いた。宿場の町なみに、小川が流れていた。氷川（**写真⑩**）と言う川がある。水は非常に清冽で、水源は大行寺山のふもとである。火打ち石（**写真⑪**）で有名である。酒店で休んだ。

この日は晴れて暖かく、海の色はぼんやりと霞んで、帆船ははた織りの手さばきのように、しきりに行ったり来たりしている。宇土の山麓はうねうねと続いて南に下る。一つの峰が高く突き出ていて、形が筍のようなのは、三角岳である。敦（たい）をひっくり返したようなのは、矢野の山である。その他、天草の諸山と遠近の島嶼は、黛色を含み、はるか遠くまで明るく晴れて、まるで画のようである。左右の田では非常に多くの鶴や雁が鳴いている。

宮原を出て、二里行く。道の左側の高山を竜峰山という。道の右に一つの大石がある。土地の者は、「昔、豊臣太閤が薩摩を征伐したとき、ここに兵を駐屯させた。この石にすわったので、太閤石と称した。」と伝えている。半里、老松が道の両側に高くそびえ立って列をなしている。幹まわりは数抱えである。

申の下刻、八代（**写真⑫**）に入った。常照は私を連れて家に入った。入浴してから、私達はくつろいで寝ころび、来た道の奇勝を語り合い、灯火の下で酒を勧めた。初更の後に就寝した。四更に眠りから覚めて、水がしたたり流れて、軒を巡るのを聞いた。そのため、明朝の探勝が妨げられるのを心配した。まもなく眠った。

（三）　十月九日

九日陰雲濛々。朝起梳髪朝饔畢。

　昨夜席上

雅懐何灑落
引我伴詩騒
共話千秋事
相忘百里労
盤中割金橘
杯裏瀉香醪
夜久松風度
猶疑聴海涛

下巳志水元嘉子善来。同正方参和常照、

九日陰雲濛々たり。朝起き、梳髪（そはつ）し、朝饔畢る。

　昨夜席上

雅懐（がかい）　何ぞ灑落（さいらく）なるや
我を引きて詩騒に伴はしむ
共に話す　千秋の事
相忘る　百里の労
盤中　金橘（きんきつ）を割り
杯裏（はいり）　香醪（こうろう）を瀉（そそ）ぐ
夜久しくして松風度（わた）り
猶ほ疑ふ　海涛を聴きたるかと

下巳、志水元嘉子善来（きた）る。正方、参和、常照と同（とも）に松本貞訪松本貞晟荘村正徳。

　遂従志水某、遊松濱軒。入門左折、歩籬落間。池水空濶、迂回数十曲。池中種燕子花。花時可想。

　築一小丘、有老松数十株、望南北諸山海島。

　池水傍栽雑卉木。置奇石似山者数十、以粧點風景。

　架梁通路者二所。其一則石梁長数十尺、如獨木橋。洲渚錯出、布以細石其一洲。灌木蓊鬱、有稲荷小祠。園中置軒五楹、以為偃息之所。有鐵樹数株、蟠虬似鳳。志水某同常照設酒佐興。

　妙見祠祀北極星。廟宇宏壮、拝殿経蔵皆具。門右有一老楠数十圍。

　　逆流
乾隆歳次壬子季秋穀旦

晟、荘村正徳を訪ふ。

　遂に志水某に従ひて松浜軒に遊ぶ。門に入りて左折し、籬落の間を歩す。池水空濶として、迂回すること数十曲なり。池中、燕子花を種う。花時、想ふべし。

　一小丘を築き、老松数十株有り、南北の諸山海島を望む。

　池水、傍らに雑卉木を栽う。奇石の山に似る者数十を置きて、以て風景を粧点す。

　梁を架して路を通ずる者二所なり。其の一は則ち石梁の長さ数十尺にして独木橋の如し。洲渚錯出し、細石を以て其の一洲に布く。灌木蓊鬱として、稲荷の小祠有り。園中、軒五楹を置きて、以て偃息の所と為す。鉄樹数株有り、蟠虬すること鳳に似たり。志水某、常照と同に酒を設けて、興を佐く。

　妙見祠、北極星を祀る。廟宇宏壮にして、拝殿経蔵皆な具はる。門の右に一老楠の数十囲なる有り。

　　逆流
　乾隆、歳は壬子に次る。季秋穀旦
無我無人、観自在なり

無我無人観自在
非空非色見如来
太子大保文淵閣大学士翰林院学士
嵇璜敬書

嵇璜之印	大学士章

小祠一祀土地神、木塔一安佛像。相傳飛弾匠所営。入松林。登後山数百歩、拝霊符堂。題名於堂柱下。松林行仄径。有一小宇、安地像及一青石。又行数百歩、有一廃宇、神宮寺隠宅。荒蕪闃寂、雑樹蕭森、不可久留。下山沿渓而東。

抵正覚寺。自寺中入後山、上小径行古墓間。右渓中一老松曰龍燈松。昔有龍燈掛於此。有一古墳、銘曰加藤主計頭第四子某。朱欄護之。

抵悟真寺。寺頗幽寂。一大鐘相傳、龍

非空非色、如来を見る
太子大保、文淵閣大学士、翰林院学士　嵇璜敬書す

嵇璜の印	大学士章

小祠の一は土地神を祀り、木塔の一は仏像を安んず。相伝ふ、飛弾の匠の営む所と。松林に入る。後の山に登ること数百歩、霊符堂を拝す。名を堂柱の下に題す。松林、仄径を行く。一小宇有り、地像及び一青石を安んず。又た行くこと数百歩、一廃宇有り、神宮寺の隠宅なり。荒蕪闃寂、雑樹蕭森として久しくは留まるべからず。山を下り、渓に沿ひて東す。

正覚寺に抵る。寺の中より後の山に入り、小径を上り、古墓の間を行く。右渓中の一老松を竜灯松と曰ふ。昔竜灯有りて此に掛く。一古墳有り、銘に曰はく、「加藤主計頭第四子某」と。朱欄之を護る。

悟真寺に抵る。寺頗る幽寂たり。一大鐘、相伝ふ、竜神の献ずる所にして、土人旱魃に逢ふ毎に之を前渓に沈むれば、則ち必ず雨ふると。

神所献、土人毎逢旱魃沈之於前渓、則必雨。

　取小径、謁征西将軍墓。古樹森然。一石銘曰征西将軍神儀。欲登北斗峯、天色黯淡。聞無他奇、乃沿渓而還村。家皆製紙為産。所謂八代箋也。

　憩妙見祠前酒店。圓光院蘇鉄甚奇。□有舎利院尼寺。

　遊春光寺。上石級数十、屋構宏壮、紅葉尤好。拝佐渡公廟。欲訪寺僧有故不遇。

　衝泥過林麓園。入門左折。密石細布、群峰圍繞、緑松蓊然。有渓、自両山合抱処来。上一小松丘、有臺松風榭。又上数十折、有老松数株。往年榭在於此。為大風所揺、今移在下。眺望尤豁。下俯玖摩河、名遥拝瀬又曰遥拝。水勢尤壮。

　時已薄暮、烟雨霏々、松濤水響交闘、

小径を取り、征西将軍の墓を謁す。古樹森然たり。一石の銘に曰はく、征西将軍神儀と。北斗峰を登らんと欲するも、天色黯淡たり。他に奇なる無きを聞き、乃ち渓に沿ひて村に還る。家は皆紙を製して産を為す。所謂八代箋なり。

妙見祠前の酒店に憩ふ。円光院の蘇鉄甚だ奇なり。舎利院尼寺有り。

春光寺に遊ぶ。石級を上ること数十、屋構宏壮にして、紅葉尤も好し。佐渡公廟を拝す。寺僧を訪はんと欲するも、故有りて遇はず。

泥を衝いて林麓園を過る。門に入りて左折す。密石細布し、群峰囲繞し、緑松蓊然たり。渓有り、両山の合抱する処より来る。一小松丘を上れば、台の松風榭なる有り。又た上ること数十折、老松数株有り。往年榭は此に在り。大風の揺する所と為り、今移して下に在り。眺望尤も豁し。下に俯すれば、玖摩河、遥拝瀬と名づく、又た遥拝と曰ふ。水勢尤も壮んなり。

時已に薄暮、煙雨霏々として、松濤水響交闘ひて雄壮なり。遥かに天草及び遠近の島嶼を望めば、微茫弁じ難し。雨を侵雄壯。遥望天草及遠近島嶼、微茫難辨。
侵雨而帰。歩玖摩河長堤上。
下酉抵常照宅。是夜池邉成卿、携酒魚
而至。豪譚千古雑以詼諧。宴罷就寝。

して帰る。玖摩河の長堤の上を歩す。
下酉、常照宅に抵る。是の夜、池辺成卿、酒魚を携えて至
る。千古を豪譚し雑（まじ）ふるに詼諧（かいかい）を以てす。宴罷（や）みて就寝す。

《注》（文中の漢詩）五言律詩　韻字：騒・労・醪・涛（下平四豪）。
●**陰雲**：暗く空を覆う雲。　●**梳髪**：髪をとかす。　●**朝饔**：朝食。　●**雅懐**：高尚な心持ち。　●**灑落**：さっぱりとして、物にこだわらないこと。　●**詩騒**：詩や韻文。　●**千秋**：長い年月。　●**杯裏**：さかずきの中。　●**香醪**：かぐわしいにごり酒。　●**海涛**：海の大きな波。　●**下巳**：巳の下刻。午前一〇時二〇分から午前一一時までの間。　●**志水元嘉子善**：志水新右衛門の子。新右衛門については、一〇月一二日の志水新右衛門の条参照。　●**松本貞晟**：松本源次右衛門あるいは松本宮膳。それぞれ三〇歳、二六歳。当時、いずれも八代御城附。（熊本藩「先祖附」）　●**荘村正徳**：庄村市太郎。二三歳。八代城附であった父親の庄村新平が文政二年に病で隠居したため、それを引き継ぎ八代城附。（熊本藩「先祖附」）　●**松浜軒**：細川氏の筆頭家老で、八代城代であった松井家の邸宅と庭園。一六八八年（元禄元年）、松井家三代松井直之が生母崇芳院尼のために建てた茶屋。別名「浜の茶屋」。建立当時は、松波越しに八代海、宇土半島、雲仙を望む雄大な庭園であった。　●**籬落**：生垣。　●**空濶**：広々としたさま。　●**曲**：湾曲したところ。　●**燕子花**：かきつばた。　●**卉木**：草木。　●**粧點**：ところどころに彩りをつけて美しくかざる。　●**架梁**：橋桁を渡す。　●**独木橋**：丸木橋。　●**石梁**：石の橋。　●**洲渚**：川の中洲。　●**錯出**：不規則に現れる。　●**蓊鬱**：草木が盛んに茂るさま。　●**楹**：家屋を数えることば。家屋の一列を一楹という。　●**蟠虬**：虬蟠。木がみずちがとぐろをまくようにくねくねしたり、まつわりあったりしているさま。　●**妙見祠**：妙見宮。明治三年、政府分離政策により、

神宮寺などの仏教施設や仏像などが排除され、八代神社と改称された。妙見宮は、上宮、中宮、下宮があるが、八代神社は下宮。文治二年（一一八六年）後鳥羽天皇の勅願によって建立され、天御中主神（あめのみなかぬしのみこと）、国常立尊（くにのとこたちのみこと）を祀っている。　●**経蔵**：寺院で経典を納めておく蔵。　●**老楠**：八代神社の御神木。　●**逆流**：仏教。生死の流れにさからい、悟りの道に向かい進むこと。　●**蕭森**：薄暗くさびしいさま。　●**乾隆**：元号。　●**歳次**：年のめぐり。　●**壬子**：一七九二年。　●**季秋**：陰暦九月。　●**穀旦**：吉日。　●**太子大保、文淵閣大学士、翰林学院学士**：明・清王朝で設置された官職。　●**嵇璜**：清の学者。皇帝の秘書官。『続通典』等を編集した。　●**小祠・小宇**：いずれも妙見宮の末社か。　●**飛弾**：「飛驒」のことと思われる。　●**霊符堂**：霊符神社。八代神社（妙見宮）の末社で、同境内南東の山上にある。　●**仄径**：せまい小道。　●**神宮寺**：妙見祠の神宮寺。明治三年に廃寺となった。宮地小学校敷地が神宮寺跡。なお、本文では、廃屋と書かれているので、一五あった妙見宮の坊の一つを指しているのかもしれない。　●**荒蕪**：雑草が生い茂り荒れているさま。　●**闃寂**：ひっそりと静まり、寂しいさま。　●**蕭森**：薄暗くさびしいさま。　●**正覚寺**：宗覚寺（そうかくじ）。加藤清正の子の忠正を弔うために、八代宮地の水無川沿いに本城寺を建てた。後に、同寺は八代城下に移り、現在の場所に建てられた。　●**加藤主計頭の第四子**：加藤忠正。加藤清正の第四子とあるが、忠正は第二子。嫡男であったが、慶長一二年（一六〇七年）に江戸で死去。　●**竜灯松**：ある夜、悟真寺に異人が来て授戒血脈を請い求めたので授与したところ、異人は、海中の主である、この悦びに毎年海中より灯火を奉ると約束し、毎年七月の夜に海上に灯火が浮かび出た。これを悟真寺の松の梢に掛けたという。これを竜灯松と言う。この松は、明治維新の頃に伐採されたと言う。（『八代郡誌』）　●**朱欄**：朱塗りの欄干。　●**悟真寺**：曹洞宗の寺で、征西将軍懐良親王の菩提寺。肥後守菊池武朝が同親王の命を受けて創建した。元中七年（一三九〇年）に落成した。懐良親王（「かねなが」、「かねよし」とも読む）は、後醍醐天皇の皇子で、南朝の征西将軍として、肥後国隈府を拠点に征西府の勢力を広げ、九州における南朝方の勢力を広げたが、次第に後退していった。その後、征西将軍を良成親王に譲り、菊池から八代高田に移った。　●**大鐘**：『八代郡誌』には、夏日旱魃の時、当寺の鐘を中宮川の鐘ヶ淵に浸し沈めれば三日の内に必ず雨が降ると言うと書かれている。●**征西将軍の墓**：懐良親王の墓。●**北斗峰**：横岳。妙見宮上宮があった。●**黯淡**：薄暗い。●**他奇**：そのほかのめずらしいこと。●**八代箋**：八代の宮地は、四〇〇年ほど前に紙漉きの技術が伝えられ、紙の産地として知られていた。●**円光院**：古麓町にあった。現在、円光院跡に地蔵堂が置かれている。●**春光寺**：江東山春光寺。松井家の菩提寺。創建は、天正一一年（一五八三年）に初代松井康之が亡父の追悼のため丹後久美浜に常善山宗雲寺を建立し、その後、豊後、豊前、肥後熊本と移り、延宝五年（一六七七年）直之の代に現在地に移された。裏に松井家歴代の墓所あり。●**石級**：石段。●**佐渡公廟**：八代城代の松井家墓所。佐渡守は、松井興長が「長岡佐渡守」と称したことによる。●**林麓園**：麓御茶屋。宮地の古麓町にあった八代城主松井直之の茶屋。林鹿園や林鹿庵と記した史料もある。明治四年に、松浜軒内に移築され、茶室林鹿庵とした。●**密石**：きめの細かい石。●**蓊然**：物事の盛んなさま。●**松風榭**：林麓園内にあった建物。松風舎。●**遥拝瀬・遥拝**：球磨川の下流に石を使って築かれた堰（「八の字堰」と呼ばれる）。加藤清正によって築かれたと言われる。昭和の河川事業で近代工法による遥拝堰が上流に建設され、八の字堰は姿を消したが、二〇一九年の現在に遥拝堰の下流に八の字堰が復元された。●**松濤**：松に吹く風の音を波にたとえていう語。●**霏々**：しきりに降るさま。●**交闘**：戦う。●**微茫**：かすかでぼんやりとしている。●**長堤**：八代の街を洪水から防御するための球磨川口北側堤防で、加藤清正が築いたものを正方が、元和五年から二年半を費やして八代城を築城した際に完成させたおよそ六キロにおよぶ堤。林麓園の前から海口に至る。松堤、松塘とも呼ばれる。なお、球磨川が八代に入ったあたりから新萩原橋にかけた右岸部分は、「萩原堤」と呼ばれている。●**池辺成卿**：『渡辺琴台伝』に八代の人物としてその名が出てくるが、不詳と記されており、また他にも言及のあるものがあるが、その詳細については記されていない。●**詼諧**：おどけて冗談を言う。

【口語訳】

九日、暗く空を覆う雲が立ち込めている。朝起き、櫛で髪をとかし、朝食をとった。

「昨夜席上」

風雅な思いは、なんとさっぱりしていることよ
私を引いて、詩文の交わりに伴わせた
千古の興亡を語り合ううちに
百里の旅の苦労を忘れた
皿の上できんかんを割り
杯にかぐわしいにごり酒をそそぐ
夜は長く松風が吹きわたり
海の波の音を聴いたかといぶかった

巳の下刻に志水元嘉（子善）が来た。正方、参和、常照とともに、松本貞晟、荘村正徳を訪問した。そして、志水某（なにがし）に従って松浜軒（**写真⑬**）に遊んだ。門を入って左折し、生垣の間を歩いた。池は広々としており、数十ヶ所も曲がりくねっている。池にはかきつばたが植えられている。花が咲く頃はすばらしかろう。

一つの小丘が築かれ、数十株の老松があり、南北の諸山や海島を望む。池のかたわらに、いろいろな草木が栽わっている。山のような珍しい石を数十置いて、風景を美しく飾っている。

橋を架けて道を通じている所が二ヶ所ある。その一つは、石橋の長さが数十尺あって丸木橋のようで

ある。川の中洲が不規則に現れて、細かい石がその一洲に敷かれている。灌木が盛んに茂ったところに、稲荷の小祠がある。園には建物を五棟置いて、休憩所としている。数株の蘇鉄があり、木がからみあっているさまは鳳のようである。志水某は常照とともに酒をしつらえて、興趣をたすけた。

妙見宮（**写真⑭**）は北極星を祀る。廟は広く立派で、拝殿、経蔵もみな備わっている。門の右に数十抱えの、一本の老楠がある。

逆流

乾隆壬子（みずのえね）（一七九二年）陰暦九月吉日

すべての事物には恒常的な実体がなく、諸法を観ずることが自由自在である。

すべての事物は無いのでもなく、眼に見えるものでもないが、悟りを開いた者を見ることはできる。

太子大保、文淵閣大学士、翰林院学士　嵇璜（けいこう）が敬書した

一つの小祠は土地の神を祀り、一つの木造の塔は仏像を安置している。伝えによれば、飛騨の匠が建てたものという。松林に入る。後ろの山に数百歩登り、霊符堂（**写真⑮**）を参拝した。堂の柱の下に名を書きつけた。松林の狭い小道を行く。小さな建物があり、お地蔵さまと一つの青い石を安地している。また数百歩行くと廃屋があった。神宮寺（**写真⑯**）の隠居である。雑草が生い茂り荒れて、ひっそりと静まり寂しく、いろいろな木が茂ってうす暗く、長くは留まっていられなかった。山を下り、谷川に沿って東に行った。

宗覚寺（**写真⑰**）に着いた。寺の中から後ろの山に入り、小道を登り、古い墓のあたりを行った。右の谷川のほとりの一本の老松を竜灯松と言う。昔、竜灯があって、ここに掛けた。古墳（**写真⑱**）が一つあり、銘に「加藤主計頭第四子某（なにがし）」と言う。朱塗の欄干がこれを護っている。

悟真寺（**写真⑲**）に着いた。寺は非常に奥深くひっそりとしている。大きな鐘（**写真⑳**）は、伝えによれば、竜神が授けたもので、土地の人が旱魃に遭うたびにこれを前の川に沈めると、必ず雨が降るという。

小道を通って、征西将軍の墓（**写真㉑**）を参拝した。古樹が茂る。一つの石の銘に征西将軍神儀という。横岳を登ろうとしたが、空の色は薄暗かった。他に珍しいこともないと聞いたので、谷川に沿って村に帰った。家ではみな紙を生産している。いわゆる八代紙である。

妙見宮の前の酒店で休んだ。円光院（**写真㉒㉓**）の蘇鉄が非常に珍しい。舎利院尼寺がある。

春光寺（**写真㉔**）に遊んだ。石段を数十段上った。建物は大きく立派であり、紅葉が非常に好かった。佐渡公廟を参拝した。寺の僧を訪ねようとしたが、わけがあって会わなかった。

ぬかるみをつき進んで林麓園（りんろくえん）に立ち寄った。門を入り左折する。きめの細かい石が敷かれ、群峰が取り囲み、緑の松が盛んに茂っている。谷川があって、両山の合わさるところから来ている。一つの小さな松丘に上ると、松風舎という建物があった。また数十の折り返しを上ると、数株の老松があった。かつて松風舎はここにあった。大風に揺すられ、今は移して下にある。眺望が最も開けている。下を見下ろせば球磨川が流れ、（遥拝瀬（**写真㉕**）と名付けられており、又た遥拝と言う。）水の勢いがとりわけ壮んである。

時は既に薄暮、煙るような雨はしきりに降り、松風の音と水の響きがこもごも闘って雄壮である。遥かに天草と遠近の島々を遠望すれば、かすかにぼんやりとして見わけにくい。雨をついて帰った。球磨川の長堤（**写真㉖**）の上を歩いた。

酉の下刻に常照宅に着いた。この夜、池辺成卿が酒魚を持って来た。千古の興亡を議論し、おどけた話も交えた。宴会が終わって寝た。

(五) 十月十一日

十一日晴、晨起飯畢、訪荘邨正徳。小野権兵衛来會勧以酒肴。既而辞厺。訪志水子善不遇。蓋子善早起訪余、余它適不遇、終日齟齬、三訪常照家、而不知余所在。彼此失縁鞅々而厺。然交態之厚亦可観矣。

遶城北再出城南。濿前河。引海水為渡、名前河。

踰玖摩河。抵植柳村、訪稱名寺。寺僧教門出迎、引余等上堂、酒飯慰勞。

上申教門携酒肴遊海濱。海濱松櫨紅翠。将遊水島無一舟可買。潮既進矣、不可歩

十一日晴、晨起し、飯畢り、荘村正徳を訪(と)ふ。小野権兵衛、来会し、勧むるに酒肴を以てす。既にして辞去す。志水子善を訪ふも遇はず。蓋し子善早く起きて余を訪ふも、余、它(た)に適(ゆ)きて遇はず、終日齟齬し、三たび常照の家を訪ふも、余の在る所を知らず。彼此(ひし)失縁鞅々(おうおう)として去る。然れども交態の厚きことも亦た観るべし。

城北を遶(めぐ)り、再び城南に出づ。前河を厲(わた)る。海水を引きて渡しと為し、前河と名づく。

玖摩河を踰ゆ。植柳(うやなぎ)村に抵り、称名寺を訪ふ。寺僧教門出でて迎へ、余等を引きて堂に上り、酒飯もて慰労す。

上申、教門、酒肴を携へて海浜に遊ぶ。海浜の松櫨は紅翠なり。将に水島(みずしま)に遊ばんとするも一舟の買ふべき無し。潮既

掲。憩草屋。煮酒割鮮。

日既莫、抵植柳。教門強留余等、不聴而別。

初更入八代、訪池成卿。成卿喜甚、煮松菌行醇醪。成卿学術既高、書画金石尤富。出元明諸名家画及古法帖数種示余。賞鑒有根柢、非雁作人之所掩其目也。座間出其家子某及塾生某、見余。諸子執礼甚恭、家庭之礼可想矣。

是夜成卿勧余以玖摩峡泛舟。以擬後赤壁之游。舟師舵工、成卿之所周旋、咄嗟可辨。蓋老公日南之游、在近日、玖摩之舟、不可容易而得也。成卿多方購得。其用意之厚、不可勝言也。

夜二更宿常照宅。


に進み、歩すべからずして掲(けい)す。草屋(そうおく)に憩ひ、酒を煮、鮮を割る。

日既に莫れ、植柳に抵る。教門、強いて余等を留むるも、聴かずして別(わか)る。

初更、八代に入り、池成卿を訪ふ。成卿、喜ぶこと甚だしく、松菌を煮、醇醪(じゅんろう)を行(おこな)ふ。成卿、学術既に高く、書画金石尤も富む。元明の諸名家の画及び古法帳数種を出だして、余に示す。賞鑑(しょうかん)に根柢(こんてい)有れば、雁作(がんさく)、人の其の目を掩(おお)ふ所にあらざるなり。座間に其の家の子某及び塾生某を出して、余に見(まみ)えしむ。諸子礼を執ること甚だ恭(うやうや)しく、家庭の礼想ふべし。

是の夜、成卿余に勧むるに玖摩峡にて舟を浮かぶるを以てす。以て後赤壁(こうせきへき)の遊に擬せり。舟師舵工(しゅうしだこう)、成卿の周旋する所、咄嗟(とっさ)に弁ずべし。蓋し老公日南の遊、近日に在れば、玖摩の舟、容易には得べからざるなり。成卿多方購得(こうとく)す。其の用意の厚きこと勝(あ)げて言ふべからざるなり。

夜二更(こう)、常照宅に宿す。

《注》●小野権兵衛：八代御城付御番頭組。二〇〇石。●彼此：あちらとこちら。●鞅々：楽しくないさま。●称名寺：八代市植柳下町にある勝明寺と思われる。●前河：前川。●教門：住職。●玖摩河：球磨川。●水島：球磨川河口にある小さい島。●植柳村：八代市植柳。●交態：世の中の交際のありさま。●景行天皇が九州に来た時に「芦北の小島に立ち寄り食事をしたが、お供をした小左という人が天皇に水を差し上げようと天地の神に祈ったところ、冷水が湧き出したので、水島と呼ぶようになった。」と日本書記に記されている。●草屋：草ぶきの家。●鮮：なまの魚。●松菌：まつたけ。●醇醪：純粋で上等の濃い酒。●金石：青銅器や石碑に刻まれた文章。●賞鑑：人物・書画・骨董などの目利きをし、めでる。●根柢：物事の基礎。●掩ふ：しのぐ。●後赤壁：宋代の詩人蘇軾の「後赤壁賦」。●舟師：船頭。●舵工：かじとり。●咄嗟：急に。●老公：前藩主細川斉茲（なりしげ）（文化七年に隠居）。●多方：八方手をつくして。●購得：買い入れる。●二更：一晩を五更に分け、その二番目。一更は、約二時間。

【口語訳】

十一日晴れ、朝起き、食事が終り、荘村正徳を訪問した。小野権兵衛が来て対座し、酒肴を勧めた。まもなく辞去した。志水子善を訪問したがいなかった。思うに子善は早く起きて私を訪問したが、私は他に行ったので会えず、終日すれ違い、常照の家を三度訪れたが、私の居場所がわからなかったのだろう。彼とは縁が無く、不満を残して去った。しかしながら交際の厚さは相当なものだ。城北を巡って、再び城南に出た。前川を渡った。（海水を引き込んで、渡しとし、前川という。）球磨川を越えた。植柳村に着き、勝明寺（**写真㉗**）を訪れた。僧侶らが出迎え、私達を導いて堂に上り、酒飯でねぎらった。中の上刻に、住職は酒肴を携えて海辺に遊んだ。海辺の松や櫨は赤や翠である。水島（**写真㉘**）に遊ぼうとしたが、舟を借りられなかった。潮はすでに満ちてきて、歩くことができず、衣をからげた。草屋で休み、燗酒を飲みさしみを食べた。

日は既に暮れ、植柳に着いた。住職は無理に私達を留めたが、聞き気入れずに別れた。

初更に八代に入り、池辺成卿を訪問した。成卿は非常に喜び、まつたけを煮て、上等の濃い酒をほどこした。成卿は、学術も既に高く、書画金石の知識にとりわけ富む。元と明の諸名家の画と古法帳数種を出して私に示した。目利きの基礎がしっかりしているので、偽物に騙されることはない。座間に其の家の子某と塾生某を呼んで私に会わせた。皆礼儀作法が非常にうやうやしく家庭での礼儀が窺われる。

この夜、成卿は、球磨川の峡に舟を浮かべることを私に勧めた。それでもって、後赤壁の遊になぞらえようというのだ。船頭舵手を成卿が周旋したことはすぐにわかった。思うに老公の日南の遊が近日にあるので、球磨川の舟は容易には確保できないのだ。成卿は八方手を尽くして借り上げた。その用意の周到さは言うまでもない。

夜二更、常照宅に泊まった。

(六) 十月十二日

十二日晴。朝将発。常照以余有不可留之、色意甚不平。成卿亦有約、意不可辞。

十二日晴る。朝、将に発せんとす。常照、余之に留まるべからざること有るを以て、色意甚だ不平なり。成卿にも亦た然余風塵煩劇、人皆笑余之薄也。

西岡右膳至。情恬懇々、以聞余之南游之遅、而把臂之不数也。携芳酒及年魚一籃以饗余。

志水子善其父新右衛門亦至、懇々留余。既而池成卿至、強辨責余以其負約。余以諧談解之、意猶不平而厺。

発常照家。西岡右膳送余抵掛口。元嘉常照送余抵郊外、具指帰路所向。情意悃愊、且顧且辞。

行田間堤上数里、午時抵鏡村。有小街。是時□老公南巡憩駕于此。街市清潔、人馬絡繹、黄童白叟、讙呼満路。大平康楽之恩、豈不敬欣哉。

踰干河。有小橋。拾所謂燧石者、僅得一二片。

経村落数里、濶沙渓下流。


約有るも、意辞すべからず。然して、余、風塵煩劇にして、人皆余の薄きを笑ふなり。

西岡右膳至る。情恬かに懇々として、余の南遊の遅るるを聞くを以て、臂を把りて数めざるなり。芳酒及び年魚一籃を携へて以て余を饗す。

志水子善、其の父新右衛門も亦た至りて、懇々として余を留む。既にして池成卿至り、強弁して余を責むるに其の約に負くを以てす。余、諧談を以て之を解かんとするも、意猶ほ平らかならずして去る。

常照の家を発す。西岡右膳、余を送りて掛口に抵る。元嘉、常照、余を送りて郊外に抵り、具に帰路の向ふ所を指さす。情意悃愊、且つは顧み且つは辞す。

田間の堤上を行くこと数里、午時鏡村に抵る。小街有り。是の時、老公南巡し、駕を此に憩ふ。街市清潔、人馬絡繹、黄童白叟、讙呼路に満つ。大平康楽の恩、豈に敬み欣ばざらんや。

干河を踰ゆ。小橋有り。所謂燧石なる者を拾ひ、僅かに一、

上申過堀江茶店。下申抵豊福村。浴畢、
酒飯解労。初更後就寝。

二片を得たり。

村落を経て数里、沙渓の下流を厲る。

上申、堀江の茶店を過る。下申、豊福村に抵る。浴畢り、

酒飯もて労を解く。初更の後、就寝す。

《注》●風塵：俗事。●煩劇：煩わしく忙しいこと。●西岡右膳：時習館に学び、後に辞めて八代に戻ったが、その際に黄華が送別の詩文を贈っている（『黄華山人遺稿』に所収）。扶持方取。二〇人扶持。二六歳。祖父西岡文平（号咸斎）は時習館訓導、父西岡乾太（濃助）は時習館句読師助勤当分、佐敷番。（熊本藩「先祖附」）●志水新右衛門：『肥後八代松井家御家人帳』（天保二年）若殿様御附頭宝蔵院流槍術師範としてこの名があるが、黄華との関係等は不明。●懇々：心をこめたさま。●負約：約束にそむく。●掛口：城下の入口。●情意：こころもち。●悃愊：まごころ。●老公南巡：『熊本藩年表稿』の文政四年一〇月の記述に「十二・十三日の両日にわたり百町新地および築立中の七百新地見分。」とある。●街市：ちまた。●絡繹：人馬などの往来が連なり続くさま。●黄童白叟：黄口の小児と白髪の老人。●讙呼：さわぎわめく。●満路：路いっぱい。●康楽：安らかに楽しむさま。●干河：氷川。●燧石：十月八日の条の注参照。●沙渓：砂川。●上申：申の上刻。午後三時から同四〇分までの間。●下申：申の下刻。午後四時二〇分から午後五時までの間。●初更：午後七時から午後九時の間。

【口語訳】

十二日晴。朝、出発しようとした。常照は、私がここに留まることができないので、非常に不機嫌であった。成卿とも約束があったが、心変わりはない。私は俗事に煩忙なだけだが、人は皆私を薄情だと

笑うのだ。

西岡右膳が来た。静かに心をこめて語らい、私の南への旅の遅れを聞いても、何度も腕をつかむばかりで、責めなかった。香りの良い酒と鮎一かごを持ってきて、私をもてなした。

志水子善とその父新右衛門も来て懇々と私を引き止めた。まもなく池辺成卿が来て、私との約束にそむいたことを強い口調で責めた。私は打ち解けて談じてなだめようとしたが、心はなお不満を残して立ち去った。

常照の家を出発した。西岡右膳は私を送って掛口（かかりぐち）まで来た。元嘉と常照は、私を送って町はずれまで来て、細かく帰路の方向を指し示した。真心を込めて振り返ったり、暇乞いをしたりした。

田の中の堤の上を数里行き、昼ごろ鏡村（**写真㉙**）に着いた。小さな町並みがあった。この時、老公が南部を巡って、ここでかごを休めた。町並みは清潔で、人馬の往来が絶えず、小児や老人は道いっぱいにさわぎわめいている。太平安楽の恩を思えば、どうして喜ばずにいられようか。

氷川（ひかわ）（**写真㉚**）を越えた。小さな橋があった。いわゆる火打ち石（**写真⑪**）を拾い、わずかに一、二片を得た。

村落を経て数里行き、砂川（すながわ）の下流を渡った。

申の上刻に、堀江の茶店に立ち寄った。申の下刻に豊福村に着いた。入浴の後、酒食をとって疲れを療した。初更の後に寝た。

（七）十月十三日

十三日晴。朝起飯畢。参和促余等過前村、買一舟。乗退潮而進。是日余将北帰、参和不許、以終日舟臥、以鮮歩行之労。舟出港口、抵郡浦沙。漁人交下網及釣。鱗介之族一時甚満。正方喜甚。煮魚命酒、臥游尤適。是日将泊桂原、舟師難之。参和亦頻促帰豊福。薄暮入港。是夜亦宿参和宅、飲啖談話。

十三日晴。朝起き飯畢る。参和は余等を促して前村を過り、一舟を買ふ。退潮に乗りて進む。是の日、余、将に北に帰らんとするも、参和許さず、終日舟臥するを以てし、歩行の労を解くを以てす。舟、港口を出でて郡浦（こおのうら）の沙に抵る。漁人（ぎょじん）、交（こもごも）網を下して釣るに及ぶ。鱗介の族、一時甚だ満つ。正方、喜ぶこと甚だし。魚を煮、酒を命じ、臥遊（がゆう）尤も適ふ。是の日、将に桂原（かずわら）に泊せんとするも、舟師、之を難（かた）んず。参和も亦た頻（しき）りに豊福に帰るを促す。薄暮に港に入る。是の夜も亦た参和宅に宿し、飲啖談話す。

《注》●郡浦の沙：宇土半島郡浦の水辺。●漁人：漁師。●鱗介：魚類と貝類。●桂原：宇土半島の付け根付近の地名。

【口語訳】
十三日晴れ。朝起きて食事をとった。参和は私達をせきたてて前方の村にたちより、舟一艘を借り上げた。引き潮に乗って進んだ。この日、私は北へ帰ろうとしていたが、参和が許さず、終日舟に臥し歩行の疲れを癒すことになった。
舟は港口を出て、郡浦の水辺に着いた。漁師はそれぞれ網を下ろして、釣りをした。魚類と貝類が少しの間にいっぱい獲れた。正方は、非常に喜んだ。魚を煮、酒を言いつけて、のんびり遊ぶにはちょうどよい。この日は桂原に泊まろうとしたが、船頭は難色を示した。参和も頻りに豊福に帰るようにながした。薄暮に入港した。この夜も参和宅に泊まり、むさぼり飲んで談話した。

（八） 十月十四日

十四日上巳、発参和宅。参和同行。行一里、経松橋驛。午時入宇土。経三十丁村、憩國丁茶店。下未過川尻驛。下申渡長六橋。過通街、与正方別帰壺井草堂。参和亦来宿。夜話談前游、初更就寝

十四日上巳（じょうみ）、参和宅を発す。参和同行す。行くこと一里、松橋（まつばせ）駅を経（へ）て、午時宇土に入る。三十丁村を経て、国丁の茶店に憩ふ。下未、川尻駅を過ぐ。下申、長六橋を渡る。通街を過ぎ、正方と別れて壺井草堂に帰る。参和も亦た来りて宿す。夜話、前遊を談じ、初更（しょこう）就寝す。

《注》 ●**上巳**：巳の上刻。午前九時から同四〇分までの間。 ●**松橋**：下益城郡松橋町松橋。 ●**宇土**：熊本藩の支藩である宇土藩の藩庁が置かれたところ。 ●**三十丁村**：宇土市三拾町。 ●**国丁**：熊本市南区富合町国町。

●下未：午後二時二〇分から午後三時の間。　●下申：午後四時二〇分から午後五時の間。　●長六橋：熊本県の白川に架かる橋。加藤清正が、慶長六年（一六〇一年）に白川に唯一架けた橋。　●通街：通町。　●初更：午後七時から九時の間。

【口語訳】

十四日巳の上刻、参和宅を出発した。参和は同行した。一里行き、松橋宿を経て、正午ころに宇土に入った。三十丁村を経て、国丁の茶屋で休んだ。未の下刻に川尻宿を過ぎ、申の下刻に長六橋（**写真㉛**）を渡った。通町を過ぎ、正方と別れて壺井草堂に帰った。参和も来て泊まった。夜話に、この旅について談じ、初更に寝た。

『南行日志』の解説

『南行日志』は、文政四年（一八二一年）一〇月七日から一四日（新暦では一一月一日から一一月八日）までの期間に熊本から熊本藩内の八代までを往復した時の日記形式で記述した漢文体の紀行文である。『南行日志』中に旅した年についての記述はないが、記述されている事実からその年が判明した。なお、理由は不明であるが、一〇月一〇日の記述が含まれていない。当該部分には、八代の城下町（松江城周辺）にある寺社等を見物した様子が書かれていたのではないかと思われる。黄華は三一歳である。

往路の同行者は、井口正方及び菅村常照であり、途中の豊福より福田参和が加わっている。復路は、井口正方と福田参和が熊本まで同行している。

なお、八代地方に旅した紀行文としては、明和元年（一七六四年）の熊本藩士小笠原長意による『八代紀行』がある。

一・旅の経路（第二図）

熊本城下から八代までの往路では、黄華の家から蓮台寺の渡しまでと、河尻（川尻）の南の六弥太の渡しから久具までの間を除き、ほぼ薩摩街道に沿って旅をしている。黄華等が通った六弥太の渡しから久具までの道は、一六〇〇年（慶長五年）に加藤清正が宇土城の小西氏を攻撃した時にたどってきた道の延長にあたるもので、当時の薩摩街道より東側を通っていた。

河尻は海上交易で栄えた港町であり、河尻奉行所が置かれている。宇土は熊本藩の支藩である宇土藩の領内である。また、当時の豊福から小河（小川）までの間の薩摩街道は、それまでの山麓沿いを通る小道から、干拓のために作られた堤防の上を通る広い道に変更されており、黄華もここを通っている。八代平野は、江戸時代初期より遠浅の有明海を埋め立てて拡げられた干拓地である。

八代からの帰路には、往路とは異なる八代平野の中の道をとり、鏡村を経由して往路でとった堤防上の道に従って豊福まで戻っている。豊福では、船頭を雇って船で八代海を宇土半島の南岸沿いを往復する舟行を行っている。豊福からは薩摩街道を辿って熊本に戻っている。

二．『南行日志』の注目点

『南行日志』の注目点としては次の三つが挙げられよう。

一つ目は、支藩である宇土藩領や熊本藩筆頭家老である松井氏が八代城代を務める地域を通る熊本藩の領内の旅であり、遠浅の八代海の干拓事業の様子を実見する旅でもあった。また、旅の帰路に、熊本藩の前藩主である細川斉茲（文化七年に隠居）の干拓地の見分（鏡村）に遭遇している。

二つ目は、旅の途中及び八代周辺での遺跡や寺社の見物であろう。景行天皇の南巡の際に立ち寄ったと言われる水島、南北朝時代に九州における南朝方の中心となって活躍した後醍醐天皇の子である西征将軍懐良親王の墓など多数ある。

三つ目は、同行者や地方の人士との交流の様子である。熊本藩の筆頭家老である松井氏が八代城代を務め、番頭他の熊本藩士が在住しており、松井家の家臣のための教育施設である「伝習堂」もある。特に、一〇月一二日の条で、黄華らが帰途に着こうとする時に、常照が引き止めようとし、また関係者も引き止めるべく説得に現れている。なお、常照は、この年の一二月に時習館をやめ、後に病のため八代に戻り、文政七年一二月二九日に二九歳で没している。菅村常照の墓碑銘は黄華が書いている。

『南行日志』の写真

撮影場所図（丸数字は写真番号）

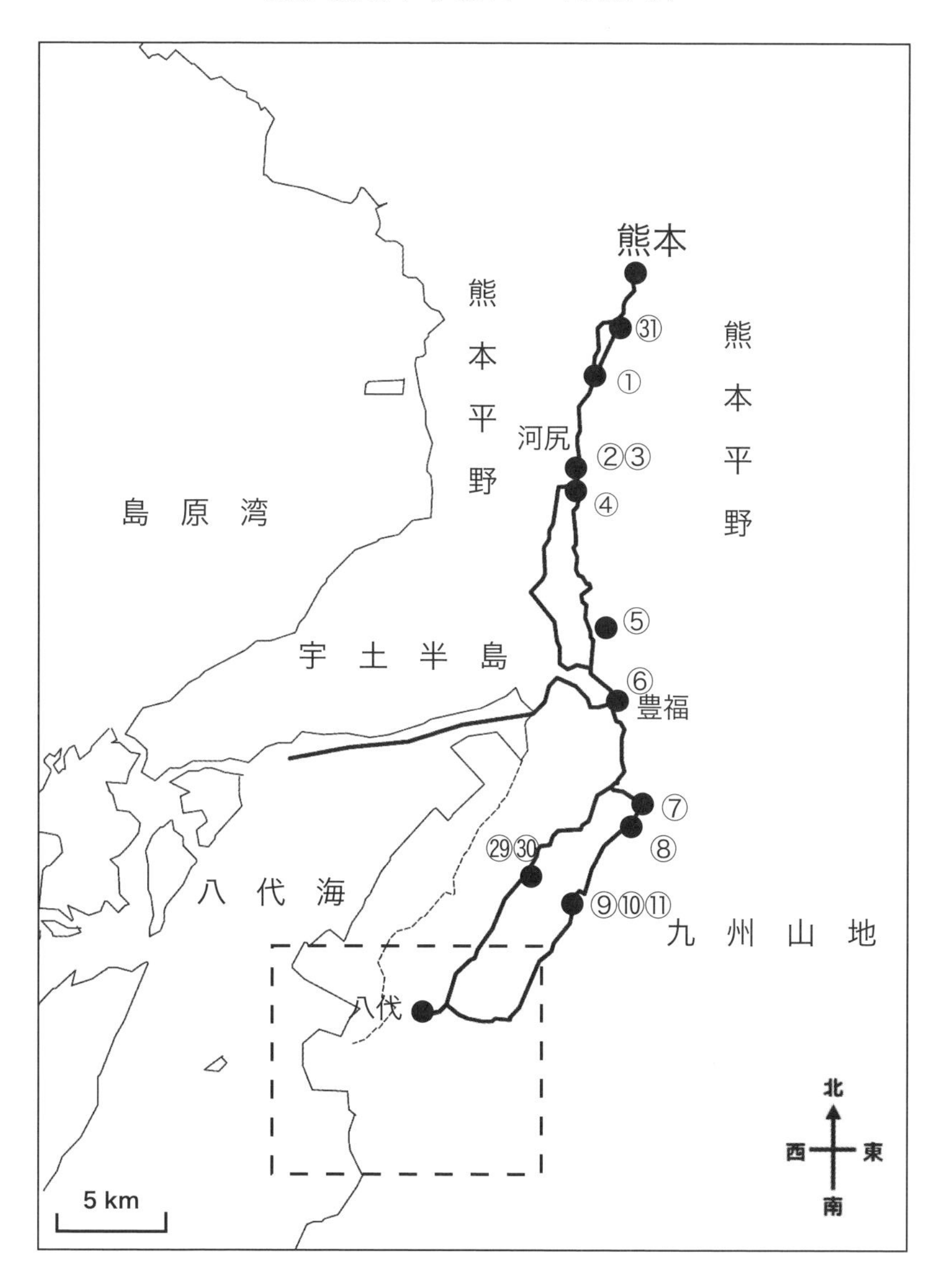

八代地域拡大図

（丸数字は写真番号）

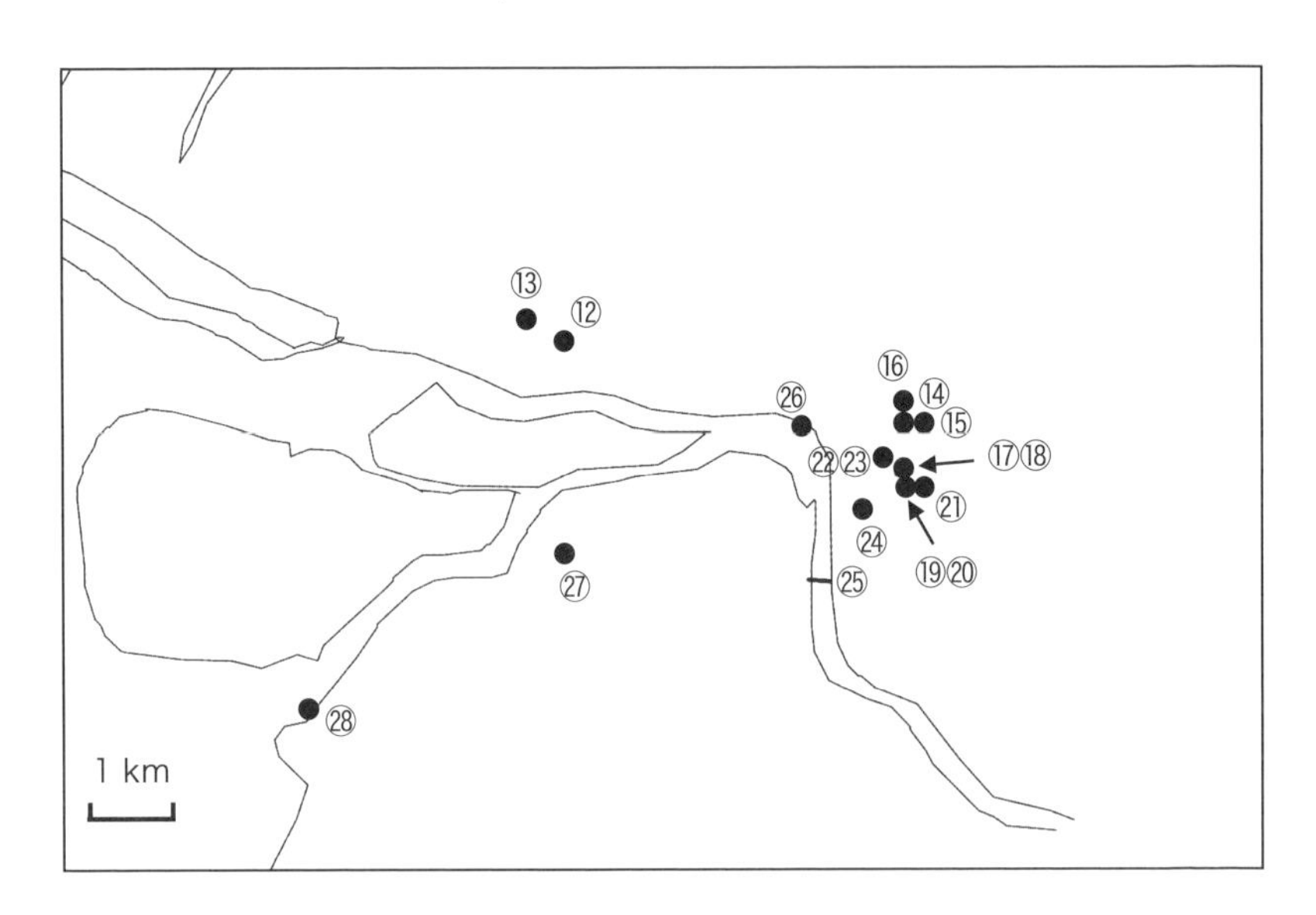

10月 7 日

①白川の蓮台寺橋（熊本市）

江戸時代には蓮台の渡しがあった。

10月 7 日

②河尻（川尻）の旧薩摩街道（南方向）

10月 7 日

③河尻（川尻）の通り（旧薩摩街道に直行）

10月 7 日

④六弥太橋（旧浜戸川）

江戸時代にはここに渡しも
あったと言われる。

10月7日

⑤**立岡池**（宇土市立岡町）

10月8日

⑥**豊福城跡**（宇城市松橋町豊福）

10月8日

⑦**守山八幡宮**（宇城市小川町南部田）

10月8日

遠くに見えるのは、
九州山地の山々。

⑧**砂川**（宇城市小川町小川の国道3号線の
砂川橋上より上流方向）

10月 8 日

⑨宮原の旧薩摩街道（八代方向）

10月 8 日

⑩氷川
（八代郡氷川町宮原の氷川橋上より上流方向）

10月 8 日

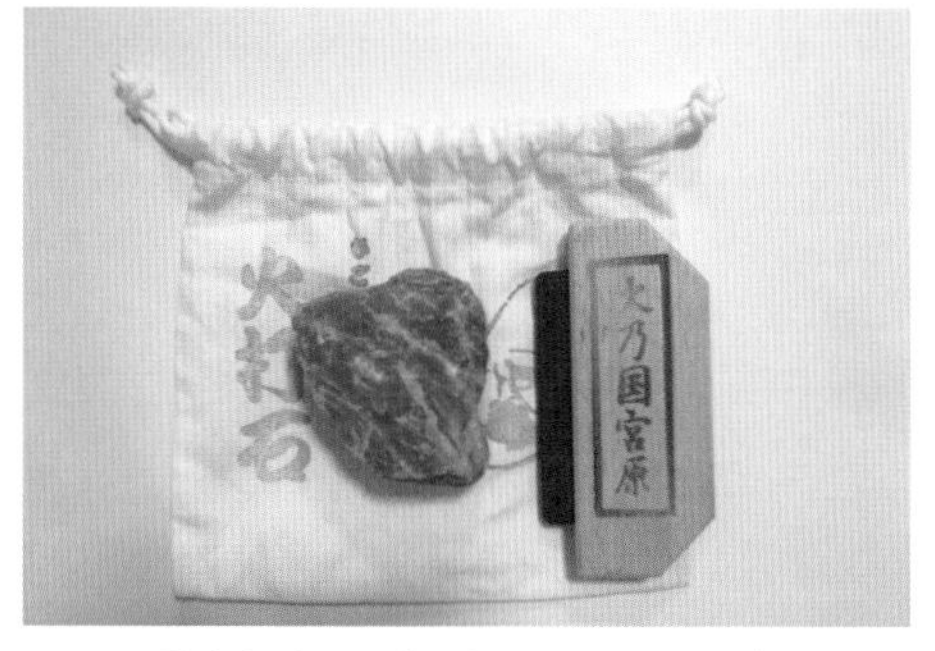

⑪火打ち石（八代郡氷川町宮原）

火打ち石（左）を鉄片（右）に打ち付けて火花を出して火口（ほくち）に火をつける。

10月 8 日

⑫松江城跡（八代市松江城町）

八代には松江城があった。

10月９日

⑬**松浜軒**（八代市北の丸町）

10月９日

⑭**妙見宮**（八代神社）（八代市妙見町）

10月９日

⑮**霊符神社**（八代市妙見町）

10月９日

⑯**妙見宮の神宮寺跡**
（後ろの鳥居は妙見宮の西側の鳥居）
（八代市妙見町）

10月 9 日

⑰宗覚寺（八代市妙見町）

10月 9 日

⑱加藤忠正の墓（八代市妙見町）

10月 9 日

⑲悟真寺（八代市妙見町）

10月29日

⑳悟真寺の大鐘

10月 9 日

㉑**征西将軍懐良親王墓**（八代市妙見町）

10月 9 日

㉒**円光寺跡**（八代市古麓町）

10月 9 日

㉓**地蔵堂**（八代市古麓町）

円光寺跡の碑㉒は、左側の説明板の後ろにある。

10月 9 日

㉔**春光寺**（八代市古麓町）

10月９日

㉕**遥拝堰**（球磨川）

加藤清正が築いた石積みの堰。末広がりの形から「八の字堰」（水面がすこし波立っている部分）とも言われた。2019年に、現在の遥拝堰の下流に復元された。

10月９日

㉖**長堤**（球磨川）

左側に見える大きくカーブした一帯が萩原堤。

10月11日

㉗**勝明寺**（八代市植柳下町）

10月11日

㉘**水島と水島弁財天**（八代市水島町）

10月12日

㉙**八代市鏡町の中心の通り**（八代市街方向）

10月12日

㉚**八代市鏡町のはずれの氷川**
（浜牟田橋上より上流方向）

10月14日

㉛**長六橋**（熊本市中央区の白川に架かる）

游豊日志

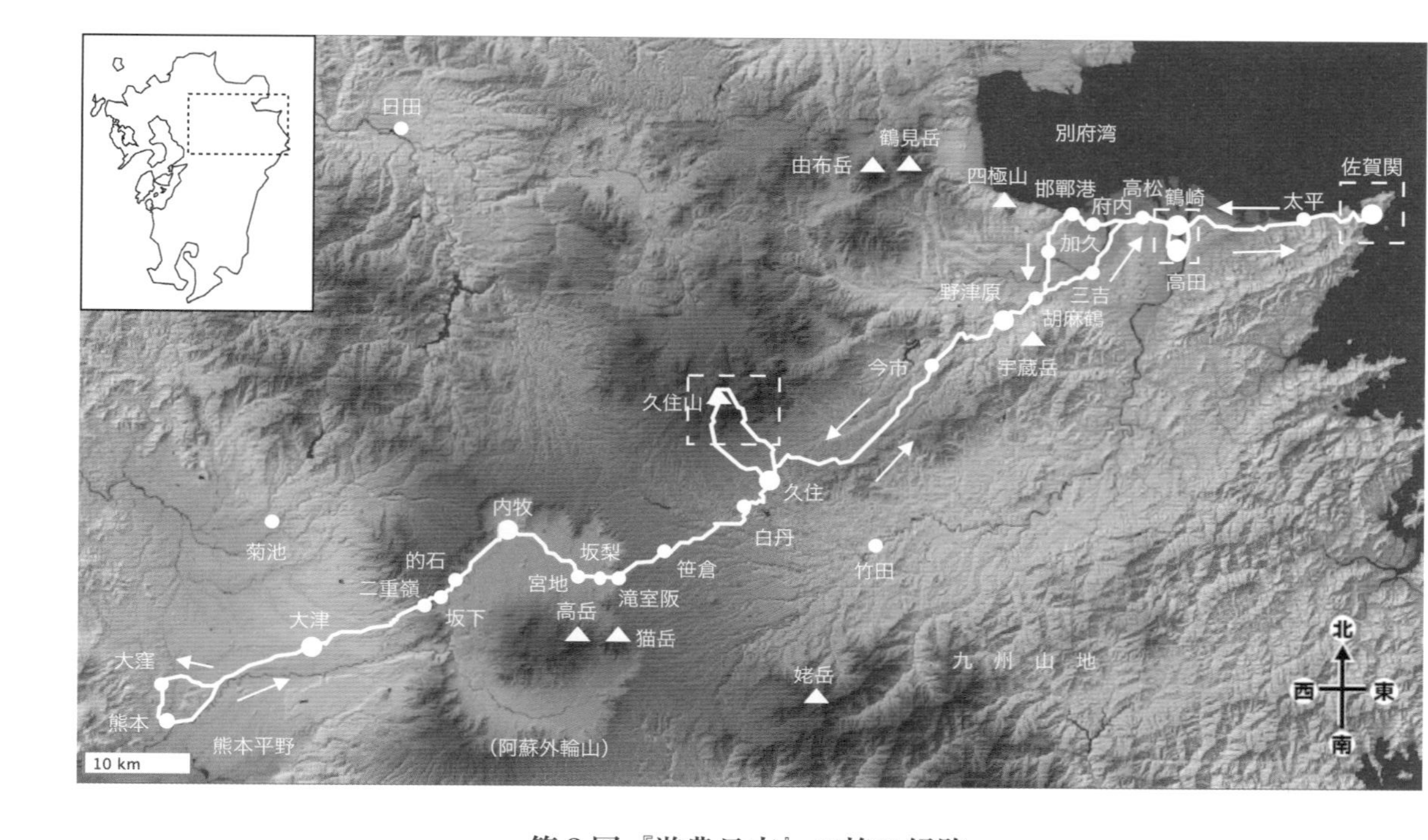

第３図『游豊日志』の旅の経路

地名は原文の表記による。大きい白丸は宿泊地。破線で囲まれた四角はくじゅう連山、鶴崎、佐賀関の各拡大図の範囲を示す。

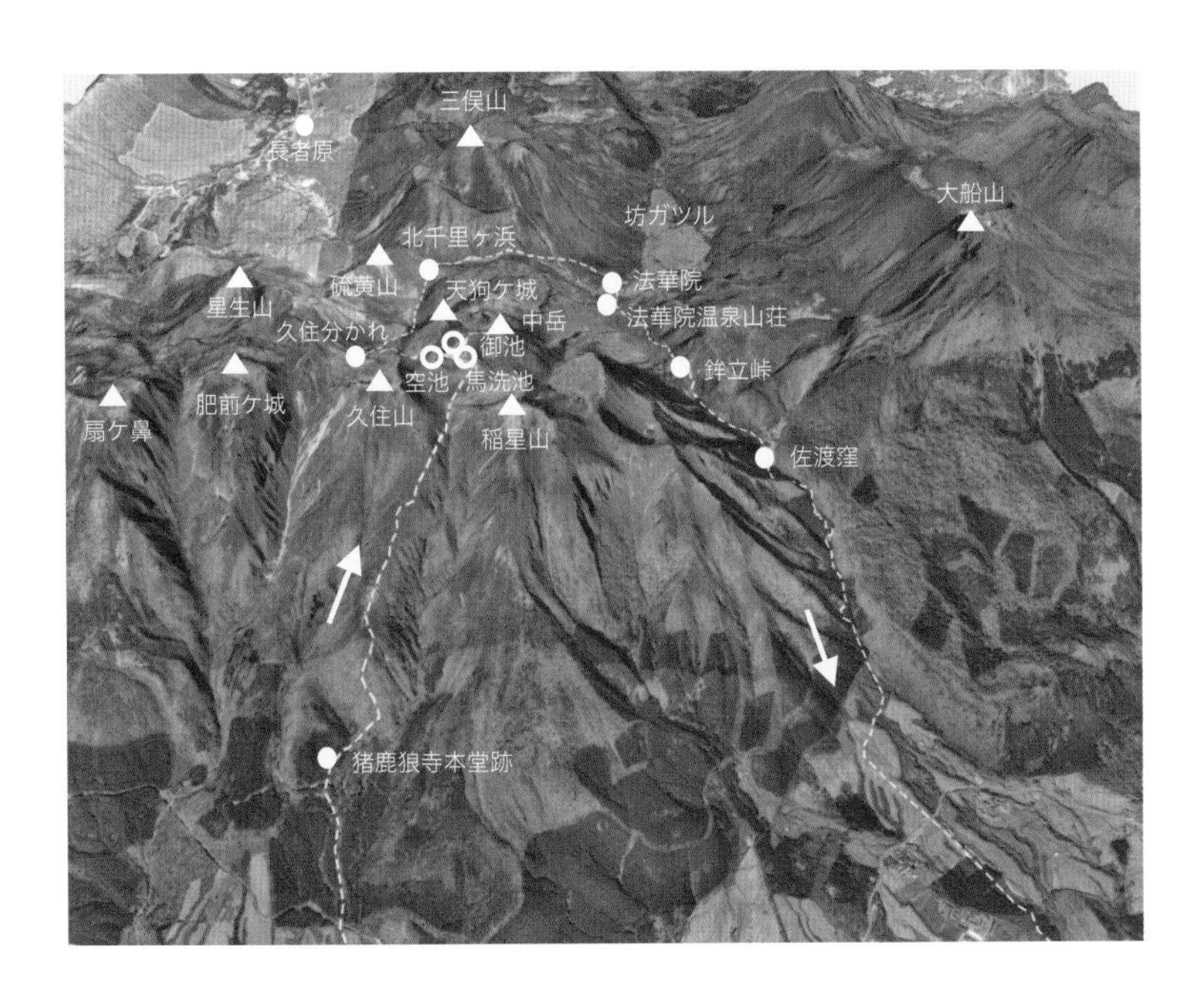

黄華等の登山経路

地名は現在の名称による。矢印は登山・下山の方向を示す。また、法華院のあった位置を示した。

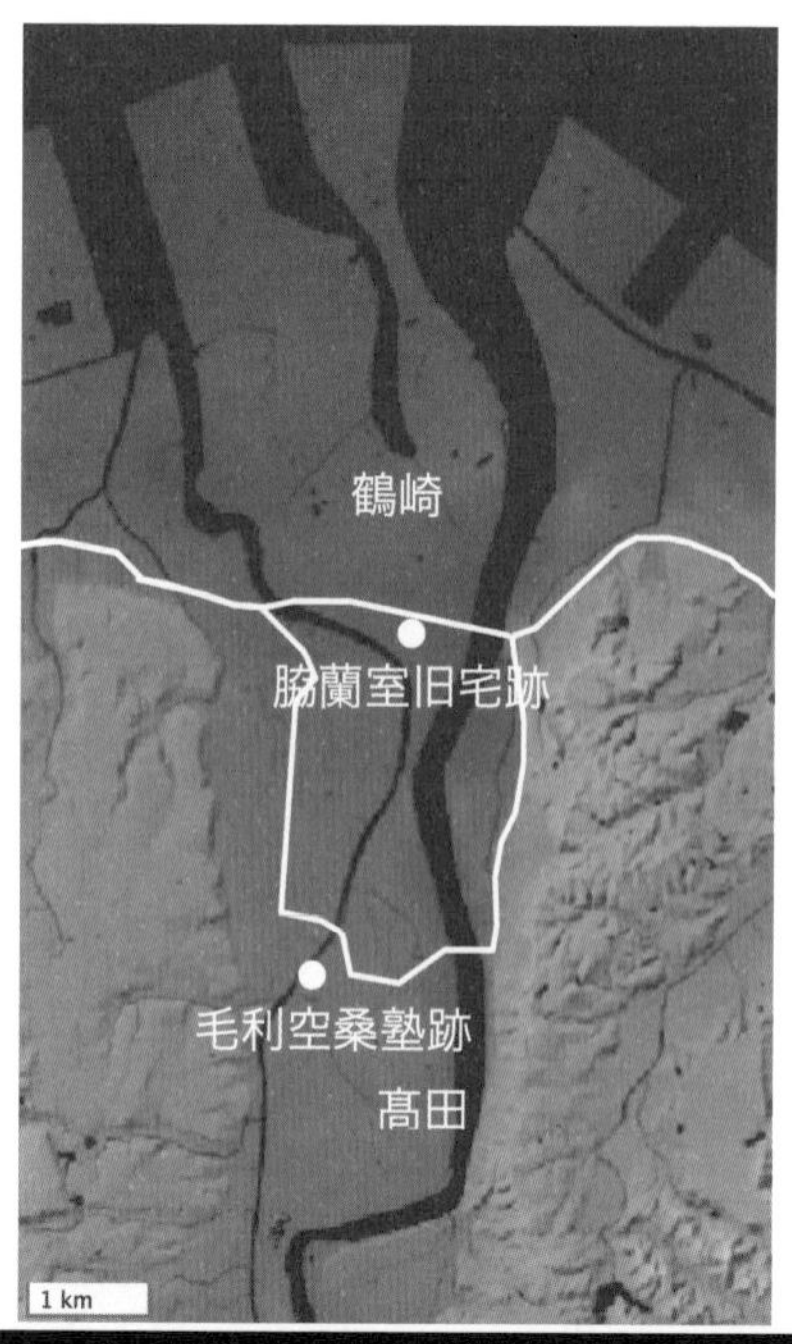

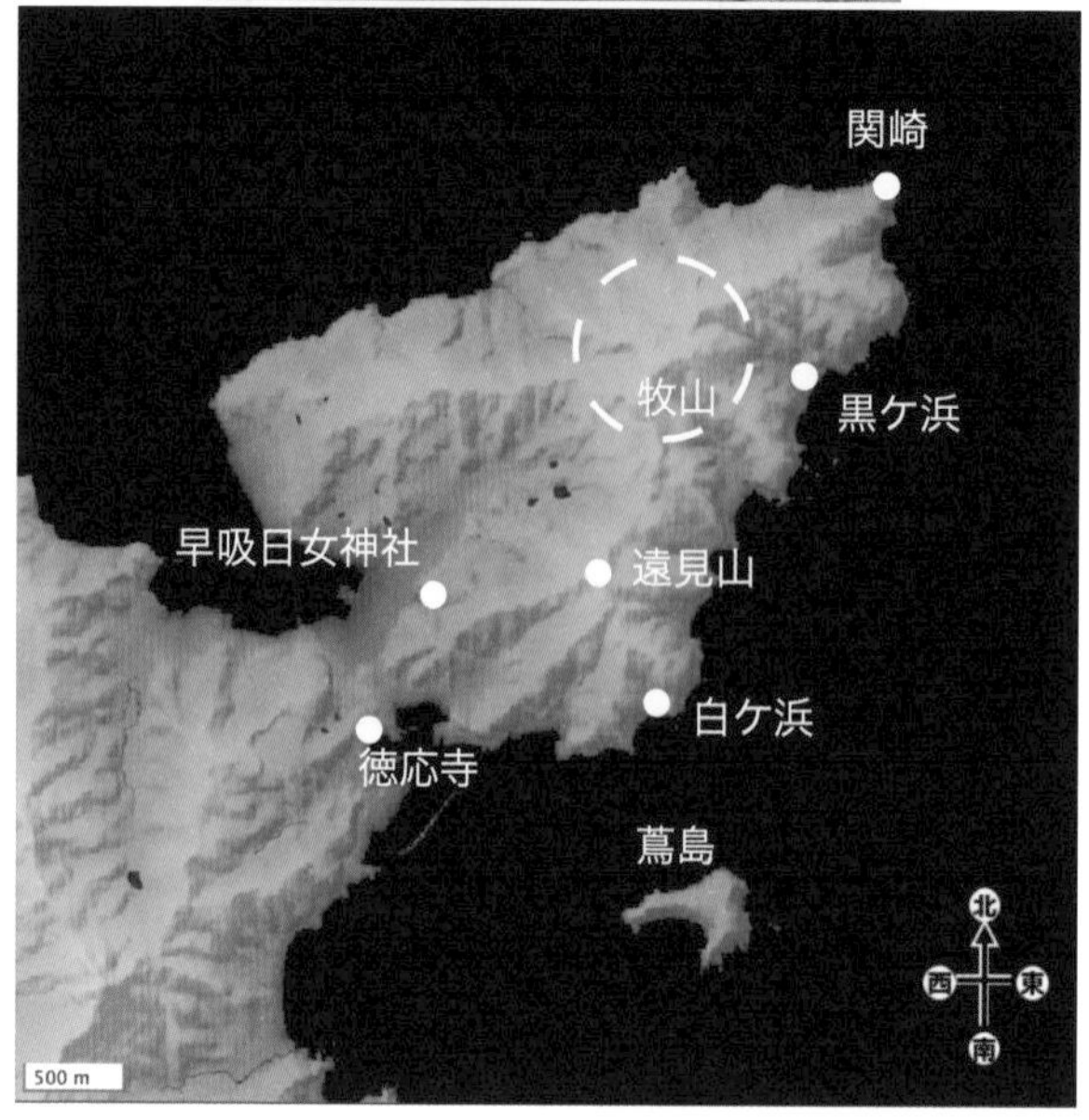

鶴崎・高田、佐賀関地域拡大図

『游豊日志』

癸未之秋、偶得官暇、探南豊山水、記其所観、蔵諸篋中。頃者書窗無事、料理舊稿、名曰游豊日志、係以一絶。

當年踏遍嶺雲奇
真似雪鴻留爪時
只怕山霊應笑我
謾将幻迹托隃麋

文政丙戌月日

黄華山樵葉室世和題

癸未の秋、偶(たまたま)官暇を得て、南豊の山水を探り、其の観る所を記して諸(これ)を篋(きょう)中に蔵(おさ)む。頃者(このごろ)、書窓(しょそう)事無く、旧稿(きゅうこう)を料理し、名づけて『游豊日志』と曰ひ、係(か)くるに一絶を以てす。

当年踏遍す　嶺雲(れいうん)の奇(き)
真(まこと)に似たり　雪鴻留爪(せっこうりゅうそう)の時
只だ怕(おそ)る　山霊(さんれい)応(まさ)に我を笑ふべきを
謾(みだ)りに幻迹(げんせき)を将(もっ)て隃麋(ゆび)に托(たく)す

文政丙戌月日　黄華山樵葉室世和題(だい)す。

《注》　詩は七言絶句　　韻字：奇・時・糜（上平四支）

●この部分は、遺稿集では松崎慊堂等の評の前に入れられているが、『游豊日志』の書かれた経緯が説明されているので、本文の冒頭に移した。　●癸未：文政六年（一八二三年）。　●南豊：豊後。　●官暇：藩からもらう休暇。　●頃者：近頃。　●当年：昔。　●嶺雲：嶺にかかる雲。　●雪鴻：ひしくい。　●第二句「真似雪鴻留爪時」：蘇軾の「和子由澠池懐旧」の第二句及び第三句「応似飛鴻踏雪泥」「泥上偶然留指爪」を踏まえている。　●幻迹：幻のように現れた世界。　●隃麋：陝西省の一地方。古代の墨の産地。　●文政丙戌：文政九年（一八二六年）。

【口語訳】

癸未（文政六年）の秋、たまたま藩から閑暇を得たので、豊後の山水を探り、その所見を記した。これを文箱の中にしまったままにしていたが、近頃は書斎に特に忙しいことがなかったので、旧稿に手を加え、『游豊日志』と名付け、それに絶句一首を附した。

かつて、峰にかかる雲のあたりの奇勝をくまなく歩いた
しかし、雪どけの泥に鴻が足跡を留めるようなもので、跡形もなく消えてしまうだろう
ただ恐れている　山の霊が私を笑うであろうことを
とりとめもなく幻の跡を筆墨に任せた

文政丙戌月日（文政九年）　黄華山樵葉室世和記す。

（一）　九月十一日

文政癸未九月、余將游南豐。十一日晩、富永子義中邨子由来、剔燈夜話。二生皆賀秋天久晴、前途無泥濘之患。

余曰、諸君不聞唐人之句乎、山驛空濛雨似烟。久住野津原山驛荒涼、道亦崎嶇。

文政癸未九月、余、将に南豊に游ばんとす。十一日晩、富永子義、中村子由来り、燈を剔りて夜話す。二生皆秋天久しく晴れ、前途に泥濘の患ひ無きを賀す。

余曰く、「諸君唐人の句を聞かずや、山駅空濛として、雨は煙に似たり」と。久住、野津原、山駅荒涼として、道も亦

如使此間遇一二日之雨、則却是一幅蜀道雨矣。泥濘非所患也。二生大笑。初更辭去。

た崎嶇たり。如し此の間、一、二日の雨に遇はば、則ち却つて是れ一幅の蜀道の雨ならん。泥濘は患ふる所にあらざるなり。」と。二生大笑す。初更、辞去す。

《注》

●文政癸未：文政六年（一八二三年）。●南豊：豊後。●富永子義：黄華の親しい知人時習館関係者かと思われる。●中村子由：銭塘手永の西新開村の郡代直触中村林助の第五子。富永と同様に、黄華の親しい知人（時習館関係等）と思われる。（遺稿七ノ二の「中村翁墓表」、熊本藩「町在」資料）●剔燈：灯心を切って火をかきたてる。●唐人の句：唐の宰相で詩人であった武元衡の「嘉陵駅」（七絶）の第二句。「山駅空濛雨作煙」による。●山駅：山間の宿場。●崎嶇：山道が険しいこと。●蜀道：漢中から成都への桟道を指す。李白「蜀道難」に「蜀道の難は、青天に上るよりも難し」とある。●初更：午後七時から九時ころにあたる。

【口語訳】

文政六年九月、私はこれから豊後を巡ろうとしていた。十一日の晩に、富永子義と中村子由が来訪して、灯をともして夜半まで語り合った。二人とも、秋の空が久しく晴れ、前途に、ぬかるみの心配がないことを祝った。

私は、「諸君、唐人の句を聞いたことがないか。山間の宿場は薄暗く雨が霧のように立ちこめていると。久住、野津原の山間の宿場は、荒涼とし、道もまた険しい。もし、この間に、一、二日、雨に降られれば、かえってこれは一幅の蜀道の雨の画であろう。ぬかるみを心配することはない。」と述べた。

二人は大笑いした。初更に挨拶して去った。

（二） 九月十二日

十二日上巳。同澤郁伯黨發府。菊池書生子勤従焉。午飯枯木驛。上申抵大津驛。訪松岡謙佐、酒飯相勞。
薄暮游水月菴。楓竹蕭疎、遠望濶然。主僧具茗清論久之。夜宿謙佐書樓。謙佐遺余蘇川碼碯一枚。月明如晝、清気透窗。

十二日上巳。沢村伯党と府を発す。菊池の書生子勤従ふ。午、枯木駅に飯す。上申、大津駅に抵る。松岡謙佐を訪ひ、酒飯もて相労ふ。
薄暮、水月庵に游ぶ。楓竹蕭疎、遠く望めば闊然たり。主僧茗を具へ、清論之を久しくす。夜、謙佐の書楼に宿す。謙佐は余に蘇川の瑪瑙一枚を遺る。月明は昼の如く、清気窓に透る。

《注》●上巳：巳の上刻。午前九時から四〇分間。●沢村伯党：沢村武左衛門（後に宮門と改名）。字伯党。号西陂。当時二四歳。この旅の三年後の文政九年に藩命により、黄華とともに江戸に遊学し、林家に入門する。江戸遊学四回、合わせて江戸に一〇年滞在した。後年、熊本藩穿鑿頭、高瀬町奉行、時習館助教等を歴任。四〇〇石。安政六年没。享年六〇歳。（熊本藩「先祖附」）●枯木駅：枯木新町。現在の新町。●子勤：木下韡村。名は宇太郎、後に真太郎。諱業広。字子勤。号韡村又犀潭。菊池の出身で、桑満伯順に儒学を学び、文政六年に時習館助教の大城霞萍（準太）の門に入る。文政一〇年藩校時習館の居寮生。天保元年江戸に遊学。天保六年藩主細川斉護の伴読となる。天保一一年林述斎に入門。嘉永元年韡村塾を開く。同四年時習館訓導。同六年時習館教授家塾世話命ぜられる。文久三年昌平坂学問所教授への登用を辞退。慶応三年没。門下生は、井上毅（文部大臣）、竹添進一郎（東大教授）、北里柴三郎（微生物学者）。（『木下韡村の生涯とその魅力』、「木下韡村伝関連史料の紹介」）　●**上申**：申の上刻。午後三時から四〇分間。●**松岡謙佐**：松岡丹七と思われる。大津出身。一領一疋松岡庄兵衛の息子。当時、大津手永唐物抜荷改方横目。その後、文政一〇年二月に内牧手永惣庄屋兼代官となる。同年四月より翌年六月までの間に、二重峠の新道（石畳）の工事を行った。（熊本藩「町在」資料、『阿蘇町史（史料編）』）　●**蕭疎**：木の葉などが落ち、まばらでさびしいさま。●**闊然**：広々としたさま。●**水月庵**：大津の水月寺。熊本藩主が参勤交代の途次、中町にある本陣からこの庵寺に憩い、風光を満喫したという。（大津史・大津市公式ウェッブサイト）。また、同庵は、藩主が大津御茶屋に滞在中に御茶屋で火災等が起こった場合の藩主の避難場所となっていた。（『参勤交代と大津』（一一二頁）　●**清論**：高雅な談論。●**蘇川**：大蘇川のこと。大分県竹田市及び熊本県阿蘇郡産山村（うぶやまむら）・阿蘇市を流れる大野川の支流。

【口語訳】

十二日、巳の上刻に、沢村伯党と一緒に熊本を発った。菊池の書生の子勤が従った。昼、枯木宿で食事をした。申の上刻に大津宿に着いた。松岡謙佐を訪問し、酒飯で互いに労った。

薄暮に水月庵（**写真①**）に遊んだ。楓と竹は葉が落ちて、まばらでさびしく、遠くを見渡せば、広々としている。主僧は、茶を用意し、高雅な談論を久しく行った。夜、謙佐の書楼に泊まった。謙佐は、私に大蘇川のメノウを一枚くれた。月明は昼のようで、清気が窓から入ってきた。

（三）九月十三日

十三日、発大津。野稲已熟、拂々作餅餌気。踰二重嶺。遇醫生清崎某自鶴崎歸。嶺頂風甚、群山蜿蜒、烟靄糅雜。南望則行杉数里、如曳雙帯。覺少陵両行秦樹直、萬點蜀山尖之妙。

　下回車阪、蘇山摩天、一水廻環野田中。亦佳景也。憇阪下驛。過千町牟多。又名床鶴沼、一巨澤也。秋冬水涸、菰蒲叢生。有玄鶴二三廻翔呼鳴、宛如江南道中。

　暮抵内牧驛、訪坂梨百度。百度不在、上松華卿倒屣而至、代百度饗酒飯。食山菌甚美。夜微雲掩月、初更乍晴。偶思寛平故事、哦詩就寝。


十三日、大津を発す。野稲已に熟し、払々として餅餌の気を作す。二重嶺を踰ゆ。医生清崎某の鶴崎より帰るに遇ふ。嶺頂風甚しく、群山蜿蜒として、煙靄糅雑たり。南のかた望めば、則ち行杉数里、双帯を曳くが如し。少陵「両行秦樹直く、万点蜀山尖らん」の妙を覚ゆ。

　回車阪を下れば、蘇山天を摩し、一水、野田の中に廻環す。亦た佳景なり。阪下駅に憩ふ。千町牟多を過ぎる。又た床鶴沼と名づく。一巨沢なり。秋冬水涸れ、菰蒲叢生す。玄鶴二三有りて、廻翔呼鳴し、宛として江南の道中の如し。

　暮に内牧駅に抵り、坂梨百度を訪ふ。百度不在、上松華卿、屐を倒まにして至り、百度に代りて酒飯を饗す。山菌の甚だ美なるを食す。夜、微雲月を掩ひ、初更乍ち晴る。偶寛平の故事を思ひ、詩を哦し、寝に就く。

《注》●野稲：畑で栽培される稲（のいね）。陸稲。●二重嶺：加藤清正が作った豊後街道にある、阿蘇外輪山の西側の険しい二重峠のこと。坂道が多いため、石畳が敷かれているところがある。名前は阿蘇国造りに由来する。　●**医生清崎某**：熊本藩「町在」資料には、複数の清崎姓の医師が含まれているが、特定できない。　●**蜿蜿**：屈曲しながら、うねうねと長く続くさま。　●**煙靄**：雲霧。　●**糅雑**：乱雑なさま。　●**少陵**：唐の詩人杜甫の号。　●**「則ち行杉数里、双帯を曳くが如し。」**：加藤清正が整備したと言われる豊後街道沿いの杉並木と思われる。この杉並木は、当初立田口（熊本市内の立町付近）から二重峠付近まであったとも言われている。街道の幅は、上立田で約二五メートル、東進するに従って約二九メートルから約四〇メートルに広がっている。明治初めに大部分は切り倒され、現在、武蔵塚から菊陽町入道水踏切までの九キロメートルの区間で、片側のみ残っているのが見られる。これは、「大津街道杉並木」、「大津杉並木」と呼ばれる。（『熊本県文化財調査報告第五四集　熊本県歴史の道調査』（九五―九九頁）、『参勤交代と大津』（九六頁））　●**「両行秦樹直く、万点蜀山尖らん」**：杜甫の「張十二参軍の蜀州に赴くを送り、因りて楊五侍御に呈す」の第三、四句に「両行秦樹直　萬點蜀山尖」の句がある。　●**回車阪**：車帰坂のこと。史料によれば、二重峠に新道が開通したのは文政一一年六月であるので、黄華は、旧道を通ったことになるが、黄華が下った路の位置は不明である。なお、この一帯は、雨水による侵食が激しいところであるため、主の路の他に予備の路もあったと考えられている。（『阿蘇郡誌』（一〇三頁）、『阿蘇町史（史料編）』（一六九頁）、『歴史の道　豊後街道：歴史の道整備活用』（八―九頁）、熊本市教育委員会担当者の話）　●**蘇山**：阿蘇山。　●**一水**：黒川を指す。　●**千町牟多・床鶴沼**：千町牟多は、千町牟田のこと。牟田とは、沼地を意味する。床鶴沼は、かつての常鶴沼のことで、現在の千町牟田である。明治二五年から五年間をかけて水田が開発された（『阿蘇の文化的景観保存調査報告書二：詳細調査』（四六頁））。なお、桃節山（松江藩の儒学者）は、その『西遊日記』の中で次のように書いている（日本庶民生活史料集成第二〇巻、六八〇頁）。「内牧より少し行きて右の方に路傍に千町無田といふあり。無田は肥後辺にて田にも成さる沼の如き所をいうなり。この所にくぐ茅生し、茅の中にまむし蛇多く居る。鶴そのマムシを食としてここに巣くう由。拙者ども通り候節も鶴三羽居れり。」　●**菰蒲**：まこも・がま。〈まこも〉イネ科の大形多年草。水辺に群生する。〈がま〉池や沼などに生える。　●**江南**：中国の長江南部の地方。

●**玄鶴**：黒鶴。　●**坂梨百度**：坂梨順左衛門（順八改め）。当時三二歳。養父坂梨善兵衛が病気のため、文化一三年より内牧手永惣庄屋の代役を務め、父親の没後にその後任に任命され、文政五年二月より内牧手永惣庄屋兼代官。文政一〇年二月に河江手永の惣庄屋に転任している。二重峠の新道の工事は、後任の松岡丹七の下で行われているが、同工事の計画や準備等は坂梨百度の代で行っていたと考えられる。（熊本藩「町在」資料、『内牧町史』）　●**倒屣**：「倒屣（とうし）」に同じ。客が来たのを喜び、慌てて履物を逆さまに履いて出迎えること。

●**上松華卿**：上松八次（字春里（しゅんり））。熊本居住諸役人段上松太八の弟（中小姓上松太郎助（天守方根取）の二男）。坂梨順左衛門の要請により御家人子弟の読書習書の指導のため文政二年七月に開業して、内牧に滞在していた（『阿蘇町史（史料編）』（一六九頁）、『阿蘇町史（通史編）』（四二五頁））。そのため、内牧では、詩文が大いに行われるようになったと言われる。当時三〇歳。なお、時習館助教であった大城準太の推薦により内牧に来ているので（『阿蘇町史（通史編）』（四二四―四二五頁））、黄華とは年齢も近く以前から親交があったと考えられ、急遽黄華に同行することを願ったと考えられる。天保一四年五月に五〇歳で没。　●**初更**：午後七時または八時からの二時間。　●**寛平の故事**：宇多法皇が九月十三夜の月について明月無双と言ったとの故事。

【口語訳】

十三日、大津を出発した。野稲はすでに実っており、そよそよと吹く風に乗ってだんごの気を起こしている。二重峠を越えた。鶴崎より帰る医生の清崎某と思いがけなく出会った。峰の頂の風は非常に強く、多くの山々はうねうねと曲がりながら長く続き、雲霧は乱れている。南方を遠望すると、数里の杉並木（**写真②**）があり、二つの帯をひきずるようである。杜甫の「二列に並んだ木々はまっすぐに立ち、無数につらなる蜀の山々はどれも鋭くそそりたっていることだろう」という句の妙趣がわかった。

車帰坂（**写真③④**）を下ると、阿蘇山は天まで届き、黒川が野田の中を巡っている（**写真⑤**）。これもまた佳い風景である。坂下宿で休んだ。千町牟田（**写真⑥**）を通る。また、床鶴沼と言うのは、非常に大きな沼である。秋冬には水が涸れ、「まこも」や「がま」が群生する。黒鶴二、三羽がぐるぐる廻りながら飛び、鳴いており、あたかも江南を旅しているようである。

夕暮れに内牧宿に着き、坂梨百度を訪ねた。百度は不在で、上松華卿がびっくりして出迎え、百度に代わって酒飯で饗（もてな）してくれた。非常に美味しい山のキノコを食べた。夜、薄い雲が月を覆った。初更（しょこう）にはたちまち晴れた。たまたま寛平の故事を思って、詩を吟じて、就寝した。

(四) 九月十四日

十四日、朝餐罷、華卿願同行、相携而発。渡黒水。天陰欲雨、雲気乱如奔馬。華卿曰、此晴徵也。

少焉雲捲、日出、晴朗如昨。蘇山最高頂曰高嶽。特起雄尊、吐呑烟霧、奇幻不一。猫嶽稍卑、険恠過之。

過宮地驛、謁阿蘇神祠。祠前檜栢森蔚。相傳、上世埋諸神衣冠之所。今崇以為神

十四日、朝餐罷（や）み、華卿同（とも）に行くを願ひ、相携へて発す。黒水を渡る。天陰（てんくも）り雨ふらんと欲し、雲気の乱るること奔馬の如し。華卿、此れ晴徴なりと曰ふ。

少焉（しばらくして）雲捲（ま）き、日出でて、晴朗昨（きのう）の如し。蘇山の最高頂を高岳（たかだけ）と曰ふ。特起雄尊、煙霧（えんむ）を吐呑（とどん）し、奇幻一（きげんいつ）ならず。猫岳稍卑（ややひく）く、険怪（けんかい）之に過ぐ。

宮地駅を過（よ）ぎり、阿蘇神祠（しんし）に謁（えつ）す。祠前の檜柏森蔚（かいはくしんうつ）たり。相伝ふ、上世、諸神の衣冠を埋むるの所と。今、崇めて以て

叢。

過坂梨関、踰瀧室阪。為東鄙第一要阨之地。路凡数十盤、石皆高壮磊砢、杉松数百株、茂密蔽日。飛水一線、自崖而下、餘沫霏々、沾濡衣袂。紅蔦翠蘚、點綴巌罅、鋪如錦繍。非摹寫可具。

憩阪上茶店。遇監察梅原某及書吏本山某自江戸帰。過笹倉驛。自瀧室至笹倉。方七八里、原野曠濶、無一邨落。名曰波野、又曰筑紫野。竒艸甚多。聳立於正東者曰姥嶽。山勢嵬峩、挿入霄漢。久住峰雄峙於北方、與之頡頏。

過大利溪、踰大利阪。憩三本松邨茶店。庭有老松、盤跼甚竒。過古米賀溪。人家夾溪而居。有一小瀑。路左嶮悪。

過白丹驛。有古城址。昔大友氏之将志賀某據之。過大塚溪。橋下飛瀑噴雪、落

神叢と為す。

坂梨関を過ぎ、滝室阪を踰ゆ。東鄙第一の要阨の地と為す。路は凡そ数十盤、石は皆高壮磊砢、杉松数百株茂蜜して日を蔽ふ。飛水一線崖より下り、餘沫霏々として、衣袂を沾濡す。紅蔦翠蘚、巌罅に点綴し、鋪くこと錦繍の如し。摹写して具ぶべきにあらず。

阪上の茶店に憩ふ。監察梅原某及び書吏本山某の江戸より帰るに遇ふ。笹倉駅を過ぐ。滝室より笹倉に至る。方七八里、原野曠闊、一も村落無し。名づけて波野と曰ひ、又筑紫野と曰ふ。奇艸甚だ多し。正東に聳立する者を姥岳と曰ふ。山勢嵬峩として霄漢に挿入す。久住峰は北方に雄峙し、之と頡頏す。

大利渓を過ぎ、大利阪を踰ゆ。三本松村の茶店に憩ふ。庭に老松の盤跼して甚だ奇なる有り。古米賀渓を過ぐ。人家、渓を夾みて居る。一小瀑有り。路の左は険悪なり。

白丹駅を過ぐ。古城址有り。昔大友氏の将志賀某、之に拠る。大塚渓を過ぐ。橋下の飛瀑雪を噴き、岑蔚の中に落

岑蔚中。暮抵久住驛、宿筑紫某。巖永勝左衛門相過夜話。

つ。暮に久住駅に抵(いた)り、筑紫某に宿す。巖永勝左衛門相過(よぎ)りて夜話す。

《注》

●黒水：黒川。阿蘇谷の北側を東から西に流れている。●蘇山・高岳・猫岳：蘇山は阿蘇山。あとの二つは、阿蘇カルデラ内にある火山体で、それぞれ高岳及び根子岳を指す。なお、阿蘇山は、カルデラとその中にある根子岳、高岳、中岳、烏帽子岳、杵島岳などの総称である。●険怪：険しいこと。●檜柏：ヒノキ科の常緑高木。●森蔚：草木がこんもりと茂るさま。●高壮：大きく立派なさま。●要阨：地形が険しい、軍事上の要地。●磊砢：石が多数積み重なっているさま。●餘沫：飛沫。●霏々：しきりに。●沾濡：濡らすこと。●紅蔦：赤くなった蔦。●翠蘚：緑の苔。●巖罅：岩の隙間。●点綴：装飾を加えて、さらに美しくさせる。●鋪：舗装。●錦繍：美しい絹織物。●摹写：模写。●阪上：滝室坂を上り切ったところの地名。現地名「坂ノ上」。●監察梅原某：梅原膳内。芦北郡代当分及び小国久住郡代を歴任し、文政四年六月目附、同五年五月に出府し同六年九月帰国（熊本藩「先祖附」）。黄華等に会ったのはこの帰国の途中と考えられる。なお、書吏本山某は梅原の下僚と思われるが、詳細は不明。●曠澗：広々としていること。●嵬峩：聳え立つさま。●霄漢：大空。天空。●頡頏：上下に舞い飛ぶこと。●姥岳：祖母山。●阿蘇神祠：宮地の北一キロほどの所にある阿蘇神社のこと。肥後総鎮守。健磐龍命の他、一二神を祭る。大昔、阿蘇谷は水をたたえた湖水であったが、健磐龍命がこれを見て、立野のすがる村より水を切り落として、開墾して田地としたとの伝説がある。●滝室阪：滝室坂。阿蘇のカルデラの火口底から東へりの火口壁を越える急坂。高度差は二〇〇メートル、距離三キロメートルある。参勤交代の行列は、坂梨御茶屋で休憩した後、覚悟を決めて一気に坂を登ったと言われている（『西遊雑記』）。●大利渓：大利川。「渓」は山間の小川。●大利阪：大利坂。●盤踞：根を貼って動かないさま。●三本松村：「三本木村」とあるが、「三本松村」の誤りであるので、本文を修正した。●古米賀：米賀(こめか)。●古米賀渓：古米賀川。●白丹駅の古城址：南山城のことと考えられる。●大塚渓：大塚川。白丹を過ぎた久住寄りにあることは記述からわかるが、この川の場所を確認できない。●岑蔚：草木が深く生い茂っている所。●巌永勝左衛門：岩永勝左衛門（梅石）。熊本より招かれ、久住において文化八年より読書・習書の師範を永く務める（熊本藩「町在」資料、『久住町誌』）。当時およそ四八歳。●筑紫某：久住手永には「筑紫」姓が多く、特定できない。この日、久住手永物庄屋（佐藤唯之允）が不在等のため、おそらく会所役人あるいは地元有力者の家に宿泊したのではないかと推測される。●久住峰：九月十五日の条の注参照。

【口語訳】

十四日、朝食が終り、華卿がともに行くことを願い、連れ立って出発した。黒川を渡った。空は曇り、雨が降りそうで、雲気は暴れ馬のように乱れた。華卿は、これは晴の兆しであると言った。しばらくすると、雲が引き、日が出て、昨日と同じく晴れた。阿蘇山の最も高い頂を高岳と言う。ひときわ聳え立って雄々しく気高く、煙を勢いよく吐呑し、不思議な幻は一様ではない。根子岳はやや低いが、高岳より険怪である。宮地宿を過ぎ、阿蘇神社（**写真⑦**）に参拝した。神社の前の檜はこんもりと茂っている。神代にもろもろの神が衣冠を埋めたところであると伝える。今は、崇めて神の森となっている。

坂梨関を過ぎ、滝室坂（**写真⑧**）を越えた。阿蘇谷の東のはずれの一番地形の厳しい所である。道はおよそ数十に曲がりくねり、石は皆大きく立派で、多数積み重なり、杉と松が数百密に茂り日を遮っている。滝は一筋に崖から落ち、しぶきはしきりに袂を濡らす。赤い蔦や緑の苔は岩の隙間にほどよく散らばり、まるで錦を敷いたかのようだ。模写して述べることもできない。

坂ノ上の茶店で休んだ。監察梅原某と書吏本山某が江戸から帰るのに偶然会った。笹倉宿を過ぎた。

滝室より笹倉までは、七、八里四方の原野は広々としており、みな村落がない。名付けて波野と言い、また筑紫野と言う。珍しい草が非常に多い。真東に聳え立ってるのを祖母山と言う。山容は聳え立ち、大空にさし入れている。久住峰は祖母山の北方に雄々しく聳え、祖母山と張り合っている。

大利川を過ぎ、大利坂を越えた。三本松村の茶店で休んだ。庭に老松の、根をはって動かないさまが非常に珍しいものがある。古米賀川を過ぎた。人家は谷川を挟んで住む。小さな滝があった。道の左は険しく悪路だった。

白丹宿を過ぎると、古城の址があった。昔、大友氏の将の志賀某がここを根拠地とした。大塚川を過ぎた。橋の下の飛瀑は雪を吹き、こんもりと草木が深く生い茂っている中を落ちる。暮に久住宿に着き、筑紫某宅に泊まった。厳永勝左衛門が訪れ、夜、語り合った。

(五) 九月十五日

十五日、登久住峰。主人使傔一名前導。諸友病酲、勉強而起。余止酒数歳、気力快爽。

行山足一里餘。溪聲潺々。抵一小菴。祀山神及観音大士。國志載、建久中、梶

十五日、久住峰に登る。主人傔(けん)一名をして前導せしむ。諸友、病酲(びょうてい)すれども勉強して起く。余、酒を止むること数歳、気力、快爽(かいそう)なり。

山足(さんそく)行くこと一里余、渓声潺々(さんさん)たり。一小庵に抵(いた)る。山神(さんじん)及び観音大士を祀る。国志に載(の)す、「建久中、梶原景時、山

原景時獵於山中。獲獸甚多、建寺祈福。名曰猪鹿寺。地甚陰寒、僧侶苦之、移寺於久住驛側。是其舊址也。

按、久住山神曰武男霜凝彦。延喜式所謂直入郡一座建男霜凝日子神社是也。蓋古有嶽祠。後又移之於驛側。今有一小祠。名曰平摩明神者即是。

浮屠氏唱両部之説、以観音為山神本地。故又祀大士與山神於此。

菴前後皆老杉、大倶数十圍。峰澗廻合、地勢幽曠可愛。有村民引児女而登。喧笑殊甚。

諸友呼酒数酌、復登。崕谷紅葉、燦爛照眼。山石磽确、細路沿雲。

登二十五町、右有一谷、沙礫粼々、曰白崩谷。絶頂有三峰、曰稲干、曰南山、曰前峰。南山最高、稲干次之、前峰又次

中に猟す。獣を獲ること甚だ多く、寺を建てて福を祈る。名づけて猪鹿寺と曰ふ。地、甚だ陰寒、僧侶、之に苦しみ、寺を久住駅側に移す」と。是れ其の旧址なり。

按ずるに、久住山神を武男霜凝彦と曰ふ。延喜式に謂ふ所の直入郡一座建男霜凝日子神社とは是れなり。蓋し古に岳祠有り。後に又た之を駅側に移す。今一小祠有り。名づけて平摩明神と曰ふは即ち是なり。

浮屠氏、両部の説を唱へ、観音を以て山神の本地と為す。故に又た大士と山神とを此に祀る。

庵の前後、皆老杉、大いさ倶に数十囲なり。峰澗廻合し、地勢幽曠として愛すべし。村民の児女を引て登る有り。喧笑、殊に甚し。

諸友、酒を呼ぶこと数酌、復た登る。崖谷紅葉、燦爛として眼を照らす。山石磽确、細路、雲に沿ふ。

登ること二十五町、右に一谷有りて沙礫粼々たり、白崩谷と曰ふ。絶頂に三峰有り、稲干と曰ひ、南山と曰ひ、前峰と曰ふ。南山は最も高く、稲干之に次ぎ、前峰又た之に次ぐ。

之。

　山中有二池。其一方廣不過数十畝、水色渾濁。其一方廣六七町許。深碧如藍、水最寒冽、不生魚鼈。池側奇巌環立。躑躅細葉如剪。生書帯草螺蓋草。為山中奇品。其他異卉叢生。

　諸友又呼酒小飲。踞層巖上俯瞰池水、冷風忽生、微波澹蕩、日光下射、極其奇趣。畫家所未能狀也。

　池水不流、噴出山足、西流為千歳河、東流為白嵩江。由池側登南山、高数十仭、石稜砭足、行歩甚窘。

　絶頂孤高、眺望四方、山之最高者、為英彦寶満由布雲仙天姥阿蘇。其最遠者、為四国諸山。朽網湯蓋二峰、如左右之臂。

　山中奇峰為扇鼻天狗巖肥前場。肥前場以観肥前得名。如秦観呉観之稱。余倚劍

　山中に二池有り。其の一方の広さ数十畝を過ぎず、水色渾濁（こんだく）す。其の一方は広さ六七町許（ばか）り。深碧藍の如く、水、最も寒冽（かんれつ）にして、魚鼈（ぎょべつ）生ぜず。池の側、奇巌（きがん）環り立つ。躑躅（つつじ）は細葉剪（き）るが如し。書帯草（しょたいそう）、螺蓋草（らがいそう）生ず。山中の奇品為り。其の他異卉叢生（いきそうせい）す。

　諸友又た酒を呼びて小飲す。層巌の上に踞（うずくま）りて池水を俯瞰すれば、冷風忽ち生じ、微波澹蕩（びはたんとう）、日光下射（かしゃ）し、其の奇趣（きしゅ）を極む。画家の未だ状（かたど）る能はざる所なり。

　池水流れず、山足（さんそく）に噴出し、西に流れて千歳河と為り、東に流れて白嵩江（しらたか）と為る。池の側由り南山に登れば、高さ数十仭（じん）、石稜（せきりょう）足を砭（さ）し、行歩（こうほ）甚だ窘（くるし）む。

　絶頂孤高、四方を眺望すれば、山の最も高き者を英彦、宝満、由布、雲仙、天、姥、阿蘇と為す。その最も遠き者を四国の諸山と為す。朽網（くたみ）の湯（ゆ）は蓋し二峰にして、左右の臂（ひ）の如し。

　山中の奇峰を扇鼻（おうぎはな）、天狗巌（てんぐいわ）、肥前場（ひぜんじょう）と為す。肥前場は肥前を観（み）るを以て名を得（う）。秦観（しんかん）、呉観の称の如し。余、剣に倚（よ）り

而歌。天風獵々、爽気沁骨、如游九霄鬱羅之府。塵海浩々、倶出履帯下也。

下山沿池、取路於西。有深谷。下瞰沈黒若洞。名古神池。由是小径幾絶、無脚可著。曰法華越。下崖則沙原数十町、黄茅白菅、一望極目、四面峻崖如削。有湯泉一所、泉出硫黄。披荒榛北行、入深谷中。萬樹幽森、時聞伐木聲。谷底有佛菴、曰法華院。修験僧之所居也。

菴亦有温湯二所。境最陰寂、人踪希絶。憩菴喫茶。翹首則層巒疊嶂。垂々欲壓人渓巖之間。丹楓蒼嵐、夕陽照映。絶似李昭道父子筆。

出菴東行。渓流琤琮鳴石罅。土人云、此水潛伏、不知其所之也。

過一大谷。曰猿窪。四山圍之、圓濶如池。土人云、梅霖之時、水盈谷中。望之

て歌ふ。「天風獵々、爽気骨に沁みて、九霄鬱羅の府に游ぶが如し。塵海浩々として、倶に履帯の下より出づ」と。

山を下りて池に沿ひ、路を西に取る。深谷有り。下瞰すれば、沈黒なること洞の若し。古神池と名づく。是由り小径幾ど絶え、脚の著くべき無し。法華越と曰ふ。崖を下れば、則ち砂原数十町、黄茅白菅、一望極目、四面の峻崖は削るが如し。湯泉一所有り、泉、硫黄出づ。荒榛を披きて北行し、深谷の中に入る。万樹の幽林、時に伐木の聲を聞く。谷底に仏庵有り、法華院と曰ふ。修験僧の居る所なり。

庵も亦た温湯二所有り。境は最も陰寂、人踪希絶たり。庵に憩ひ、茶を喫す。翹首すれば、則ち層巒畳嶂たり。垂々として人を渓巌の間に圧せんと欲す。丹楓蒼嵐、夕陽照映す。絶だ李昭道父子の筆に似る。

庵を出でて東行す。渓流琤琮として石罅を鳴らす。土人云ふ、此の水潜伏して、其の之く所を知らざるなりと。

一大谷を過ぐ。猿窪と曰ふ。四山之を囲み、円闊にして池の如し。土人云ふ、「梅霖の時、水、谷中に盈つ。之を望め

如湖。有黒蟒長数十丈、時々来浴。右崖雑樹之中、時有水聲。蓋伏流在其下。亦奇談也。

下山数里、日已歿矣。月出東嶺。萬樹如蒙霜雪。寒輝逼肌。抵青柳村。有能池神祠。国志稱、大友氏之臣某斬馬妖、祀其霊於此。有池濶数百畝、池水清潔、生石蠶。今夜遇賽祀之日、土人焼燭伐鼓。黄童白叟、喧闐成群。初更帰久住客舎。巖永翁招飲。

按、久住又名九重。屬直入郡。風土記曰、昔者郡東垂水村、有桑生之。枝幹直美、俗曰直生、後人改曰直入。久住峰又名九重峰。東有二山、曰朽網峰黒岳。国志引大友興衰記曰、朽網有三神山。即指此也。

蓋上古之時、三山總名曰救覃峰。風土

ば湖の如し。黒蟒の長さ数十丈なる有り、時々来りて浴す。右崖雑樹の中、時に水声有るは、蓋し伏流其の下に在ればなり。」と。亦た奇談なり。

山を下ること数里、日已に歿す。月、東嶺より出づ。万樹は霜雪を蒙るが如し。寒輝肌に逼る。青柳村に抵る。能池神祠有り。国志に称す、大友氏の臣某馬妖を斬り、其の霊を此に祀ると。池有り、闊さ数百畝、池水清潔、石蚕生づ。今夜賽祀の日に遇ひ、土人焼燭伐鼓す。黄童白叟、喧闐群れを成す。初更久住の客舎に帰る。巖永翁招飲す。

按ずるに、久住は又た九重と名づく。直入郡に属す。風土記に曰ふ、「昔者郡東の垂水村に桑有り、之を生ず。枝幹直美、俗に直生と曰ひ、後人改めて直入と曰ふ」と。久住峰は又た九重峰と名づく。東に二山有り、朽網峰、黒岳と曰ふ。国志、大友興衰記を引きて、「朽網に三神山有り」と曰ふ。即ち此を指すなり。

蓋し上古の時、三山を総て名づけて救覃峰と曰ふ。風土記に曰ふ、「救覃峰頂、火、恒に之を燎く。基に数川有り、

記曰、救覃峰頂、火恒燎之。基有数川、名曰神河。亦有二湯河、流會神河。神河蓋指白嵩江。但二湯河、今不知其處。救覃又作球覃。
風土記曰、□景行天皇行幸之時、令汲泉水、即有蛇龗。□天皇勅云、必将有臰、莫令汲用。因斯名曰臰泉。今謂球覃郷者訛也。臰泉今不知其處。疑青柳池即其遺蹟也。救覃或又作朽網。姑附録之、以補国志之所未及。

名を神河と曰ふ。亦た二湯河有り、流れて神河に會す」と。神河は蓋し白嵩江を指す。但だ二湯河、今其の処を知らず。救覃は又た球覃と作す。
風土記に曰ふ、「景行天皇行幸の時、泉水を汲ましめば即ち蛇龗有り。天皇勅して云く、必ず将に臰有らんとすれば、汲用せしむる莫かれと。斯に因りて名を臰泉と曰ふ。今球覃郷と謂ふ者は訛なり」と。臰泉今其の処を知らず。青柳池は即ち其の遺蹟なるかと疑ふなり。救覃は或いは又た朽網と作す。姑く附して之を録し、以て国志の未だ及ばざる所を補ふ。

《注》●**久住峰**：山群の名称として、古くから「九重」及び「久住」の二つの表記法がある。江戸時代には、この山群と梶野は、幕府領、岡藩領、熊本藩領に分かれていた。幕府領と岡藩領では「九重」が、熊本藩領では「久住」が使われてきた。黄華は、熊本藩士であったので、当然「久住」を使っている。黄華は、この条の末で、久住（九重）には、朽網峰（大船山と思われる）、黒岳、久住峰があるとしている。久住峰は、現在の山名で言えば、大船山及び黒岳よりも西側にある中岳、稲星山、久住山、天狗ケ城等の山群を指していると思われる。（注の「稲干、南山、前峰」参照）　●**傔**：従者。　●**瀺々**：水が流れる音の形容。　●**小庵**：現在、猪鹿狼寺本堂跡と呼ばれている。　●**「国志載・・」**：猪鹿狼寺に関する話は、『肥後国志』と『豊後国志』の両方に載っている。『肥後国志』では、梶原景時とされ、『豊後国志』では、景季（景時の長男）、また、『久住町誌』

及び『九重山法華院物語』は景高（景時の次男）と記している。●**猪鹿寺**：「猪鹿狼寺」のこと。天正の兵乱後に寺が衰微したため、四字の寺号は適さないとして、「猪鹿寺」と書き改められ、これが明治初年まで続いた。『肥後国志』にも、「猪鹿寺」と表記して「イカラジ」としている。口語訳では、「猪鹿狼寺」とした。猪鹿狼寺は、もともと最澄が開基したと言われる久住山の南側の山麓にあった「大和山茲尊院」であった。開基は、八〇五年（八〇二あるいは八〇三年とも言われる）と言われる。往時は、九重山における天台密教の修験場の拠点として多くの僧侶が修行した。寺院には、本堂を中心に一六院があり、隆盛をきわめた。源頼朝が富士の裾野で巻狩りを行うために、家臣の梶原平次座右衛門尉景高（前の注参照）と仁田忠常を九州に下向させ、阿蘇大宮司家に伝わる巻狩り法を習得させた。この二人は、帰途に久住高原で巻狩りを試すことにした。多くの獲物が得られたが、その地が霊場であったので、頼朝は、山の神の怒りを静めるためと、獲物となった猪等の霊を慰めるために寄進をした。その時、頼朝から「猪鹿狼寺」の名を賜り、「久住山猪鹿狼寺」となった。寺院はますます繁栄し、本堂、下宮の建宮をはじめ、来坊、坊中一六院など寺院数も多かった（現在の南登山口から三キロほど登ったところ）。中岳直下の御池そばには九重山白水寺と久住山猪鹿狼寺の共通の上宮があった。しかし、天正一四年（一五八六年）に豊後に侵攻した薩摩の島津氏により、寺院も本堂のみを残して焼失した。その後、寺院の維持が困難となったため、寛永年間に本堂は現在の久住町武宮境内に移された。現在、本堂跡には、石祠がある。神仏習合の久住山信仰の中心である猪鹿狼寺では、神と仏を祀っており、神は「健男霜凝彦命」で、本尊は十一面観自在菩薩（観音菩薩）である。（『九重山法華院物語―山と人』（四九頁―五三頁）、『久住山猪鹿狼寺の歴史』パンフレット）　●**岳祠**：下宮の本宮の建宮のこと。●**浮屠氏**：僧侶。　●**両部の説・本地**：本地垂迹説。　●**峰澗**：峰と谷。　●**廻合**：巡り会うこと。　●**幽曠**：奥深く広いさま。　●**燦爛**：目に鮮やかなこと。　●**磽确**：石が多く土地が痩せていること。また、そのさま。　●**白崩谷**：現在、この地名は残っていない。『肥後国志略（貞）』の豊州直入郡久住山の部に「白崩」との地名が書かれており、これが該当するかもしれない。同国志略には、南登山道沿いで千里浜（現在の東千里ヶ浜）よりも下側にあり、久住街道から見えると書かれているので、南登山道の右側に沿って入り込んでいる谷のことと考えられる。或いは、「東千里ヶ浜」を指しているのかもしれない。●**畝**：土地の広さの単位で、日本では、一畝は一反の一〇分の一。●**稲干、南山、前峰**：南山及び前峰との名称はこれまでの文献等には見られないが、国土地理院の地図（二万五千分ノ一図）に記載されている山名に従えば、稲干は稲星山（いなぼしやま）、南山は中岳、前峰は久住山を指すと考えられる。古く山岳信仰の宗教登山時代には、九重に登るといえば、中岳に登ることで、明治以前には、中岳が最高峰と考えられていた（『九重山博物誌』（一七頁））。また、猪鹿狼寺は、白丹にあった南山城主の志賀氏の庇護を受けて栄えたこともあり、現在の中岳を南山と呼んだとも推測される。記述の様子から、一行は久住山ではなく中岳（南山）に登ったと考えられる。明治になって地形図作成のための測量が行われるようになり、中岳の標高が示されなかったこともあり、久住山が一番高いことになった。その後、中岳に標高点が設けられて、山群の最高峰と認定された（『九重山法華院物語』（一八一頁））。●**仭**：長さの単位。八尺とするものや、七尺とするものがある。一仭を八尺として、三〇仭と仮定すると、長さはおよそ七〇メートルとなる。●**英彦宝満由布雲仙天姥阿蘇**：英彦山（福岡県添田町）、宝満山（福岡県筑紫野市）、由布岳（大分県由布市）、雲仙岳（長崎県雲仙市）、天山（佐賀県）、姥岳（祖母山）（大分県竹田市）、阿蘇山（熊本県）。●**扇鼻、天狗巌、肥前場**：それぞれ扇ケ鼻（おうぎがはな）、天狗ケ城（てんぐがじょう）、肥前ケ城（ひぜんがじょう）を指す。●**二池**：日志の記述に従えば、当時、この付近（久住山・中岳・天狗ヶ城で囲まれる区域）には水を有する池が二つあったことになる。これ以外に、下山途中に見ている古神池があるが、ここに水があるとは書かれていない。現在、この付近には、水を湛える「御池」と水のない窪地である「空池」が知られている。最近の調査で、この付近には四つの爆裂火口が確認されている（九重火山地質図）。日志にある大きい方の池は、御池であり、御池のすぐ南東側にある爆裂火口の一部と思われる小さな窪み（馬洗池（うまあらいのいけ）と呼ばれる）に雨水等が溜まったものが黄華の見た小さい方の池ではないかと推測される（なお、『肥後国志略（貞）』に言及のある「法施崎ノ御池」も同じものを指していると推測される。『九重山博物誌』一七頁にも同様の記述がある。）。これらの池には伝説がある。

『肥後国志』では、水のある大きい池を「新御池」、「空池」を「古御池」と呼び、昔は古御池にも水があったが、猟師が御池で鉄砲を洗ったため、古御池の水が枯渇し、新御池のみに水があると伝えている。また、江戸時代の日田の学者である森春樹の「蓬生談」には、鹿を殺した刀を洗ったところ、その夜のうちに池が乾き、一段上の窪んだ場所に水が溜まったと書いている。空池にも水があった。また、この池の底に大蛇が住みついていて、ある日、若い猟師が大蛇を退治すると言って大蛇を撃った。大蛇が驚いて御池の方に移ったので、空池となったと言う。他にも、猟師が空池の近くで親猿を撃ち、小猿を山刀で切り殺し、血のついた山刀を池水で洗おうとしたところ、池の水がなくなったという伝説もある。（『九重山博物志』（九六―九七頁）、『九州の山と伝説—北部編』（一四八頁））●**魚鼈**：魚類。●**躑躅**：ミヤマキリシマツツジ（『九重山博物誌』（一〇一頁））。●**書帯草**：カヤツリグサ科ホソバカンスゲ属。●**螺蓋草**：螺貝草。釣船草。初秋、淡紅紫色の花を釣り下げる。●**奇趣**：変わった趣。●**千歳河**：筑後川のこと。古くは、千歳川と呼ばれていたが、一六三六年に幕府の命により筑後川に統一された。●**白嵩江**：白嵩川（しらたかがわ）のことで、現在の名は大野川。鶴崎の東側を流れる。●**異卉**：珍しい草。●**「天風獵々、爽気沁骨、如游九霄鬱羅之府、塵海浩々、倶出履帯下也」**：明代の李日華の『味水軒日記』巻二の万暦三八年（一六一〇年）九月一六日からのほぼ引用（原文「天風獵々、清寒貶八骨、如置余九霄鬱羅之府、塵海浩々、倶出履帯下也」）。李日華は、詩文・書画に巧みで、書画・骨董の賞鑑に卓越していた。『味水軒日記』は、万暦三七年から同四四年まで、一年一巻よりなる詳細な日記である（「明末の文人李日華の趣味生活—『味水軒日記』を中心に」（一—二頁））。●**猟々**：風の音。●**塵海**：塵の海。●**浩々**：広大なさま。●**九霄鬱羅之府**：天の最上の極み。●**履帯**：くつとおび。●**砂原・温泉・硫黄の泉出**：砂原は、硫黄山の東裾に位置する北千里浜（きたせんりがはま）を指す。温泉・硫黄については、硫黄山周辺には火山ガスの活発な噴気があり、そこから出る温泉及び硫黄を指していると考えられる。硫黄山では、江戸時代より本格的な硫黄の採取が行われていた。●**法華院**：文明二年（一四七〇年）に開山された天台宗白水寺の一坊であった。寺号は白水寺、院号は法華院、坊名は弘蔵坊、本尊は十一面観音自在菩薩であった。

なお、開山の時期については諸説がある。下宮は、三俣山山麓の台地（法華院温泉山荘のすぐ北側）にあった。中宮が北千里浜に、上宮が中岳直下の賽河原（馬洗池付近）にあった。なお、上宮は、久住山猪鹿狼寺の上宮でもあった。明治元年の廃仏毀釈により法華院は衰退し、中宮及び上宮もなくなった。明治一五年には、法華院は失火のため焼失し、温泉があったので、その後温泉宿を始めた。●**朽網の湯・二峰**：二峰は黒岳と大船山を指し、湯は、これらの山の東方の湯と考えられる。●**平摩明神**：現在の久住神社。●**荒榛**：草木が乱れて茂って荒れ果てたところ。●**法華越**：現在の「久住分かれ」をこのように呼んでいるのではないかと考えられるが、昔は北千里ヶ浜の奥から御池に向かって登る道があったかもしれないとも言われており（『九重山―法華院物語』）、その場合はその登り切った鞍部を「法華越」と呼んでいたと考えられる。●**陰寂**：ひっそりとして寂しいさま。●**翹首**：首を上げる。●**人踪**：人の足跡。●**層巒**：幾重にも重なりあうさま。●**畳嶂**：連山。●**李昭道父子**：李思訓（りしくん）・昭道（しょうどう）父子。父子とも唐代玄宗朝に仕えた役人で、山水画に長じており、北宋画の祖と言われている。●**「庵を出て東行す。」**：江戸末期の久住山の地図には法華院から直接鉾立峠に向かう道（南東方向）のみが示されており、方向が少し違うが、黄華もこの経路をとったと考えられる。●**猿窪**：佐渡窪のことと考えられる。●**円潤**：丸くて広く大きいさま。●**黒蟒**：大蛇。●**能池**：竹田市久住町青柳にある納池（のいけ）のこと。なお、『肥後国誌（下）』では、「納池」と書いて「ノウケ」と振り仮名が付されている。湧水池で、現在納池公園となっている、元徳二年（一三三〇年）に当時の白丹南山城主志賀義天の遊楽地とされる。江戸時代初期には肥後藩主の加藤清正が民衆のための遊楽地としたと言われる。公園内に納池神社がある。●**琤琮**：谷川の流れる音。●**「国志稱・・斬馬妖」**：『豊後国志』の嵯峨明神祠の項に、鬼馬の話が載っている。朽網にある嵯峨大明神では祭礼の際に神馬を寄進するならわしがあったが、その馬が行方知れずとなり、怪物となって人を襲うようなった。里人はこれを鬼馬と呼んだ。朽網氏の家臣がこれを退治したという。しかし、能池神社との関係については書かれていない。この話は、『肥後国志』には載っていない。●**畝**：土地の面積単位で、一畝は三〇坪（江戸時代）。●**石蚕**：トビゲラの幼虫。淡水中にすみ、糸を出して砂粒などをつづりあわせて筒状の巣を作る。●**黄童**：子供。●**白叟**：老人。●**喧闐**：騒々しいさま。●**朽網峰**：大船山のこと。●**蛇竈**：『九重山博物誌』（七〇―七一頁）には、「水神との解釈もあるが、イモリやサンショウウオなどの水棲類を指しているとみる方がよかろう。オカミがいたかどうかはともかく、温泉などが湧いて匂いも強い泉があったのかも知れない。」とある。●**「国志・・・大友興廃記・・・」**：『肥後国志』と『豊後国志』の記述を合わせた内容になっている。なお、大友興衰記は大友興廃記のことで、肥後国志にのみ言及されている。●**豊後風土記の関連部分**：「昔者郡東、垂水村、有桑生之。其高極陵、枝幹直美、俗曰直生村、人改曰直入郡、是也」「此村有泉、同天皇行幸之時、奉膳之人、擬炊於御飲、令汲泉水、即有蛇竈、謂於箇美於茲天皇勅云、必将有臭、莫令汲用、因斯名曰臭泉、因為名、今謂球覃郷者訛也」●**救覃或又作朽網**：遺稿は、「網」が「綱」となっているが、これは書き写す際の誤りと思われるので、訂正した。●**青柳池**：納池のことと思われる。

【口語訳】

十五日、久住峰（**写真⑨**）に登った。（宿の）主人は、従者一名に案内をさせた。友人らは悪酔いしたが、頑張って起床した。私は、酒を数年間止めているので、気分は快よくさわやかだ。

山裾を一里あまり歩くと、谷川のせせらぎが、さんさんとしている。一つの小庵（**写真⑩**）に着いた。山神（さんじん）と観音大師を祀っている。国志に載せる、「建久年間、梶原景時が山中で狩をした。捉えた獣が非常に多く、寺を建てて、獣の冥福を祈った。猪鹿狼寺（いからじ）と言うと。地が非常に陰気で寒く、僧侶はこれに苦しみ、寺を久住宿の側に移した（**写真⑪**）」。これはその旧址である。

調べると、久住山神を武男霜凝彦（たけおしもごりひこ）と言う。延喜式の言うところの直入の郡（こおり）の一座である建男霜凝日子（たけおしもごりひこ）神社がこれである。おそらく、昔は、岳の祠があった。後にまたこれを久住宿の側に移した。現在、一小祠がある。平摩明神と言うのが、これである。

僧侶は、両部の説を唱え、観音を山神の本地とした。そのため、また観音大師と山神をここに祀っている。

庵の前後はみな杉の老木で、大きさはいずれも数十抱えある。峰と谷がめぐり合い、地勢は奥深く広大で愛すべきである。村人が子供らの手を引いて登っていた。やかましい笑い声がひどくうるさい。

友人らは酒を数杯飲み、また登った。崖と谷は紅葉して、鮮やかで目を照らしている。山は石が多く、細道は雲に沿っている。

二十五町登ると、右に谷があって、砂礫は明るく澄んでいる。白崩谷と言う。絶頂に三つの峰があって、稲干（稲星山）と言い、南山（中岳）と言い、前峰（久住山）と言う。南山は最も高く、稲干はその次、前峰はまたその次である。

山中に二つの池（**写真⑫⑬**）がある。その一方（馬洗池）の広さ数十畝もなく、水の色は濁っている。その一方（御池）は、広さが六、七町ほどである。深い碧は藍のようで、水は最も冷たく魚は生息していない。池の側には奇妙な形の岩が周りを巡るように立っている。

躑躅（**写真⑭**）は、細い葉が切るように見える。書帯草、釣船草が生えている。山中の珍品である。その他、めずらしい草が群がって生えている。

友人らはまた酒を少し飲んだ。層状の岩の上にうずくまり、池を見下ろせば、冷たい風が急に生じ、かすかな波を立ててゆったりとして、日光が下に差し込み、その妙趣は極まった。画家がいまだ描くことができないものである。

池の水は流れず、山裾に噴出し、西に流れて千歳河（筑後川）となり、東に流れて白嵩江（大野川）

となる。池の側より南山（中岳）（**写真⑮**）に登れば、高さは数十仞で、ごつごつした岩は足を針で刺すように痛く、歩行に非常に苦労した。

その頂は孤高で、四方を眺望すると、とりわけ高い山を、英彦山、宝満山、由布岳、雲仙岳、天山、姥岳（祖母山）、阿蘇山という。その最も遠い山を、四国の諸山と言う。朽網の湯は、およそ二峰（大船山と黒岳）を左右の腕のようにしている。

山中の奇峰を扇鼻（扇ケ鼻）、天狗巌（天狗ケ城）及び肥前場（肥前ケ城）と言う。肥前ケ城は、肥前が見えるので名を得た。秦観、呉観の呼び名と同じである。私は剣に倚りかかって吟じた、「風はびゅうびゅうと吹き、爽やかな気は骨に沁みる。天の最上の極の鬱羅霄台で遊んでいるようである。塵の海は広々として、ともに、わらじの下から出る。」と。

山を下りて池に沿い、路を西にとった。深い谷があった。見下ろせば、まっくらで洞穴のようだ。古神池（空池）（**写真⑯**）と言う。ここから小道はほとんど絶え、脚を著けるところがない。法華越と言う。崖を下れば数十町の砂原で、黄色く枯れた茅と白い菅が見渡す限りあり、四面の険しい崖は削ったようであった。温泉が一カ所あって、泉から硫黄が出る。荒れたやぶをかき分けながら北に行き、深い谷（北千里浜）（**写真⑰**）に入った。多くの木々が奥深く静かで、時々木を切る音が聞こえた。谷底に仏庵があって、法華院（**写真⑱⑲**）と言う。修験僧の住む所である。

庵にもまた二カ所の温泉がある。この地は最も暗くひっそりとしており、人が来るのはまれである。庵で休み、茶を飲んだ。首をあげれば、幾重にも重なった山々がある。垂れ下がって人を谷の岩の間に押さえ込もうとしている。紅葉した楓に青いもやがかかり、夕陽に照り映えている。李昭道父子の絵に非常に似ている。

庵を出て、東に行く。渓流はそうそうと石の裂け目を鳴らしている。土地の者は、この水は伏流となり、その行き先を知らないと言う。

大きな谷を過ぎた。猿窪（佐渡窪）（**写真⑳**）と言う。四つの山がこれを囲み、丸くて広く大きな池のようである。土地の者は、「梅雨時には、水が谷中に満ちる。これを望むと、湖のようである。長さ数十丈の黒い大蛇がいて、時々来て水を浴びる。右の崖の雑樹の中で、時々水の音がするのは、おそらく伏流がその下にあるからだろう。」と言う。また奇談である。

山を数里下りると、日はすでに没している。月が東の嶺から出た。多くの樹々は霜や雪を覆ったようである。寒さが肌に迫ってくる。青柳村に着いた。能池神社（納池神社）（**写真㉑**）がある。国志に言う、「大友氏の家臣の某が馬の妖怪を斬り、ここにその霊を祀った。」と。広さ数百畝の池（**写真㉑**）がある。池の水は清潔であり、石蚕が生息している。今夜はたまたま祭祀の日で、土地の者は、火を灯し、太鼓を打ち鳴らしている。子供や老人は、騒々しく群がっている。初更に久住の客舎に帰った。巌永翁に招かれて酒を飲んだ。

調べてみると、久住はまた九重と言う。直入の郡に属する。豊後風土記は、「昔、郡の東の垂水村に桑があり、これを植えた。枝や幹ともまっすぐで美しく、俗に直生と言い、後の人が改めて直入と言う。」と言う。久住峰はまた九重峰と言う。東に二山があり、朽網峰（大船山）、黒岳と言う。国志は、大友興廃記を引用して、「朽網に三神山がある」と言う。すなわち、これ（大船山、黒岳、久住（九重峰）を指す。

思うに、遠い昔、三山をすべて救覃峰と言った。風土記に、「救覃峰の頂は常に火が燃えている。麓にいくつかの川がある。名を神河と言う。また二つの湯川がある。流れて神河に合流する。」と言う。

神河はおそらく白嵩江（大野川）を指す。ただし、二つの湯川は今その所がわからない。救覃はまた球覃と書く。

風土記に、「景行天皇行幸の時に、泉水を汲ませたら、蛇龗（おかみ）があらわれた。天皇は「もし臭いがしたならば、汲み用いてはならない。」と勅せられた。これによって、名を臭泉（くさいずみ）と言う。今球覃郷というのは訛（なま）りである。」とある。今、臭泉の場所はわからない。青柳池（納池）がその遺跡ではないか。救覃はあるいは朽網とも書く。とりあえずこれを付記して国志のまだ足りないところを補う。

（六） 九月十六日

十六日、發久住、憩追分驛酒店。北望由布峰、峰勢奇絶。土人名豐後富士。鶴見岳蟠踞於其右。由布古作柚富。

風土記曰、土人取栲皮以造木綿。因曰柚富郷。柚富峯有石室。常有氷凝。経夏不鮮。柚富郷近於此峯。因以為峰名。由布峰今又呼為由布院岳。古人和歌詠此山者多。


十六日、久住を発し、追分駅の酒店に憩ふ。北のかた由布峰を望めば、峰勢奇絶たり。土人、豊後富士と名づく。鶴見岳は其の右に蟠踞（ばんきょ）す。由布は古（いにしえ）は柚富（ゆふ）に作（つく）る。

風土記に曰ふ、「土人、栲（たく）皮を取り、以て木綿（ゆう）を造る。因りて柚富（ゆふ）郷と曰ふ。柚富の峯に石室（いわや）有り。常に氷凝（ひこり）有り。夏を経て解けず。柚富郷は此の峯に近し。因りて以て峰名と為す」と。由布峰今又た呼びて由布院岳と為す。古人の和歌、この山を詠ずる者（もの）多し。

西望則久住朽網黒岳三山並峙。黒岳雑樹蓊鬱、其嶮恠當與猫嶽相伯仲。過小牟多今市溜水諸驛。道徑粗悪、亂石歯々。遶一山腹栽山櫻数十株。花時可想。北方一山、為宇蔵岳。高数百丈。踰黒都甲阪、路傍人家已見燈矣。渡七瀬水、初更入野津原驛。宿三邨章太郎官舍。

西のかた望めば、則ち久住、朽網、黒岳、三山並峙す。黒岳は雑樹蓊鬱して、其の険怪は、当に猫岳と相伯仲すべし。小牟多、今市、溜水の諸駅を過ぐ。道径粗悪、乱石歯々たり。一山腹を遶りて山桜数十株を栽う。花時、想ふべし。北方の一山は、宇蔵岳と為す。高さ数百丈なり。黒都甲阪を踰ゆれば、路傍の人家に、已に灯を見る。七瀬水を渡り、初更、野津原駅に入る。三村章太郎の官舎に宿す。

《注》 ●**由布峰**：由布岳（由布院岳）のこと。 ●**蟠踞**：とぐろを巻いてうずくまる。 ●**風土記**：『豊後風土記』。 ●**朽網**：大船山を指すと考えられる。 ●**猫岳**：阿蘇の根子岳のこと。 ●**蓊鬱**：鬱蒼としていること。 ●**険怪**：山道など、険しい細い道。 ●**小牟多**：小無田。 ●**宇蔵岳**：現在の宇曽山（別名有蔵岳）（標高六六四米）と考えられる。方角は北というよりも北東から東北東。肥後国志に言及がある。 ●**黒都甲阪**：黒都甲坂。野津原の手前の鶴迫付近の坂を指す。肥後国志に言及がある。なお、この坂の名前は、国土地理院の地図には見られない。 ●**三村章太郎**：文政四年より野津原手永物庄屋。後に、物庄屋二二年等の功績により、独礼になっている（熊本藩「町在」資料）。

【口語訳】

十六日、久住を出発し、追分宿の酒店で休んだ。北に由布峰（由布岳）を望むと、峰の勢いが珍しくてすばらしい。土地の者は豊後富士と言う。鶴見岳はその右にとぐろを巻いている。由布は、昔は柚富と書いた。

風土記に、「土地の者は栲(たく)の皮をとって木綿(ゆう)を作る。それで、柚富郷と言う。柚富の峰に石室があり、常に氷がかたまっている。夏を経てもとけない。柚富郷はこの峰に近い。よって峰の名前とした。」とある、由布峰は、いままた、由布院岳と称している。古人の和歌に、この山を詠んだものが多い。西を望めば、久住、朽網（大船山）、黒岳の三山が並んでいる。黒岳はいろいろな樹木が鬱蒼と茂っており、その険怪なさまはまさに猫岳（根子岳）と伯仲している。

小無田、今市、溜水の諸宿を過ぎた。道は悪く、大小さまざまな石が歯のように並んでいる。山腹の周りに山桜数十株を植えている。花の見頃が思い浮かぶ。北方の山は、宇蔵岳（宇曽山）である。高さは数百丈である。

黒都甲坂を越えると、路傍の人家にはすでに灯が見えた。七瀬川を渡り、初更に野津原宿（**写真㉒**）に入った。三村章太郎の官舎に泊まった。

（七）九月十七日

十七日、路沿七瀬水。土人擧網捕年魚。似溪山漁樂圖。

十七日、路は七瀬水に沿ふ。土人、網を擧げて年魚(ねんぎょ)を捕ふ。溪山漁楽図に似る。

過胡麻鶴邨。憩三吉邨酒店。田野稍闢、路亦坦夷。加久川自西来、與七瀬水合、水勢益壯。左望府内城、粉壁隠見於萬松中。

過高松驛。自乙津江口、轉入森村、遇雨。渡乙津江、抵高田邨。訪毛利慎甫。具酒肴留宿。亭曰古處。龜井元鳳作記、掲諸楣上。夜雨暖甚。

胡麻鶴村を過ぐ。三吉村の酒店に憩ふ。田野稍闢け、路も亦た坦夷なり。加久川、西より来り、七瀬水と合し、水勢益壮んなり。左に府内城を望めば、粉壁、万松の中に隠見す。

高松駅を過ぐ。乙津江口より転じて森村に入り、雨に遇ふ。乙津江を渡り、高田村に抵る。毛利慎甫を訪ふ。酒肴を具へて留宿す。亭を古処と曰ふ。亀井元鳳、記を作り、諸を楣上に掲ぐ。夜雨暖きこと甚だし。

《注》●七瀬水：七瀬川。●年魚：あゆ。●渓山漁楽図：漁楽図とは、老荘思想が理想とする脱俗の境地を描いたもの。●加久川：賀来川。現在の地図では、七瀬川と合流する部分は、大分川となっている。その上流にある支流を賀来川としている。●府内城：大分市にある府内藩主の居館と武家屋敷で構成され、白土の塀で囲まれていた。●粉壁：白壁。●乙津江：乙津川。●三吉村：光吉村。●坦夷：平坦。●毛利慎甫：鶴崎の儒学者。通称は到、字を慎甫、号を空桑という。当時二七歳。寛政九年常行村に生まれる。一四歳の時、鶴崎の脇蘭室（二十一日の条の注参照）より漢学を学ぶ。文化一〇年日出の帆足萬里に入門、文政二年（一八一九年）に熊本の大城霞萍について教えを受ける。その間、熊本藩の藩校時習館の居寮生としようとすることがあったが、固辞している。二六歳の時、福岡に赴き、亀井昭陽（元鳳）に学んだ。その後、常行に帰り家塾「知来館」を開く。天保五年（一八三四年）、鶴崎郡代の進めにより家塾を鶴崎に移すが、やがて郷里に戻った。明治一七年に八八歳にして没（『高田村志』（一五四―一六八頁））。黄華とは、時習館にいた時からの知り合いであり、訪問した時は、亀井昭陽の元から戻ってあまり立っていなかったと推定される。なお、文政七年（一八二四）に郷里に戻ったとされているが（『高田村史』（一五七頁））、この『游豊日志』によれば前年の九月には郷里に戻っていたことになる。●亀井元鳳：亀井昭陽（しょうよう）。『北筑紀行』の四月二十五日の条の注参照。黄華は、「北筑紀行」の旅の際に元鳳に会っている。

【口語訳】

十七日、道は七瀬川に沿う。土地の者は、網を挙げてあゆを採る。渓山漁楽図に似ている。胡麻鶴（ごまづる）村を過ぎた。光吉村の酒店で休んだ。田野はやや開け、道もまた平坦である。賀来川は西より流れきて、七瀬川と合流し、水の勢いはますます壮んである。左に府内城を望めば、白壁が多くの松の中に見え隠れしている。

高松宿を過ぎた。乙津川の口より方向を変えて森村に入ると、雨にあった。乙津川を渡り、高田村に着いた。毛利慎甫（**写真㉓**）を訪ねた。酒肴を準備し、宿に留めた。あずまやを古処と言う。亀井元鳳が記を書き、これをはりの上に掲げている。夜の雨が非常に暖かい。

（八）九月十八日

十八日、雨不已。提慎甫東行、渡白嵩江。波浪渺瀰。江発源於久住峰、合衆渓

十八日、雨已（や）まず。慎甫（しんぽ）を提（ひっさ）げて東行し、白嵩江（しらたかこう）を渡る。波浪渺瀰（びょうび）たり。江は源を久住峰に発し、渓水を合衆（ごうしゅう）し、竹

水、穿竹田諸山以来。風土記所謂、大分河出直入郡朽網之峰。指東下流者、盖指此也。

雨止日暄。憩大平邨茶店。

踰一丘則滄海。一瞬、風浪大起、狂吼如雷。隔海望豫州諸山。海北一抹如靄、為防長二州之山。北豊之山勢綿亘西出如嘴。

入山臨海。升降数里、下申抵佐賀関。地突出於海。沿海数百家、烟尾鱗々。松嶠名藍、参差如畫。

宿岡松作右衛門官舎。食海味。鮮美適口。

田の諸山を穿ちて以て来る。風土記に謂ふ所の大分河は直入郡朽網の峰より出ず。東を指して下り流るる者は、盖し此れを指すなり。

雨止み日暄かし。太平村の茶店に憩ふ。

一丘を踰ゆれば則ち滄海。一瞬、風浪大いに起こり、狂吼すること雷の如し。海を隔てて予州の諸山を望む。海北一抹すること靄の如きは、防長二州の山と為す。北豊の山勢、綿亘して西に出づること嘴の如し。

山に入りて海を臨む。升降すること数里、下申、佐賀関に抵る。地、海に突出す。沿海の数百家、煙尾鱗々たり。松嶠、藍と名づくるは、参差として画の如し。

岡松作右衛門の官舎に宿す。海味を食す。鮮美にして口に適ふ。

《注》 **●白嵩江**：現在の大野川。**●渺瀰**：はるかに広がるさま。**●久住峰・朽網峰**：九月十五日の条の注参照。**●大分河**：大分川。**●狂吼**：吠えたけること。**●予州**：伊予国。現在の愛媛県。**●防長**：周防国、長門国。**●綿亘**：長く連なる様。**●下申**：申の下刻。午後四時二〇分から午後五時までの間。**●松嶠**：松の生えた険しい山。**●参差**：高低が不揃いのさま。**●鮮美**：美味しい。**●岡松作右衛門**：関手永惣庄屋兼代官。岡松家は、宝暦七年以降明治三年まで、代々高田手永の代官兼惣庄屋を勤めている。文化三年に関手永惣庄屋であった岡松数右衛門の引退に伴い、関手永惣庄屋兼代官となり、数右衛門の養子岡松俊蔵が高田手永惣庄屋代官兼帯になっている（『高田村誌』）。なお、文政六年一二月には、本席独礼になり（熊本藩「町在」資料）、さらに、文政一二年には鶴崎御郡会所根取になった（『豊後鶴崎町史』（三九四頁））。

【口語訳】

十八日、雨は止まない。慎甫を連れて東に行き、白嵩江（大野川）を渡った。波浪は限りなく広がっている。川は源を久住峰に発し、渓谷の水を合わせて竹田の諸山を穿って、流れてくる。風土記に言うところの大分川は直入郡の朽網峰（大船山）から出ている。東を指して流れ下るのは、おそらくこれを指している。

雨が止み、日が暖かい。大平村の茶店で休んだ。丘を越えると、青い海となる。一瞬にして風の波が大きく起こり、雷のように大きく吠えた。海を隔てて伊予の諸山を望む。海の北の靄のようにすこし塗ったさまは、周防と長門の諸山である。豊後の北部の山々は長く連なり、嘴のように西に出ている。

山に入って海を望んだ。数里ほど登り下りし、下中に佐賀関に着いた。陸地が海に突き出ている。海沿いの数百の家は、煙が尾を引いて鱗のようである。松の生えた険しい山は藍と言う名で、高さがふぞろいで画の趣がある。

岡松作右衛門の官舎に泊まった。海産物を食べた。美味しく、満足した。

（九） 九月十九日

十九日、謁早吸日女祠。祠宇宏壯、有神殿拝殿末社殿及樓門。神殿□勅扁曰早吸日女大神宮。金字瑰麗、炳燭殿宇。

按佐賀海古早吸海。上古□二尊御禊之地。□神武天皇東征之時、泊御舟於此、早吸又作速吸。祀海神六座。延喜式所謂早吸日女神社是也。其鎮座縁由、神祭諸式、詳見國志及社記。今不復載。

出祠登山。行松林中、抵斥堠臺。海島千點、皆出足下。望伊豫土佐周防長門日向諸山、縹緲明滅、煙雲無際、真大観也。

登関崎山。斗絶入海、眺望亦佳。山與伊豫八幡濱、隔海相向。海心一島為鷹嶼。海潮奮湧、如萬羊齊奔。

過牧山、見馬十餘匹。岡松家奴携行厨

十九日、早吸日女祠に謁す。祠宇宏壮、神殿、拝殿、末社殿及び楼門有り。神殿は勅扁して「早吸日女大神宮」と曰ふ。金字瑰麗にして、殿宇を炳燭す。

按ずるに、佐賀海は古くは早吸海なり。上古二尊の御禊の地なり。神武天皇東征の時、御舟を此に泊し、早吸又速吸と作す。海神六座を祀る。延喜式の謂ふ所の早吸日女神社は是れなり。其の鎮座の縁由、神祭諸式、国志及び社記に詳見す。今復た載せず。

祠を出でて山に登る。松林の中を行き、斥堠台に抵る。海島千點、皆足下より出づ。伊予、土佐、周防、長門、日向の諸山を望めば、縹緲明滅し、煙雲際無く、真に大観なり。

関崎山に登る。斗絶海に入り、眺望も亦た佳し。山と伊予八幡浜と海を隔てて相向かふ。海心の一島を鷹島と為す。海潮奪湧して、万羊斉しく奔るが如し。

牧山を過ぎ、馬十余匹を見る。岡松の家奴、行厨を携えて至。班荊喫飯。

下山入谷。過黒白二濱。在海水環曲處。石皆如指頭大、黒白成隊、滑澤有光可愛。世傳、唐人説部所謂集眞島凝露臺、即此地也。捨小石数枚帰。

夜観街市。

至る。荊を班きて、飯を喫らふ。

山を下りて谷に入る。黒白二浜を過ぐ。海水の環のごとく曲がる処在り。石は皆指頭の大いさの如く、黒白隊を成し、滑沢として光の愛すべき有り。世に伝ふ、唐人説部の謂ふ所の集真島、凝露台は、即ち此の地なりと。小石数枚を捨てて帰る。

夜、街市を観る。

《注》●早吸日女祠：早吸日女神社。紀元前六六七年、神武天皇の東征の際に、速吸の瀬戸（豊後水道）の海底に大ダコが住みつき、潮の流れを鎮めるために守っていた神剣を、関に住む海女姉妹（黒砂（いさご）と真砂（まさご））が海底深く潜って大ダコよりもらい受け、神武天皇に献上したと言われる。早吸日女神社は、その神剣を御神体とした神社。●祠宇：やしろ。●勅扁：天皇が書いた額で、建物の扉や壁に掲げる。●瑰麗：非常に美しい。●殿宇：社殿。●炳燭：照らすこと。●社記：神社の記録。●斥堠台：遠見山のことであろう。奈良時代にのろし所の一つとして有名で常に太宰府との連絡が保たれていた。藩政時代には、細川藩主の参勤交代の際の見張り番所が置かれていた。明治維新まで常駐の番人を置いて海上の遠見をさせていた（『佐賀関町史』（七五八―七五九頁））。●縹緲：はるかに遠いさま。●斗絶：険しく切り立っているさま。●関崎山：関崎は佐賀関半島の先端にある岬。関崎の背後の山を指すと考えられる。●鷹島：高島。●牧山：遠見山の東北に位置（『豊後国志』）。通説では、延喜年間、天皇が神に奉納された名馬を種馬として放牧したものといい、一説には太古からの牧場であるともいう。元禄年間には、神馬が作物を害するとの農民の訴えがあり、時の藩主細川氏が一〇町四方を画して堀を作り、馬三〇頭を放牧させることとした。次第に数は減少したが、安永七年に藩主重賢が宇土の牧場より馬を移し、熟練者をつけて、物庄屋に管理させた。文政のころには三〇頭内外となった（『佐賀関町史』（八二六—八二七頁））。●黒白二浜：佐賀関半島の東海岸にあり、白ケ浜は白石、黒ケ浜は黒石のみの海浜となっている。この浜の石は冷暖玉と称し、冬これを握れば暖かく、夏これを握れば冷たいといわれ、大古から碁石として珍重された。白ケ浜の白石は絹雲母片麻岩中の石英が白石となり、黒ケ浜は蛇紋岩の黒石から構成されている（『佐賀関町史』（七五七頁））。平安時代から景勝地として知られている。●唐人説部・集真島・凝露台：中国の唐代末の書物『杜陽雑編』を指す。同書には、集眞島・凝露臺については、宣宗帝年号の大中年間に日本の碁の名手である王子が来訪し、中国一の名手と対戦する逸話が書かれている。日本の王子は、「わが国の東二万里に集眞島があり、島の上に凝霞臺がある。臺上に手談池がある。池の中に玉の碁石を産する。黒と白とに自然に分かれ、冬は暖かく夏は冷たい手触りがするので、冷暖玉と呼んでいる。」と言ったと書かれている（『唐代伝奇集2』）。なお、『豊後国志』は、『杜陽雑編』では「凝霞臺」となっているが、『佩文韻府』（清の康熙帝の命により張玉書らが編んだ韻書）では「凝露臺」となっており、池は浦に相当すると説明している。黄華は、これに従ったものと考えられる。

【口語訳】

十九日、早吸日女神社（**写真㉔**）に詣でた。社殿は広大で、神殿、拝殿、末社殿及び楼門がある。神殿の勅扁には、「早吸日女大神宮」とある。金泥で書かれた文字は非常に綺麗で、社殿を明るく照らしている。

調べたところ、佐賀海は、古くは早吸海であった。大昔、二尊（イザナギ・イザナミ）神話のみそぎの地である。神武天皇東征の時、天皇の御舟がここに停泊し、早吸また速吸とした。海神六座を祀る。延喜式の言うところの早吸日女神社はこれである。その鎮座の由緒、神祭諸式は、国志と社記に詳しく書いてある。今またここには載せない。

神社を出て山に登った。松林の中を行き、斥候台（遠見山）（**写真㉕**）に着いた。海に浮かぶ千の島が、みな足もとに現れた。伊予、土佐、周防、長門、日向の諸山を望むと、はるか遠くに明滅して、霧や雲ははてしなく、まことに壮大な眺めである。

関崎の山に登った。険しく切り立って海に入り、眺望もよい。山と伊予八幡浜とは海を隔てて向かい合っている。海の中心にある島は高島である。海潮は勢いよく湧き起こり、たくさんの羊が一斉に勢いよく走っているようである。

牧山を過ぎ、十頭余の馬を見た。岡松の下男が弁当を持って来た。ゴザを敷いて食事をした。

山を下って谷に入った。黒白二つの浜（**写真㉖㉗**）を過ぎた。海が環のように曲がるところがある。石はみな指の頭の大きさで、黒と白が、ひとかたまりになっていて、なめらかな光沢を見ていると、愛でたくなる。世間では、唐人の書物の言うところの集真島、凝露台は、すなわちこの地であると伝わっている。（さっき拾った）数枚の小石を手放して帰った。

夜、街を見物した。

（十）九月二十日

二十日、下午泛舟游蔦嶼。風起不得抵岸。諸友下鈎釣魚不獲。

二十日、下午（かご）、舟を浮かべて蔦島（つたしま）に遊ぶ。風起り、岸に抵るを得ず。諸友鉤を下して魚を釣るも獲ず。

乃帰、游徳應寺。主僧故識伯黨。酒殽交錯、満座皆酔。夜宿寺。

乃ち帰り、徳応寺に游ぶ。主僧、故(もと)より伯党を識る。酒殽交錯し、満座皆酔ふ。夜、寺に宿す。

《注》●**下午**：午後。　●**蔦島**：佐賀関半島の南東側、豊後水道に開口する臼杵湾の湾口近くにある島。『豊後風土記』や古川古松軒の『西遊雑記』にも記述がある。　●**徳応寺**：佐賀関にある浄土真宗本願寺派の寺。開基は、天正一六年（一五八八年）。

【口語訳】
二十日、午後、舟を浮かべて蔦島（**写真㉗**）に遊んだ。風が出て、岸にたどり着くことができなかった。諸友は、鉤を下ろして魚を釣ったが、釣れなかった。
そこで帰って、徳応寺（**写真㉘**）に遊んだ。主僧は、もとより伯党を知っていた。酒と肴が入りまじり、満座の者は皆酔った。夜、寺に泊まった。

（十一）九月二十一日

二十一日、游主僧書齋。開窗望海、景物絶勝。僧請齋名。余名之曰朝霞。僧遺越産黒水晶一枚。寺有古松曰袖摺。摺紳

二十一日、主僧の書斎に游ぶ。窓を開きて海を望めば、景物絶勝なり。僧、斎名を請ふ。余、之を名づけて「朝霞(ちょうか)」と曰ふ。僧、越産の黒水晶一枚を遺(おく)る。寺に古松有りて袖摺と

某公之所名也。僧曰、慶長之亂、関神主某拒中川氏之兵於此。下巳辭寺。

薄暮抵鶴崎港、憩茶店、喫鮑腸麪。相傳、大友宗麟始製之。宗麟嗜鰒魚腸。夏月不可多得。因製此麪代之。其味與鰒腸相類。土俗呼鰒為鮑。故名曰鮑腸麪。

宿脇英策。出示金聖嘆刪定西廂李卓吾山中一夕話。英策先人蘭室翁好學、蔵書甚富。堂曰清虚、几案整浄。頗見先輩之遺也。

湯地銀平来。

曰ふ。搢紳某公の名づくる所なり。僧曰はく、「慶長の乱、関の神主某、中川氏の兵を此に拒ぐ」と。下巳、寺を辞す。

薄暮、鶴崎港に抵り、茶店に憩ひ、鮑腸麺を喫らふ。相伝ふ、「大友宗麟始めて之を製る。宗麟は鰒魚の腸を嗜む。夏月、多くは得べからず。因りて此の麺を製りて之に代ふ。其の味、鰒腸と相類す。土俗、鰒を呼びて鮑と為す。故に名づけて鮑腸麺と曰ふ」と。

脇英策に宿す。金聖嘆の『刪定西廂』、李卓吾の『山中一夕話』を出示す。英策の先人蘭室翁学を好み、蔵書甚だ富む。堂を清虚と曰ひ、几案整浄たり。頗る先輩の遺を見るなり。

湯地銀平来る。

《注》●主僧：徳応寺第九世住職の天真と考えられる（『佐賀関町史』（八七五—八七七頁））。なお、現住職によれば、建物はすでに建て替えられているが、書斎があったとは聞いておらず、また、書斎の名前や「朝霞軒記」も今に伝わっていないとのことである。●搢紳：高官。●関の神主：一六〇〇年の関ヶ原の戦いの際に佐賀関が戦乱に巻き込まれた。豊後の岡藩中川氏の一隊が佐賀関を経て臼杵藩を目指して進軍した際に、佐賀関が舞台となった。岡藩の客将田原紹忍が下浦の民家に火をかけさせたため、関の神社（早吸日女神社）の神主、社務の家を焼き尽くした。怒った神主関作之丞は、駆けつけた神社関係者や土地の人々と共に臼杵側に味方し、敵の総大将中川平右衛門や他の主な武将を討ち取り、死者も多数出て、中川氏側は敗退した（『豊後の武将と合戦』（第一八章））。●下巳：巳の下刻。午前一〇時二〇分から午前一一時の間。●宗麟：大友宗麟。●鰒魚：あわび。●脇蘭室：鶴崎の儒学者。通称は儀一郎、号は蘭室、菊園、愚山。明和元年（一七六四年）、豊後国速見郡小浦村の庄屋の分家に生まれる。天明四年（一七八四年）、二一歳の時に熊本藩の藩校時習館に行き、藪孤山（やぶこざん）に学ぶ。その後、安芸の三浦梅園、大阪の中井竹山に学ぶ。寛政元年（一七八九年）に故郷に帰り、私塾菊園を開く。寛政三年（一七九一年）には帆足萬里が一四歳で同塾に入門した。寛政九年（一七九七年）、時習館の訓導となったが、翌年時習館を辞した。その才を惜しんだ藩主細川斉茲の計らいにより、熊本藩の飛地であった鶴崎に迎えられ開塾し、熊本藩士の子弟の教育を行った。毛利愼甫（空桑）は蘭室に学んでいる。文化一一年（一八一四年）に五一歳で鶴崎にて没する。なお、黄華の師である菊池の渋江松石（宇内）は、文化元年及び同二年に蘭室を訪れており（『豊後鶴崎町史上巻』（四七九頁））、蘭室については師の松石より聞かされていたと思われる。●脇英策：脇永策。熊本藩士。当時三一歳。兄とともに脇蘭室の養子となる。兄が家督を相続したが早逝したため兄の養子となり、文政元年一〇月に家督を相続、御留守居中小姓として鶴崎詰。文政二年より鶴崎浦奉行・川口上番（熊本藩「先祖附」）。英策の家が蘭室の家であったと思われる。●湯地銀平：大分郡鶴崎作事所目附付横目・郡代手附横目・人馬会所水夫会所横目等兼任（諸役人段）（熊本藩「町在」資料）。黄華との関係は不明。●金聖嘆：明末から清初めにかけての文芸評論家で、『荘子』、『離騒』、『史記』、『杜詩』、『水滸伝』、『西廂記』の六つを天下の才子の書とたたえ、『水滸伝』と『西廂記』をそれぞれ「第五才子書」、「第六才子書」と名づけて改訂し、評釈を付して公刊した。『刪定西廂（さんていせいそう）』は後者を指している。なお、刪定とは、語句や文章悪い所を削って定稿にすること。●李卓吾：明代の思想家・文学者。『山中一夕話』は、李卓吾が編纂した『開巻一笑』という笑話集を、清の笑々先生と称する者が増補したもの。

【口語訳】

二十一日、(徳応寺の)主僧の書斎に遊んだ。窓を開いて海を望めば、絶景が広がっている。僧は書斎の名を求めた。私は、これに「朝霞」と名づけた。僧は越前産の黒水晶を贈った。寺には古い松があって袖摺と言う。高貴な某公が名づけたものである。僧は、慶長の乱の時に関の神主某が中川氏の兵をここで防いだと言った。巳の下刻に寺を辞した。

薄暮に鶴崎港に着き、茶店で休み、鮑腸麺を食べた。伝えるところ、大友宗麟がはじめてこれを作った。宗麟はアワビの腸を好んだ。夏は多く得ることができない。それで、この麺を作り、アワビの腸の代わりとした。その味はアワビの腸に似ている。土俗では、「鰒」を「鮑」と称している。そのため、名づけて鮑腸麺と言うとの事。

脇永策の家(**写真㉙**)に泊まる。金聖嘆の『刪定西廂』、李卓吾の『山中一夕話』を出して示した。英策の亡父の蘭室翁は学問を好み、蔵書が非常に多い。堂を「清虚」と言い、机は清浄である。大いに先人の遺徳を見た。

湯地銀平が来た。

(十二) 九月二十二日

二十二日、発鶴崎。伯黨愼甫相送、抵乙津江而別。

二十二日、鶴崎を発す。伯党、慎甫相送り、乙津江に抵りて別る。

過府内城下、観濱市。地名邯鄲港。列肆如櫛、酒壚劇場、往来雑沓。列肆之外、老松数十株、蟠鬱拏攫。由布鶴見二山、近接眉睫。翠黛可掬。四極山亦在其側。古人和歌所詠也。
踰山丘数里、過加久邨、渡加久川、宿野津原驛。

府内城下を過ぎ、濱ノ市を観る。地は邯鄲港と名づく。肆を列ぬること櫛の如く、酒壚劇場、往来雑沓す。列肆の外、老松数十株、蟠鬱拏攫たり。由布、鶴見二山、近くして眉睫に接す。翠黛掬すべし。四極山も亦た其の側に在り。古人の和歌を詠ずる所なり。
山丘を踰ゆること数里、加久村を過ぎ、加久川を渡り、野津原駅に宿す。

《注》

●**府内城**：府内藩大給松平氏の居城。●**濱の市**：柞原八幡宮の「浜の市」（「生石浜の御放生会」）のこと。明治以降、「由原八幡宮」から現在の「柞原八幡宮」に改められた。放生会は、鎌倉時代に始まった伝統行事で、浜の市は、寛永一三年（一六三六年）に、当時の府内藩主日根野吉明が、城下の繁栄のために開いた市が起源とされる祭礼市で、後に、八月一一日から九月一日までの二〇日間が市の日となった。府内藩時代には、市の期間中は城下での商売は禁止され、すべての取引は「浜の市」で行われたと言われる。生石にある仮宮周辺では、東西に通じる町筋が作られ、城下の商人や他国の商人三〇〇軒前後が小屋掛けして商いをしたと言われている。西日本三大市とまで呼ばれるほど栄えた。明治になって神仏分離令のため、放生会は「仲秋祭」に改められた。現在は毎年九月一四日から二〇日に行われている。（『大分市歴史的風致維持向上計画』（第二章））●**邯鄲港**：現在の大分港の西大分地区の西部分を指し、祓川河口の先の部分。現在、この地域は「かんたん港圏」と呼ばれている。『豊後国志』には「菡萏湊」と記されている。なお、「邯鄲」は中国河北省の都市の名称で、黄華は同じ音であるので、このように表記したものと考えられる。●**列肆**：並んでいる多くの店。●**蟠鬱**：からみあうこと。●**拏攫**：つかみあう。●**眉睫**：差し迫っていること。●**翠黛**：もやがたちこめた青々とした山。●四極山：高崎山の古名。万葉集にある高市黒人の歌等を指していると考えられる。なお、高市の歌っている四極山は、三河あるいは摂津にある山であるとの説もある。●加久村・加久川：賀来村・賀来川のこと。

【口語訳】

二十二日、鶴崎を出発した。伯党と慎甫は私を送って、乙津川まで来て別れた。府内城（**写真㉚**）下を過ぎ、浜の市を見た。この地は邯鄲港（**写真㉛**）という。櫛のように多くの店が並び、酒店や芝居小屋もあり、往来は雑踏であった。店の並びの外には、老松数十株がからみあい、つかみあっている。由布岳、鶴見岳の二山は、近く眼前にある。もやがたちこめた青々とした山が両手にすくい取れそうだ。四極山（高崎山）もその側にある。古人が和歌を詠んだ所である。数里、山や丘を越え、賀来村を過ぎ、賀来川を渡り、野津原宿に泊まった。

（十三）　九月二十三日

二十三日、過今市驛、謁菅公祠。題名於門柱。

暮抵久住驛、宿佐藤唯之丞官舍。其父聽雪老人善書、傚近衛相公體。遺余其手

二十三日、今市駅を過ぎ、菅公祠に謁す。名を門柱に題す。

暮に久住駅に抵り、佐藤唯之丞の官舎に宿す。其の父聴雪老人書を善くし、近衛相公の体に倣ふ。余に其の手迹二紙を遺る。

迹二紙。

夜寒冷添衣。覺気候之頓異也。

夜、寒冷にして衣を添ふ。気候の頓に異なるを覚ゆるなり。

《注》 ●菅公祠：丸山神社のこと。今市の久住寄り入口にある。慶長一五年に加藤清正が創建、菅原道真を祭る。 ●近衛相公体：公家の名門近衛家の当主でありながら、能書として近世初期に活躍した近衛信尹に始まる和様書道の一派の書体。近衛流、あるいは三藐院流とも言う。 ●佐藤唯之丞：佐藤唯之允。当時四一歳。文化一二年一〇月より久住手永惣庄屋兼代官。白丹村会所手代時代に、零落していた同村を立ち直らせ、その後、久住町別当役の時の久住の火災に際しての功績が認められ、久住手永惣庄屋兼代官に抜擢された。久住手永出身の惣庄屋という地の利と優れた行政手腕により多くの実績を残した。老衰により、安政三年に惣庄屋・久住御茶屋番を辞任した。明治二年には藩から諸役人段の身分が許された（『久住町史（歴史編）』（一〇〇―一〇二頁）、『波野村史』（三九八―四〇〇頁）、熊本藩「町在」資料）。 ●佐藤聴雪：佐藤文兵衛。佐藤唯之允の父。久住手永会所手代役、天明三年に無苗郡代直触、寛政九年に苗字御免惣庄屋直触、文化元年に久住町別当役、文化五年に郡代直触に進席。文化一三年に願いにより郡代直触を免ぜられる。（熊本藩「町在」資料、『波野村史』（三九八頁））。

【口語訳】

二十三日、今市宿を過ぎ、天満宮（丸山神社）（**写真㉜**）に詣でた。名を門柱に書きつけてあった。暮に久住宿に着き、佐藤唯之允の官舎に泊まった。その父聴雪老人は、書がうまく、近衛流の書体を手本とした。私にその書二枚を与えた。

夜、寒く冷え、衣を加えた。気候が急に変わったのがわかった。

（十四）　九月二十四日

二十四日、将発巌永翁留饗酒殽。閑話移時、下巳遂発。暮過坂梨関。冥行二里、抵内牧驛。同百度華卿子勤、出驛観烟火。宿百度官舎。

二十四日、将に発せんとするも、巌永翁留めて酒殽（しゅこう）を饗す。閑話時を移し、下巳、遂に発す。

暮、坂梨関を過ぐ。冥行（めいこう）二里、内牧駅に抵る。百度、華卿、子勤と同（とも）に駅を出でて煙火を観る。百度の官舎に宿す。

《注》 **●巌永翁**：巌永勝左右衛門（九月十四日の条の注参照）。**●百度・華卿**：九月十三日の条の注（坂梨百度及び上松華卿）参照。

【口語訳】

二十四日、まさに出発しようとした時に、巌永翁がひきとめて、酒肴を振る舞った。話で時が過ぎ、巳の下刻、ついに出発した。

暮に、坂梨関を過ぎた。二里ほど夜道を行き、内牧宿に着いた。百度、華卿、子勤とともに宿場を出て、阿蘇の煙火を見た。百度の官舎に泊まった。

（十五）　九月二十五日

二十五日、謁菅公祠。游満徳寺、観奇石數百種。寺有樓名凝紫。面對蘇山、秋天明浄、落暉染崕、紫紅萬状。其命名有旨也。長崎醫生島春臺在座、相與憑欄極談。寺僧求詩。題一絶而去。

訪渡邉子八郎。諸友行盃、具鯽膾、不減東南佳味。夜帰百度官舍。

二十五日、菅公祠に謁(えつ)す。満徳寺に游び、奇石数百種を観る。寺に楼の凝紫と名づくる有り。蘇山に面対し、秋天明浄、落暉(らっき)崖を染め、紫紅万状(しこうばんじょう)たり。其の命名に旨有るなり。長崎医生島春台座に在り、相與(とも)に憑欄(ひょうらん)極談す。寺僧詩を求む。一絶を題(だい)して去る。

渡辺子八郎(ねはちろう)を訪(と)ふ。諸友行盃し、鯽膾(そくかい)を具(そな)へ、東南の佳味(かみ)に減ぜず。夜、百度の官舎に帰る。

《注》●**菅公祠**：内牧菅原神社。　●**満徳寺**：一四七一年に建立された内牧にある浄土真宗本願寺派の寺。　●**落暉**：夕日。　●**万状**：多種多様。　●**島春台**：経歴等不明。　●**憑欄**：熱心に。　●**極談**：話し合うこと。　●**渡辺子八郎**：内牧手永一領一疋渡辺常八の倅。文政六年四月より内牧会所物書見習。弘化二年には、高森手永惣庄屋当分代官兼帯となっている。黄華との関係は不明であるが、以前から面識があったものと思われる（熊本藩「町在」資料、『阿蘇町史（史料編）』（一五九頁））。　●**行盃**：順に酒をつぐ。

【口語訳】

二十五日、天満宮（内牧菅原神社）（**写真㉝**）に参拝した。満徳寺（**写真㉞**）に遊び、数百種の奇石を鑑賞した。寺に「凝紫」という名の楼がある。阿蘇山と対面し、秋空は明るく清らかであり、夕日は崖を染め、紫紅は多種多様である。その命名には意図がある。長崎医生の島春台が同席し、ともに手すりにもたれて語り尽くした。寺の僧は詩を所望した。絶句一首を書きつけて辞去した。
渡辺子八郎を訪問した。諸友は酒をくみかわし、ふなのなますを調え、東南の美味にもひけをとらなかった。夜に百度の官舎に帰った。

(十六) 九月二十六日

二十六日、游□公園、訪華卿僑居。游湯山、浴温泉。暮帰百度官舎。

二十六日、公園に游び、華卿の僑居を訪ふ。湯山に游び、温泉に浴す。暮に百度の官舎に帰る。

《注》 ●公園：内牧御茶屋の庭のこと。御茶屋は、内牧城跡に造られていた。 ●僑居：仮住まい。内牧では、前年の文政五年一二月及び同年四月に大火のため街の大部分が焼失しており（『熊本藩年表稿』（二八五―二八六頁））、仮住まいとなっていたと推測される（『阿蘇町史（資料編）』（一六九頁））。 ●湯山：泉源のある湯山は、内牧の町から東北東方向に一キロメートル弱離れており、江戸時代には、湯山から内牧まで温泉を引くことができなかった。

【口語訳】
二十六日、藩公の庭園に遊び、華卿の仮住まいを訪問した。

湯山に遊び、温泉に浴した。暮に、百度の官舎に帰った。

（十七）九月二十七日

二十七日、天陰。百度送余於菅公祠前、華卿送抵的石村。

游□公園。曰清音館。庭有菅祠。池泉沸流、為小瀑一級。水中細石密布。有壽藤古松、青山圍繞。水声冷々、一洗塵俗之気。出門與華卿別。

踰二重嶺。天気将霽、陰雲解駁。諸山含霧不可辨。

過大津枯木諸驛、暮憩大窪邨茶店。夜帰壺井草堂。


二十七日、天陰る。百度は余を菅公祠前に送り、華卿は送りて的石村に抵る。

公園に游ぶ。清音館と曰ふ。庭に菅祠有り。池泉沸流し、小瀑一級と為る。水中に細石密布す。寿藤古松有り、青山囲繞す。水声冷々として、塵俗の気を一洗す。門を出でて華卿と別る。

二重嶺を踰ゆ。天気将に霽れんとし、陰雲解駁す。諸山霧を含みて弁ずべからず。

大津、枯木諸駅を過ぎ、暮、大窪村の茶店に憩ふ。夜、壺井草堂に帰る。

《注》●菅公祠：内牧菅原神社。　●菅祠：的石の隼鷹天満宮。肥後藩主細川綱利公が参勤交代のため船で東上のおり、天候が悪化し、激しい波に船が呑まれようとした時、一羽の白鷹が船柱に飛んできた。すると怒涛はたちまち静まり、無事に航海を終えることができた。藩主は、その夜、白い鷹が的石天満宮の化身であるという夢を見たため、社殿建立を命じたという。（『阿蘇町史（資料編）』（一三一―一三二頁））●**清音館**：的石にある御茶屋を指していると考えられるが、史料等でこの名前が言及されたものはない。なお、御茶屋は、参勤交代の途上、藩主が休息をとったところ。阿蘇山の湧水を使った池と庭園がある。●**冷々**：音が清んでよく通るさま。●**大窪村**：現在の熊本市北区の大窪。●**壺井**：坪井。熊本城下の町名。●**草堂**：草ぶきの家。文人が自分の家を風流に表現したもので、ここでは壺井にある黄華の自宅を指す。

【口語訳】

二十七日、空は曇る。百度は菅原神社前で私を見送り、華卿は送って的石村に来た。

藩公の庭園（**写真㉟**）に遊んだ。清音館と言う。庭に天満宮がある。池は湧き出て流れ、一つの小さな滝となる。水中の細石は密に敷かれている。長寿の藤と古松があって、青い山が周りを取り囲んでいる。水の音が清んでよく通り、俗塵の気をすべて洗い流す。門を出て華卿と別れた。

二重峠を越える。天気はいまにも晴れようとし、暗い雲は分かれてまだらになっている。諸山は霧に包まれて、見分けることができない。

大津、枯木の諸宿を過ぎ、暮に大窪村の茶店で休んだ。夜に壺井（坪井）の草堂に帰った。

游豊日志附録

一、游水月菴

石欄橋外梵王家
老柳高楓夕日斜
頭白山僧煨榾柮
清泉煎得閼崇茶

水月庵に游ぶ

石欄橋外　梵王の家
老柳高楓　夕日斜めなり
頭白の山僧　榾柮を煨め
清泉煎じ得たり　閼崇の茶

石の欄干の橋の外側に、梵天王の寺がある
老柳や高楓に、夕陽が斜めに射している
白髪の山寺の僧は、ほたを焼き
清らかな水で阿蘇の茶を煎じてくれた

《注》 七言絶句
韻字：家・斜・茶（下平六麻）
●**水月庵**：『游豊日志』の九月十二日の条の注参照。　●**石欄**：石の欄干。　●**橋の外**：当時水月庵は堀川の岸に沿ってあったので、同川にかかった橋の外側を指している。　●**梵王の家**：梵天王のある寺のことで、寺（水月庵）を指している。　●**榾柮**：短く切った木。ほた。　●**煨む**：埋み火のある灰の中に入れて焼く。　●**閼崇**：阿蘇の別名。

【解説】

大津の水月庵は、旧藩主加藤清正が計画した白河から水を引く用水路である上井出（「堀川」）沿いにあり、橋はそれに架かっていたと思われる。『游豊日志』の九月十二日の条に、黄華たちが水月庵を訪問した折に、主僧がお茶を入れて、話し合ったことが書かれており、この時の情景を歌っている。第一句及び第二句で寺のある風景を描写し、第三句及び第四句で寺の住職に描写を移している。

二、宿松岡謙佐書樓

樓上把杯秋已闌
長烟收盡碧天寒
晚来臨檻猶餘興
新月大於白玉盤

松岡謙佐の書楼に宿す
楼上杯を把れば秋已に闌たり
長煙収まり尽して碧天寒し
晩来檻に臨めば猶ほ余興あるがごとし
新月は白玉の盤よりも大いなり

《注》七言絶句
韻字：闌・寒・盤（上平十四寒）
●書楼：書庫。●長煙：細長くたなびいているもや。●晩来：夕方。●檻：欄干。●余興：興があとまで残ること。●白玉盤：白磁の盆の美称。

楼の上で杯をとれば、秋はもう真っ盛りである
長くたなびくもやはすべて収まり、青く澄んだ空は寒い
暮れに書楼の欄干の所から見下ろすと、まだ感興が残っていたようだ
空に出たばかりの月は白玉の大皿よりも大きい

【解説】

大津の松岡謙佐の書楼に泊まった夜の情景を詠じている。季節は秋の盛りをすぎているが、まだその余韻が残っており、東の空に月が大きく見えている。『游豊日志』の九月十二日の条参照。

三、大津客夜

繞屋溪聲驚夢頻
輝々簷角挂氷輪
菊川従此行程近
欹枕幾回思老親

大津客夜

屋を繞(めぐ)る渓声　夢を驚かすこと頻(しき)りなり
輝々(きき)たる簷角(えんかく)　氷輪(ひょうりん)を挂(か)く
菊川此より行程近し
枕を欹(そばだ)てて幾回(たび)か老親を思ふ

《注》七言絶句
韻字：頻・輪・親（上平十一真）
●輝々：光り輝くさま。●渓声：谷川の音。●簷角：軒の角。●挂：掛に同じ。●氷輪：月の別名。●菊川：菊池川を指すが、ここでは故郷の菊池を暗示している。●行程：道のり。●欹レ枕（まくらをそばだつ）：頭をのせたまま、枕を傾ける。

建物を取り巻く谷川の音が、しきりに夢から覚めさせる
軒の角に月を掛けて、きらきらと美しく輝いている
菊池川はここから近い所にある
枕を傾けて何度も　年老いた親を思う

【解説】

黄華の故郷である菊池は、熊本からよりも大津からの方が近い。黄華の母（知嘉）は五年前に亡くなり、父（源次右衛門）はこの旅の二年後に亡くなるが、すでに病床にあったのかもしれない。親を思う気持ちがよく伝わってくる。大津には九月十二日に泊まっている。

四、下回車坂

路下羊腸阪
嶮奇膽已驚
阿蘇山缺處
一水眼增明

回車坂を下る

路は下る　羊腸の阪
険奇(けんき)　胆已(たんすで)に驚く
阿蘇山の欠くる処
一水眼(まなこ)明を増す

道は狭く曲がりくねった坂を下る
険しく秀れたさまに、私の心はもう驚いた
阿蘇山の欠けたところから
川が流れて、目の前が明るくなった

《注》五言絶句
韻字：驚・明（下平八庚）
●回車阪：車帰坂(くるまがえりさか)。●羊腸：狭く曲がりくねった道のたとえ。●険奇：険しく尋常でないさま。●胆：きもったま。●一水：一つの水の流れ。黒川を指す。

【解説】

車帰坂は、阿蘇の外輪山の崖（高低差およそ一九〇メートル）を一気に下る豊後街道の難所の一つである。黄華は、九月十三日にこの坂を下っている。その狭く曲がりくねった険しい坂を下っている自分の胆もひやひやしている。阿蘇は、陥没でできたカルデラをもつ山で、普通の山のように斜面の続きに頂があるような形にはなっていない。カルデラの底を流れる黒川が明るく見えている。『游豊日志』の十三日の条の記述と同じ印象を書いている。なお、豊後街道のこの部分は、文政十年に、的石に近い側の斜面に石畳の新道が開通して、黄華が下った時よりも通行が楽になっている。

五、九月十三夜

宿坂梨百度官舎
寛平宸賞成千古
吾輩銜杯蘇水頭
岳頂雲晴新月上
清光却覚勝中秋

九月十三夜

坂梨百度の官舎に宿す
寛平(かんぴょう)の宸賞(しんしょう)　千古(せんこ)と成る
吾輩　杯を銜(ふく)む　蘇水の頭(ほとり)
岳頂　雲晴れて新月上り
清光(せいこう)　却(かえ)って覚(おぼ)ゆ　中秋(ちゅうしゅう)に勝るを

寛平の法皇が褒めたとの逸話も千古の昔のことである
私は、蘇水（黒川）のほとりで酒杯を口にふくんだ
岳の頂は、雲が晴れ月が出た
清らかな十三夜の月光は、仲秋の名月にもまさると気づいた

《注》 七言絶句
韻字：頭・秋（下平十一尤）
●**寛平の宸賞**：『游豊日志』の九月十三日の条の注「寛平の故事」に同じ。なお、宸賞とは、天子より褒められること。●**千古**：遠い昔。●**蘇水**：阿蘇カルデラ内を流れる川で、この場合は黒川を指すと考えられる。●**頭**：ほとり。●**清光**：澄んだ清らかな光。●**中秋**：陰暦八月。仲秋。

【解説】

内牧の惣庄屋である坂梨百度（順左衛門）の官舎に泊まった時に作ったものである。内牧には阿蘇カルデラの中を流れる黒川があり、黄華は、そのほとりで酒を口に含みながら山（おそらく阿蘇山）の頂を眺めている。その頂にかかった雲が晴れ、上った十三夜の月の清らかな光が仲秋の名月にまさると気づいたとの印象を歌っている。『游豊日志』の九月十三日の条参照。

六、踰坂梨関

怪栢危松倚翠微
関門一路冷朝暉
蒼崖千尺懸泉滴
吹雨引風霑客衣

坂梨関を踰ゆ

怪栢危松(かいはくきしょう)　翠微(すいび)に倚(よ)り
関門一路　朝暉(ちょうきひ)を冷やす
蒼崖千尺　泉滴(せんてき)を懸く
雨を吹き風を引きて　客衣を霑(うるほ)す

《注》七言絶句
韻字：微・暉・衣（上平五微）
●柏：ヒノキ科の常緑高木。このてがしわ。●危松：高い松。●翠微：もやのたちこめた青々とした山。●泉滴：滝。●朝暉：朝の日光。●客衣：旅人の衣。

すばらしい檜や高い松が、もやがかかった青山に寄りかかり
関所の門の道を行けば、朝の日ざしも冷たい
千尺の青い崖に滝が懸(か)かり
雨を吹き風を引きこみ、旅人の衣を湿らせている

【解説】

坂梨の関所のさらに東にある阿蘇外輪山の崖の様子を描いている。ここを踰える坂は滝室坂と呼ばれており、外輪山の西側の回車阪（車帰坂）と同様に豊後街道の難所の一つであった。『游豊日志』の九月十四日の条参照。

七、坂梨道中

蘇嶺一峰二峰霧
梨関十里五里楓
人家何處傳雞犬
占盡秋光歩々中

坂梨道中

蘇嶺一峰　二峰の霧
梨関十里　五里の楓
人家何くの処にか　鶏犬を伝へんや
占め尽くす秋光　歩々（ほほ）の中

《注》七言絶句
韻字：楓・中（上平一東）
●一峰・二峰：高岳と根子岳と思われる。●梨関：坂梨関。●十里：四キロメートル。古代中国は、一里が約四〇〇メートル。●鶏犬：鶏の声と犬の声が、隣同士に聞こえる。●秋光：秋の景色。●歩々：一歩一歩。

阿蘇の一峰二峰は霧がくれ
坂梨関の十里の道中、五里は楓の並木道
人家はまばらで、鶏犬の声も伝わりゃしない
一歩一歩と行く中に、秋の光がひとり占む

【解説】

坂梨関の前後の道中、阿蘇山の遠景、街道の楓、人家もまばらな中で秋の光が満ちている情景を描いている。『游豊日志』の九月十四日の条参照。

八、九重驛贈巖永翁
一撮茆簷靈岳邊

九重（くじゅう）駅にて巌永翁に贈る
一撮（いっさつ）の茆簷（ぼうえん）　霊岳の辺（へん）

《注》七言絶句
韻字：邉・編・仙（下平一先）

研朱日々點残編　　朱を研して　日々　残編に点ず
終日無復風塵累　　終日　復た風塵の累無し
好是呼君為半仙　　好し是れ君を呼びて半仙と為さん

霊岳あたりに、ひとつまみの茅葺の家がある
先生は朱墨をすって、日々、古くから残った書物に朱点を打っている
一日中、まったく俗世間のわずらわしさがない
この翁を「半仙」と呼ばせて頂くことにしよう

●**巌永翁**：岩永勝左右衛門。『游豊日志』の九月十四日の条の注参照。●**一撮**：ひとつまみほどの量。●**茆簷**：茅葺の家。●**霊岳**：久住（重）山。●**残編**：散逸した書物の残った部分。●**風塵**：俗世間。●**半仙**：半ば仙人になる。

【解説】

岩永勝左衛門は、熊本より招かれて久住において読書・習書の師範を勤めた。学問が好きな岩永の生活ぶりを詠じたものである。『游豊日志』の九月十四日の条参照。

九、登九重峰途中作　　九重峰に登る　途中の作
旗亭賖酒問名山　　旗亭酒を賖りて　名山を問ふ
萬壑秋深霜葉殷　　万壑秋深くして　霜葉殷んなり
倏忽高巓収宿霧　　倏忽として高巓　宿霧を収む

《注》 七言絶句
韻字：山・殷・顔（上平十五删）
●**九重峰**：『游豊日志』の九月十五日の条では、「久住峰」と記しており、両者は同じと考えられる。●**旗亭**：居酒屋。●**賖る**：

三峰娟妙碧孱顔　　三峰娟妙（えんみょう）　碧孱顔（さんがん）

居酒屋で酒を掛けで買い、名山を訪れた
多くの谷は秋深く、楓の紅葉が盛りである
高い頂では、昨夜からの霧もたちまち収まった
三つの峰は美しく、碧があざやかにまじり合っている

掛けで買う。　●**万壑**：多くの谷。　●**霜葉**：霜のために黄や赤に色が変わった木の葉。楓。　●**倏忽**：たちまち。　●**高巓**：高い頂。　●**宿霧**：昨夜から立ち込めていた霧。　●**娟妙**：美しい。　●**三峰**：稲星山、中岳、久住山を指す。　●**孱顔**：色彩が鮮やかにまじり合うさま。

【解説】
居酒屋で酒を掛けで買って、名山を訪れた。山塊の谷々には、すでに秋の気配が深い。立ち込めていた霧も収まり、頂上部にある三つの峰（稲星山、中岳、久住山）の美しい姿が現れている様子を描写している。『游豊日志』の九月十五日の条参照。

十、登九重峰絶頂二首　　九重峰の絶頂に登る　二首

云是南豊第一峰　　云ふ是れ南豊の第一峰
層々雲気拂吟筇　　層々（そうそう）たる雲気　吟筇（ぎんきょう）を払ふ
岳頂蒸霞生瑞草　　岳頂の蒸霞（じょうか）　瑞草（ずいそう）を生じ
池中驟雨起潜龍　　池中の驟雨　潜竜を起こす

《注》 七言律詩
韻字：峰・筇・龍・重・蹤（上平二冬）
●**南豊**：豊後のこと。　●**層々**：幾重にも重なりあうさま。　●**雲気**：天空高くたちこめる雲や霧の気。　●**吟筇**：詩人のたずさえる

忽看海日升三丈
欲叩天門躡九重
両腋猶疑生羽翼
臨風目送列仙蹤

忽ち看る　海日三丈升るを
天門を叩いて九重を躡まんと欲す
両腋　猶ほ疑ふ羽翼生ずるかと
風に臨みて目もて送る　列仙の蹤

これが南豊の最高峰である
幾重にも重なる雲気を私にたずさえた杖で払いながら進む
山の頂の盛んな霞は、瑞草を生み出し
池に降るにわか雨は、水中に潜んでいる竜を呼び起こす
海中から太陽が三丈も昇るのを見た
天宮の門を叩いて久住（九重）峰を登ってゆく
そうしているうちに両脇に翼が生えたのではないかと疑った
風に臨んで、多くの仙人が通り過ぎるのを見送った

攀盡仙山萬丈屏
更疑輕擧馭風霆
只看海気千重白
不辨齊州九點青

攀ぢ尽くす　仙山　万丈の屏
更に疑ふ　軽挙して風霆を馭するかと
只だ看る　海気　千重白きを
弁ぜず　斉州　九点青きを

杖。●**瑞草**：めでたいしるしの草。●**驟雨**：にわか雨。●**池**：「御池」を指す。●**潜竜**：池や淵に潜んでいて、まだ天に昇っていない竜のこと。●**天門**：天宮の門。●**海日**：海上に出た太陽。●**丈**：一丈は一尺の十倍。●**羽翼**：鳥の羽のように左右から助ける。●**目送**：人を目で見送る。●**列仙**：多くの仙人。

《注》　七言律詩
韻字：屏・霆・青・冥・聴（下平九青）
●**仙山**：仙人が住んでいる山。●**万丈**：非常に高いこと。●**軽挙**：上天して仙人にな

分野星辰朝北極
垂天鵬翼向南冥
朱幡絳節誰家客
一曲仙璈雲裏聴

野を分かつ星辰（せいしん）　北極に朝（ちょう）し
天に垂るる鵬翼　南冥に向かふ
朱幡絳節（しゅはんこうせつ）　誰（た）が家の客ぞ
一曲の仙璈（せんごう）　雲裏に聴く

仙山の一万丈の塀を登り切った
上天して仙人となり、風と雷をあやつっているかと、いよいよ疑った
海の気が幾重にも重なって白いのを、ひたすら見ている
斉州で九ヶ所から青煙が上がっているのは、見分けられない
野を分ける星は、北極に向かい
空に垂れるおおとりの翼は、南冥に向かう
朱色のはたに赤色のわりふを持った人（楓の紅葉を言う）は、誰の家の客か
仙人の奏でる璈（ごう）の一曲が雲の中から聞こえる

●風霆：風と雷。●海気：海辺の空気。●千重：幾重にも重なっていること。●斉州：中国にかつて存在した州の名前。現在の山東省済南市一帯。●九点：李賀「天を夢む」に、「遥かに斉州を望めば九点の煙」とある。●分野：天上の二八宿（しゅく）（星座）に相対する地上の地域。●星辰：星。●鵬翼：おおとりの翼。●南冥：南方にあるという大海。●朱幡：朱色のはた。●絳節：漢の使者の持つ赤色の符節（ふせつ）（わりふ）。●璈：古代の楽器の名。

【解説】

豊後の最高峰である久住山群に登った時の作詩である（『游豊日志』の九月十五日の条参照）。登ったのは、御池周辺から中岳である。久住登山に関する黄華の他の漢詩が自然を描写しているのに対して、この詩は、久住（九重）峰を仙人の山に例えて詠じている。なお、第二首のおおとりについての部分は、

『荘子』「逍遥遊篇」第一の「怒而飛、其翼若垂天之雲。是鳥也、海運則将徙於南冥。南冥者、天池也。」との記述を念頭に置いている。

十、游法華院
白雲深處梵王樓
閑叩玄關鐘磬幽
空谷從來無曆日
花開葉落認春秋

法華院に游ぶ
白雲深き処　梵王の楼
閑に玄関を叩けば　鐘磬（しょうけい）幽なり
空谷従来（くうこくじゅうらい）　暦日（れきじつ）無く
花開き葉落ちて春秋を認む

白雲の深い所は、梵天王の楼である
寺の門を静かに叩けば、鐘と磬の音が奥深い
人けのない谷には、もとから暦がなく
花が開き葉が落ちて　春秋を見定める

《注》七言絶句
韻字：樓・幽・秋（下平十一尤）
●法華院：『游豊日志』の九月十五日の条の注参照。●玄関：寺の門。●鐘磬：鐘と磬（うちいし。玉や石板を釣るして鳴らす。）。●空谷：人けのない谷。●従来：もともと。●暦日：暦。

【解説】

久住（九重）峰登山中に法華院に立ち寄った時の様子を歌ったものである。法華院のある人気のない谷には暦に定められた月日はないが、それでも開花と落葉により春秋の季節の変化に気付くと歌ってい

る。『游豊日志』の九月十五日の条参照。

十二、下九重峰

霜葉霜花秋正深
芒跬踏遍白雲岑
歛昏携下前渓路
已見東方初月臨

九重峰を下る

霜葉霜花(そうようそうか)　秋正に深し
芒跬踏遍(ぼうあいとうへん)す　白雲の岑(みね)
歛昏(れんこん)携へ下りて　渓路を前(すす)む
已に見る　東方　初月臨(しょげつのぞ)むを

紅葉と、花のように白い霜を見れば、秋はまさに深い
白雲の峰を草鞋(わらじ)で踏破した
たそがれとともに山を下り、谷に沿った道を進む
すでに、東方に月が出たのを見た

《注》七言絶句
韻字：深・岑・臨（下平十二侵）
●霜葉：霜のために黄や赤に色の変わった木の葉。　●霜花：霜のこと。　●芒跬（鞋）：草鞋。　●岑：山の峰。　●歛（斂）昏：たそがれ。

【解説】

秋深い中、九住（九重）峰の峰を歩き回り、山を下る途中で夕暮れになり、一人考えに耽りながら、東に出た満月を見ている様子を描いている。『游豊日志』の九月十五日の条参照。

十三、渡白嵩江

朝向樵夫問路程
峯巒漸尽野田平
白嵩江上波濤急
山雨将来樹有聲

白嵩江(しらたかこう)を渡る
朝(あした)に樵夫(しょうふ)に向かひて路程を問ふ
峰巒(ほうらん)漸(よう)く尽きて　野田(やでん)平らかなり
白嵩江上　波濤急なり
山雨将来し　樹に声有り

《注》七言絶句
韻字：程・平・聲（下平八庚）
●白嵩江：現在の大野川。●峰巒：連なる山々。●波濤：大波。●将来：ある結果をもたらす。

早朝、木こりに道のりを問う
連なる山々も次第に尽きて、田野は平らである
白嵩江（大野川）は大波が速い
山の雨が木々に雨音をもたらしている

【解説】

高田村より佐賀関に向かう途中で、白嵩江（大野川）を渡る時に詠んだものである。久住宿より続いた山間部も野津原宿を過ぎると平野部となり、周りは平らな田園である。やっと山間部を抜けたという安心感とともに、川を渡るという新たな状況への緊張感が伺える。『游豊日志』の九月十七日及び十八日の条参照。

十四、登関崎山

崕上高臨鵬背風
十洲三島酔眸中
呉箋欲写雲烟色
只恨同行欠画工

関崎山に登る

崖上高く臨む　鵬背(ほうはい)の風
十洲三島　酔眸(すいぼう)の中
呉箋(ごせん)　写さんと欲す　雲煙(うんえん)の色
只だ恨(うら)む　同行　画工を欠くるを

岬の断崖から海に面すると、あたかも鵬の背中に乗って
　風を受けているようだ
神仙世界が酔った瞳の中に見える
呉の紙に雲煙の色を描きたい
ただ同行者に画家がいないのが残念だ

《注》 七言絶句
　韻字：風・中・工（上平一東）
●**関崎山**：関崎は佐賀関半島にある岬。切り立った断崖になっている。　●**鵬**：おおとり。　●**十洲三島**：中国古代神話中の神仙が住む地方のこと。　●**酔眸**：酒に酔った瞳。　●**呉箋**：呉製の小幅で模様のついた、詩や手紙を書いたりする用紙。　●**雲煙**：雲と霞。

【解説】

佐賀関半島の関崎を登った際に作ったもので、岬で見られた眼下に広がる神仙世界のような風景を描く画家を同行していないのが残念であると詠じている。『游豊日志』の九月十九日の条参照。

十五、宿佐賀関徳應寺
　　贈主僧某
邈矣蓬莱千萬里
瓊臺銀闕隔雲水
龍伯大人釣六鼇
移来仙島豊海涘
異邦呼為手談池
池石兼含凝露美
玄冷白暖分陰陽
人間奇景如此幾
別有高僧具神通
臺上引我馭天風
酔把仙島為棋局
蠻觸乾坤争雌雄
棋聲丁々尚未了
天雞腷膊火輪紅
區々人世真戯耳

佐賀関徳応寺に宿し、
　主僧某に贈る
邈(はる)かなり　蓬莱(ほうらい)　千万里
瓊台銀闕(けいだいぎんけつ)　雲水を隔(へだ)つ
龍伯大人(りゅうはくたいじん)　六鼇を釣り
移り来(きた)る　仙島　豊海涘(かいし)
異邦は呼びて手談池と為す
池石は兼ねて凝露(ぎょうろ)の美を含む
玄(げん)は冷白(れいはく)は暖(だん)　陰陽を分かつ
人間(じんかん)の奇景　此くの如きこと幾(いくばく)ぞ
別に高僧の神通を具(そな)ふる有り
台上我を引きて　天風に馭(ぎょ)し
酔ひて仙島を把(と)りて棋局(ききょく)と為す
蛮触乾坤(ばんしょくけんこん)　雌雄を争ひ
棋声丁々(きせいとうとう)　尚ほ未だ了らず
天鶏腷膊(てんけいひょくはく)　火輪は紅(くれない)なり
区々(くく)たる人世　真(まこと)に戯むるのみ

《注》七言古詩
韻字：里・水・涘・美（上声四紙）幾（上声五尾）通・風・雄・紅・中（上平一東）客・夕（入声十一陌）
●**蓬莱**：神仙が住むという伝説上の山。蓬莱山。●**瓊台**：天台山の瓊台（立派な御殿）。●**銀闕**：天上にある白玉京の門。仙人や天帝の居所。●**龍伯大人**：中国の神話に出てくる龍伯国の大男。背丈は三〇丈、八〇〇〇歳まで生きた。一度に六匹の鼇を釣ったという。●**鼇**：海中で蓬莱山を背負うとされるオオウミガメ。●**兼含**：兼ね、含むこと。仏教の融通無碍を表す言葉。●**凝露**：結んだ露。●**涘**：水辺。きし。●**人間**：人の世。●**陰陽**：相対する性質を指している。この場合は、石の色で、黒白のこと。●**天風**：空の高いところを吹く風。●**棋局**：碁盤。●**蛮触**：非常に小さいものをいう。●**乾坤**：天と地。●**棋声**：棋を打つときの音。●**丁々**：碁を打つ音。●**天鶏**：伝説上の鳥の名。桃都山の大樹に住み、毎朝天下の

一局仙棋一夢中
君不見爛柯山上爛柯客
観棋百歳亦一夕

一局の仙棋　一夢の中
君見ずや　爛柯(らんか)山上爛柯の客
棋を観ること百歳亦た一夕

蓬莱山は一千万里の邈(はる)か彼方にある
天台山の御殿と天上の門は、雲水を隔てている
龍伯国の巨人は一度に六匹のオオウミガメを釣り
仙人の島のある豊後の海岸に移り住んだ
異国の人は手段池と呼ぶ
池の石は、結んだ露の美を兼ね含んでいる
冷たい黒と暖かい白、陰陽に分かれている
このような珍しい風景は世の中にいくつもない
ほかに、高僧は神通を具えている
殿上に私を引き寄せて、天の風をあやつり
酔って仙人の島をとって碁盤にする
微小の天地で雌雄を争い
碁を打つ音はトウトウとして、まだ終わらない
天鶏はカサコソと羽ばたき、太陽は紅である

ニワトリに先んじて鳴くという。●膈膊：カサコソ。小さな物音。●火輪：太陽。●区々：小さい。●爛柯：囲碁にふけって時のたつのを知らぬこと。●観棋：囲碁を見ること。

小さな人の世は、まことに戯れるだけである
仙人の碁の一局は、夢の中にある
君よ見たまえ、阿蘇山上で囲碁にふけって時の経つのを知らぬ客を
百年碁を観ても、一夕に感じる

【解説】

九月二十日に佐賀関の徳応寺に宿泊し、翌二十一日午前中は同寺住職に招かれてその書斎で過ごした。その際に作ったものであろう。中国の唐代末の『杜陽雑編』には、宣宗帝年号の大中年間に日本の碁の名手である王子が来訪し、中国一の名手と対戦する逸話が書かれている（『唐代伝奇集2』）。佐賀関が集真島であると言われていることを踏まえてこの詩を作っている。『游豊日志』の九月十九日及び二十日の条参照。

十六、望由布峰

右拖蒼海左青松
画出雲間奇絶峰
婉麗猶疑蓮倒帯
認知豊後小芙蓉

由布峰を望む

右は蒼海を拖（ひ）き　左は青松（せいしょう）
画（えが）き出だす　雲間　奇絶の峰
婉麗（えんれい）　猶ほ疑ふ　蓮倒（さか）しまに帯びしかと
認知す　豊後の小芙蓉

《注》 七言絶句
韻字：松・峰・蓉（上平二冬）
●奇絶：すばらしいこと。●婉麗：しとやかで、上品な美しさ。●認知：はっきりと認めること。●芙蓉：富士山の美称。芙蓉（蓮）のような形状の山の意。

右は青い海を引っぱり　左は青い松が茂る
雲間に、すばらしい峰が描かれている
しとやかで美しく　なお蓮を逆さまに纏ったのかと疑う
まさに豊後の小富士である

【解説】

九月二十二日に、鶴崎から野津原宿までの行程の途中で由布及び鶴見の二山の記述があり、その時に作ったものと考えられる。「蒼海を拖き」とは、由布岳が海を引っぱって別府湾をかたちづくったという着想を言う。『游豊日志』の九月二十二日の条参照。

十七、贈佐藤翁

藤公風韻昔曽聞
妙墨名傳閶闔雲
二百年来書法絶
典刑今日又逢君

佐藤翁に贈る

藤公の風韻（ふういん）　昔曽て（かつて）聞く
妙墨（みょうぼく）　名伝はる　閶闔（しょうこう）の雲
二百年来　書法絶ゆ
典刑今日（てんけいこんじつ）　又た君に逢ふ

《注》　七言絶句
韻字：聞・雲・君（上平十二文）
●藤公：佐藤翁（文兵衛）。　●風韻：風格。　●妙墨：すぐれた書。　●閶闔：天上界の門の盛んなさま。　●典刑：古いのり。旧法。

佐藤翁の風趣を人づてに聞いていた

すぐれた書の名声は、天上界の門にかかる雲のように盛んである
二百年も書法が絶えていた
このごろ、古い書法が君と出逢って復活したのだ

【解説】

佐藤文兵衛（聴雪）は、能書家として知られており、二〇〇年間絶えていた書法（近衛相公体）を復活させた。『游豊日志』の九月二十三日の条に記述がある。

十六、過波野

平原十里似奔波
繚繞秋山夕照多
最是奇観推第一
風飜白艸走銀蛇

波野を過ぐ

平原十里　奔波（ほんぱ）に似たり
繚繞（りょうじょう）たる秋山　夕照（せきしょう）多し
最も是れ奇観　第一に推さる
風は白艸（はくそう）を飜（ひるがえ）し　銀蛇（ぎんだ）を走らす

平原十里は奔波のようだ
もやがまつわりめぐる秋の山を夕陽が照らしている
これ最高の奇観で、第一に推される
風が白い牧草をひるがえすと銀色の蛇が走るように見える

《注》 七言絶句
韻字：波・多・蛇（下平五歌）
●奔波：どっと押し寄せる波。　●繚繞：まつわりめぐる。　●夕照：夕方の陽光。　●白艸：干すと真っ白になる牧草。

風は白草をひるがえし、銀色の蛇を走らせたように見える

【解説】

波野一帯の広い平原の様子が第一の奇観であるとし、広い草原に吹く風により枯れて白くなった草が波打っている様子を、銀色の蛇が走る姿に例えている。往路では九月十四日に、また復路では九月二十四日に波野を通過しているが、往路でも波野についての記述がある。

十九、自坂梨至内牧
冥行二里途中作
秋山日落暮烟賖
㶁々渓聲石路斜
四野蒼茫何所見
一星遠火認村家

坂梨より内牧に至る
冥行二里途中の作
秋山日落ち　暮煙賖む
㶁々たる渓声　石路斜めなり
四野蒼茫として　何の見る所ぞ
一星遠火　村家を認む

《注》七言絶句
韻字：賖・斜・家（下平六麻）
●**暮煙**：夕靄。●**㶁々**：水の流れる音。さらさら。●**四野**：四方の野原。●**蒼茫**：天地が果てしなく広がっているさま。●**遠火**：遠くでたく火。

秋山に日は沈み、夕靄が長くのびた
谷川はさらさらと流れ、石の多い道は傾斜している
果てしなく広がる四方の野原に、目に入るものは何か

一番星のように輝く遠くの火によって、村家を見つけた

【解説】

坂梨から内牧への路で、秋の日はすでに落ちた。四方の野原に目に入るものは何か。一番星のようなものは遠くの村家であった。『游豊日志』の九月二十四日の条参照。

二十、内牧驛贈坂梨百度

百里尋君山驛頭
慇懃把臂継曽遊
清廉争説神明宰
長嘯時従鸞鳳儔
鄴架圖書千古業
蘇溪香稲十分秋
剪燈話尽當年事
半是歓娯半是愁

内牧駅にて坂梨百度に贈る

百里　君を尋ぬ　山駅の頭（ほとり）
慇懃（いんぎん）　臂（ひ）を把（と）り　曽遊（そうゆう）を継ぐ
清廉（せいれん）　争ひて神明（しんめい）の宰（さい）を説き
長嘯（ちょうしょう）　時に鸞鳳（らんぽう）の儔（ちゅう）に従ふ
鄴架（ぎょうか）の図書　千古の業
蘇渓の香稲　十分の秋
剪燈（せんとう）　話し尽くす　当年の事
半ばは是れ歓娯（かんご）　半ばは是れ愁（うれ）ひ

百里の彼方から、山間の宿場に君を尋ねた

《注》七言律詩
韻字：頭・遊・儔・秋・愁（下平十一尤）
●第四句の「従」と「隨」：重複していると思われるので、「従」のみとした。●百里：遠くから訪ねてきたことを百里の距離で示している。●慇懃：ねんごろなさま。●臂を把る：腕を取る。親しく面会する。●曽遊：以前に遊んだことがある。●神明の宰：神のように賢明な地方長官。●清廉：心や行いが正しく清らかなさま。●長嘯：声を長く引いて詩歌を吟じる。●鸞鳳の儔：同志の友。●鄴架：蔵書が多いこと。

君はねんごろに腕を取って面会し、旧交を温めた
清廉で、争って賢明な地方官吏のあるべき姿を説き
時折、同志の友とともに詩を吟ずる
君は聖賢の千古の業を伝える書物をたくさん所蔵している
阿蘇谷に香りのよい稲がみのり、秋もたけなわである
灯(あかり)をともして、昔の事を話し尽くした
半分は歓び、半分は愁いである

唐の鄴県侯（李泌）の家に蔵書が多かったことから。松浦静山の『甲子夜話』の水雲問答には、鄴県侯の行った事業は誠実で知略があると評価している。●千古の業：聖賢の業。●蘇渓：阿蘇谷。●当年：昔。●歓娯：歓び楽しむ。

【解説】
坂梨百度（順左右衛門）は、内牧手永惣庄屋であった父が病となり、文化十三年よりその代役を務め、文政五年の父の死後、その後任に任命されている。『游豊日志』の九月十三日、二十四日、二十五日、二十六日、二十七日の条参照。

二十一、登凝紫樓

凝紫楼(ぎょうしろう)に登る

祇樹森々樓閣重
祇樹(ぎじゅ)森々として　楼閣重(かさ)なる

曲欄千對閼崇峰
曲欄千対　閼崇(あそ)の峰

《注》　七言絶句
韻字：重・峰・濃（上平二冬）
●凝紫楼：凝った紫煙の意。江戸末期に寺が

嶽蓮萬丈天如洗　岳蓮万丈（がくれんばんじょう）　天洗ふが如し
斜日射山紅紫濃　斜日（しゃじつ）　山に射して　紅紫（こうし）濃やかなり

寺の林はこんもりと茂り、楼閣は層をなして重なっている
阿蘇の峰は、千対（つい）の曲がった欄干のようだ
一万丈の蓮の山がそびえ、空はまるで洗われたかのように澄んでいる
夕日が山に射して、紅葉と紫煙の色が濃い

全焼したため、現存しない。●**祇樹**：寺院の境内の樹林。●**森々**：こんもりと茂ったさま。●**岳蓮**：阿蘇山を指す。●**斜日**：夕日。

【解説】
内牧の満徳寺にある凝紫と名付けられた楼閣に登って、周辺の阿蘇山を眺めた時に、夕日が射した山の紅葉や紫煙が濃いさまを詠じている。『游豊日志』の九月二十五日の条には、寺の僧より詩を求められたので一詩を作ったとあるので、その時のものと考えられる。

二十二、游湯山温泉　　湯山温泉に游ぶ

蘇谷秋深霜染楓　蘇谷秋深くして　霜は楓を染め
夕陽相映淡濃紅　夕陽相映じて　淡濃紅なり
温泉亭下青樽酒　温泉亭下　青樽の酒

《**注**》七言絶句
韻字：楓・紅・中（上平一東）
●**蘇谷**：阿蘇谷。●**亭**：あずまや。●**故人**：旧友。

興在故人談舊中　　興は　故人の旧きを談ずる中に在り

阿蘇の谷は秋深く、霜は楓を染めた
紅葉が夕日に照りはえて、淡くも濃くも彩る
温泉のあずまやの下で酒をくみかわす
楽しみは、旧友が昔の事を語る中にある

【解説】帰路、内牧に宿泊し、九月二十六日に湯山温泉を訪れた時の作である。湯山は内牧の東北東一キロメートルのところにあった。『游豊日志』の九月二十六日の条参照。

二十三、游清音館　　清音館に游ぶ

君侯別館野溪陰　　君侯の別館　野渓の陰
錦石丹楓映碧岑　　錦石丹楓　碧岑に映ず
両耳冷々聞爽籟　　両耳冷々　爽籟を聞く
始知山水有清音　　始めて知る　山水に清音あるを

《注》七言絶句
韻字：陰・岑・音（下平十二侵）
●**陰**：川の南側。　●**錦石**：美しい石。　●**丹楓**：紅葉した楓　●**碧岑**：青い山の峰。　●**冷々**：風の音が清らかなさま。　●**爽籟**：清風の音。　●**清音**：清らかな音声。

藩主の別邸は、野を流れる川の南にある
庭園の美しい石と楓は、青山の峰に映えている
両耳に風の清らかな音を聞いた
山水に清らかな音があることを始めて知った

【解説】

阿蘇の的石にある的石御茶屋を訪れた時の印象を描写したもので、御茶屋には湧水から流れ出る水をたたえる泉水がある。秋たけなわの静かな御茶屋で、澄んだ音に気づいた印象が描かれている。『游豊日志』の九月二十七日の条参照。

二十四、朝霞軒記

癸未之秋、余游豊之佐賀関。徳應上人延余于其軒。軒在高爽虚濶之地。余命之曰朝霞。命茶賦詩、盡歓而帰。帰則又請文於余。余不能辭。

乃為之記曰、佐賀関者、漢土稗官所稱

朝霞軒記

癸未の秋、余、豊の佐賀関に游ぶ。徳応上人、余を其の軒に延く。軒は高爽虚闊の地に在り。余、之を命づけて朝霞と曰ふ。茶を命じ詩を賦し、歓を尽くして帰る。帰れば則ち又た文を余に請ふ。余、辞すること能はず。

乃ち之が記を為りて曰はく、佐賀関は漢土稗官の称する

集真島之地也。蓋南豊之山、蜿蜒北出、下枕大海。関當其嘴、呼吸潮汐。東控四島、西接二筑。流膏輸液、孕日育月。非是所謂手談池者耶。

黒白之濱、美石分隊、晨輝夜光、露凝珠結。非是所謂凝露臺者耶。

今倚軒而望、則数者之勝、點綴於袵席之下。四時之景、無所不具。而尤與朝霞為相宜焉。

若夫天雞三叫、扶桑拂影也、紅旭一輪、自海底湧出、金支翠旗、髣髴擁導、滄波吐呑、氤氳海面。而朝霞之色、散為五彩、如錦如綺、晃耀心目。

當斯之時、仰而浩歌、踞而長吟、若失若忘。洋々乎不復知軀幹之在人世也。比之於汨没榮利之場、日與利害相磨戛者、其何如哉。

所の集真島の地なり。蓋し南豊の山、蜿蜒と北に出で、下に大海に枕む。関は其の嘴に当たり、潮汐を呼吸す。東は四島を控へ、西は二筑に接す。膏を流し液を輸り、日を孕み月を育む。是れいわゆる手談池なる者にあらずや。

黒白の浜は、美石隊を分ち、晨輝夜光し、露は凝りて珠は結ばる。是れいわゆる凝露台なる者にあらずや。

今軒に倚りて望めば、則ち数者の勝、袵席の下に点綴す。四時の景、具はらざる所無し。而して尤も朝霞と相宜しと為す。

若し夫れ天鶏三たび叫び、扶桑影を払へば、紅旭一輪、海底より湧出し、金支翠旗、髣髴擁導し、滄波吐呑して、氤氳たる海面なり。而して朝霞の色、散じて五彩と為り、錦の如く綺の如く、心目に晃耀す。

斯の時に当たり、仰ぎて浩歌し踞りて長吟すること失ふが若く忘るるが若し。洋々乎として復た躯幹の人世に在るを知らざるなり。之を栄利の場に汨没し、日利害と相磨戛する者に比ぶれば、其れ何如ぞや。

且乾竺之教、余未遑之貫習也。雖然、聞之其人、曰山河大地、一草一木、皆阿弥陀佛之大光明藏也。然則安知彼朝霞之璀璨芳郁玲瓏輪囷者、亦非金僊光明之一支也。

由是觀之、上人亦沐浴於佛光而不自知也。是豈非一大歓喜之事耶。此余之所以名軒也。

嗟乎、余南帰之後、蠖屈斗室、把毫於紙窗之側、曝背於茆簷之下。顧瞻昨游、恍如隔世。乃雖欲駕瓊輈、駆翠螭、賓滄海之初日、餐高軒之朝霞、不可得也。則不能不為之悵然焉。因書以贈之。

文政癸未冬十二月日葉室世和記

且つ乾竺の教、余未だ之れに貫習するに遑あらざるなり。然りと雖も、之を其の人に聞けば、山河大地、一草一木は皆阿弥陀仏の大光明蔵なりと曰ふ。然らば則ち、安くんぞ、彼の朝霞の璀璨、芳郁、玲瓏、輪囷たる者も亦た金僊光明の一支にあらざるを知らんや。

是れに由りて之を観れば、上人も亦た仏光に沐浴して、自ら知らざるなり。是れ豈に一大歓喜の事にあらずや。此れ余の軒を名づくる所以なり。

嗟乎、余、南帰の後、斗室に蠖屈して、毫を紙窓の側に把り、背を茆簷の下に曝す。昨游を顧瞻すれば、恍として世を隔つるが如し。乃ち瓊輈に駕し、翠螭を駆り、滄海の初日を賓とし、高軒の朝霞を餐とせんと欲すと雖も、得べからざるなり。則ち之を為らざる能はず、悵然たり。因つて書して以て之を贈る。

文政癸未冬十二月日　葉室世和記す

《注》●**癸未**：文政六年。●**朝霞**：朝焼け。日の出の前後に空や雲が赤く彩られる現象。朝霞は仙人が食するとされる。●**徳応上人**：徳応寺第九世住職の天真のことと考えられる。（『游豊日志』の九月二十一日の条の注参照）　●高爽：高く爽やか。　●虚闊：人けがなく広い。　●記：『豊後国志』。具体的には、豊後国志巻之五海部郡の「手段浦」の項（『豊後国志』（一一七頁））。　●稗官：民間の話を集め記録した役人。　●四島・二筑：四島は、四国・高島・牛島・蔦島、二筑は、筑前・筑後。　●晨輝：朝日の光。　●夜光：星や月の光。　●集真島・凝露台・手談池：中国の唐代末の書物に記されている日本の碁の名手の逸話に出てくる集真島、凝露台、手談池のこと（『游豊日志』の九月十九日の条の唐人説部の注参照）。「日本国の東三万里に集真島という仙人の集まる島がある。その島の上に凝霞台（凝露台）という高地がある。その高地の上に手談台という池がある。」　●衽席：敷物。　●点綴：点を打ったようにあちこちに散らす。　●四時：一日の四つの時。朝・昼・夕・夜。　●天鶏：伝説上の鳥の名前。桃の大木に住み、朝日がその木にあたると天下のニワトリに先んじて鳴くという。一日に、日の出、正午、日没の三回鳴くという。　●扶桑：東海中にある神木。日の出る所。　●紅旭：赤く輝く太陽。　●金支翠旗：楽器を飾る金の支柱や緑の旗。杜詩「渼陂行」の語。　●髣髴：さも似たさま。　●擁導：保護して導く。　●滄波：青い波。　●氤氳：気の盛んなさま。　●晃耀：光り輝く。　●浩歌：大きい声で歌う。　●躯幹：体の骨組み。からだ。　●人世：世の中。　●汩没：浮き沈み、時勢につれ移り変わること。　●磨戛：すれあう。　●乾竺：インドの古称。　●貫習：ならいなれる。　●光明蔵：如来の身。　●璀璨：玉の光。　●芳郁：かおりの盛んなこと。　●玲瓏：さえてあざやかなさま。　●輪囷：高大なさま。　●金僊：仏の別称。　●光明：仏の徳の光。　●一支：一つの支流。　●斗室：ますを伏せたような小さな部屋。　●蠖屈：将来を期してしばらく雌伏すること。　●紙窓：紙を張った窓。明かり障子のはまった窓。　●茆簷：茅葺きの家。　●瓊輈：玉で飾った車。　●翠螭：みどりのみずち。　●滄海：大海原。北海にあるという仙人の住む島。　●高軒：高みにある住居。　●悵然：思い切れず残念がるさま。

【口語訳】

朝霞軒記

癸未（文政六年）の秋、私は豊後の佐賀関に遊んだ。徳応上人は、私をその住居に招いた。住居は、高くさわやかで人気がなく広かった。私は、これを「朝霞」と名付けた。茶を飲み詩を作り、皆すっかり楽しんで帰った。帰ってから、上人は私に文章を依頼し、私は、断ることができなかった。

そこで、この記を作った。佐賀関は中国の役人が言うところの集真島の地である。およそ豊後の山は、屈曲しながら、うねうねと長く続いて北に出、下に大海を見おろす。関はその突出した部分に当たり、うしおを吸ったり吐いたりしている。東は四島が控え、西は筑前と筑後が接している。油を流し液を送り、太陽をはらみ月を育てる。これは、いわゆる手談池というものではないか。

黒白の浜（黒ケ浜と白ケ浜）は、美しい石が色ごとに分かれ、朝に輝き夜に光り、露はこりかたまり玉は結びかたまる。これは、いわゆる凝露台というものではないか。いま住居に寄りかかって遠くを望めば、いくつかの景勝が私の敷物の下にちらばっている。一日の四つの時（朝・昼・夕・夜）の景色が備わらないものはない。とりわけ「朝霞」に適すると思う。

もしそれ天鶏が三度叫び、扶桑が影を払ったとき、真っ赤な朝日一輪が海底から湧出し、楽器を飾る金の支柱や緑の旗がさながら守り導き、青い波は吐いたり呑んだりして、海面は気が盛んである。「朝霞」の色は、散じて五色になり、錦や綾のようで、光り輝いて心も目も楽しませる。

その時になれば、何もかも忘れてしまったように空を仰いで大きい声で歌い、うずくまって長吟する。広々と果てしなく、身体が人の世にあることを前のようには理解できない。これを、浮き沈みのある栄利の場に、毎日利害とすれあっている者に比べれば、いかがであろうか。

かつ、インドの教えは、私はまだ習い慣れるゆとりがない。そうは言っても、これを上人に聞けば、山河大地、一木一草は、みな阿弥陀仏の如来の身であると言う。そうであるならば、どうしてあの「朝霞」の玉の光、香りが盛んで、さえてあざやかで、高大なさまも仏の徳の光から分かれ出たものではないと分かろうか。分からない。

このようなわけで、上人もまた仏光の恩恵を受けていて、自分では気付いていない。これはなんと一大歓喜ではないか。これが、私が住居を「朝霞」と名付けた理由である。

ああ、私は南に帰った後、小さな部屋に雌伏して、窓の側で筆を取り、茅葺きの家の下で、背中を日にさらしている。かつての遊をかえりみれば、うっとりして、時代が隔たったかのようである。そこで、車に乗ってみどりのみずちを駆り、大海原の初日を賓とし、高い所の住居の「朝霞」を食べようとしても、できはしない。だから、記憶にたよってこの記を作らないわけにはいかないのが残念である。いまここに、書いてこれを贈る次第である。

文政癸未（文政六年）冬十二月日　葉室世和記す。

【解説】

佐賀関の徳応寺の住職の求めにより書いた一文である。佐賀関が、唐代末の『杜陽雑編』に記されている集真島の地であることを念頭においている。『游豊日志』の九月二十一日の条参照。

游豊日志評

一、松崎慊堂

游豊日志跋

郷藩自出玉山孤山數君子以来、天下稱為有文之邦。葉君敬輿之来也、亟訪余幕西窮山、留連晤寫、極驩、獨怪其無以詩筆見眎者。

以為余去郷久矣、今則得数君子之風或無有小間乎。

頃日乃出其游豊日誌一巻求評。受而讀之、記游之筆、高華典實、朗々可諷。如登久住峰一則、尤覺有超然出塵之概。其古今體詩、亦皆意圖葩流、絶無浮響。比之少時所見聞、則體製韻度、又有進焉適

郷藩は玉山・孤山数君子出でしよりこのかた、天下称して有文の邦と為す。葉君敬輿の来るや、亟余を幕西の窮山に訪ひ、留連晤写して歓を極むるも、独り其の詩筆を以て視さるる者無きを怪しむ。

以為へらく、余、郷を去ること久し、今則ち数君子の風を得るも、或いは小しく間つる有ること無きかと。

頃日、乃ち其の游豊日誌一巻を出して評を求む。受けて之を読むに、記游の筆、高華典実、朗々として諷すべし。久住峰に登るの一則の如きは、尤も超然として出塵の概有るを覚ゆ。其の古今体詩も亦た皆な葩流を意図して、絶えて浮響無し。之を少時見聞する所に比ぶれば、則ち体製韻度は又た

上者。
於是拱手以慶数君子之澤未衰、猶能強
郷人之心於三千里外者、自有在也。因記
其喜於巻末、以返之。
丁亥新秋　　　　益城逋客復題

焉より進みて遒上する者有り。
是に於て拱手して以て数君子の沢の未だ衰えず、猶ほ能く
郷人の心を三千里外に強くする者、自ら在ること有るを慶
ぶ。因りて其の喜びを巻末に記して以て之を返す。
丁亥新秋　　　　益城逋客復題す

《注》
●**松崎慊堂**：儒学者。明和八年生。名は密、復。字は退蔵、明復。益城、慊堂を号とした。熊本上益城郡の農家の出で、天明五年に一五歳で出奔し江戸へ。浅草の称念寺の玄門上人に世話になり、後に寛政二年に昌平黌に入り、林述斎の塾に学び、寛政六年には同塾の塾生領袖となる。後に享和二年に掛川藩藩校教授、文化八年には朝鮮通信使の対馬来訪に林述斎の侍読として随行。文政五年より目黒の羽沢の石経山房（木倉山房）に居住し、塾生の指導等を行った。天保一五年没。●**游豊日志跋**：本稿は、遺稿の文章に基づいている。『慊堂日歴』の自筆本（静嘉堂文庫所蔵）の文政十年七月八日の条には本文章の元となったものが含まれており、これには「游豊日志跋」との題が付されていたので、これを本稿の冒頭に追加した。●**郷藩**：故郷の藩（熊本藩）。●**玉山・孤山**：藩校「時習館」の教授であった秋山儀右衛門（玉山）と藪茂次郎（孤山）。●**有文**：詩文で技巧や趣向の面白さが目立つもの。●**留連**：遊行の楽しみにふけって家に帰るのを忘れること。●**晤写**：相対して会うこと。●**記游**：紀行文。●**風槩**：詩文の力強い風格。●**高華**：すぐれて立派。●**典実**：故実。●**出塵**：脱俗。●**葩流**：詩経。●**体製**：詩文の格式。●**韻度**：風流な心構え。●**超然**：世俗にとらわれぬさま。●**遒上**：抜きん出て強く優れたさま。●**拱手**：両手を胸の前でかさね合わせて行う礼。●**丁亥**：文政一〇年。●**新秋**：陰暦七月の異称。

【口語訳】

故郷の藩は、玉山ら数君子が出て以来、天下では詩文で有名な国と賞賛している。葉室敬輿が郷から来ると、たびたび私を江戸城の西の奥深い山に来訪し、家に帰るのを忘れて語り合い、思いを述べ表してすっかり楽しんだが、その詩文を示されないことをひとり怪訝に思っていた。

私は故郷を去ってから久しい。今や数君子の風を得たとはいえ、或いはわずかに隔たってしまったかもしれないと思った。

近頃、はじめて、彼の『游豊日志』一巻を示され評を求められた。受けて日志を読むと、紀行文の筆致は、すぐれて立派で、故実をふまえており、朗々とそらんずべきものである。久住山に登るの一条に関しては、とりわけ超然として世俗から抜け出た趣を感じた。その古体今体の詩もまたみな詩経を意識しており、まったくうわついた響きがない。これを若い頃に見聞したものに比べれば、詩文の格調と風流な心構えは進んでいて、抜きん出て強く優れている。

こういうわけで、かしこまって、数君子の恩沢がいまだ衰えず、依然として郷里の人々の心を三千里の外に強くし得るものがおのずとあることを慶んでいる。そこで、その喜びを巻末に託して、これを返書とする。

文政十年七月　　益城逋客復書きしるす

二、細川利和（芳洲）

余想□宗國、宗國邈遠、非一葦可航。則時披地圖、知某山某川在某々之地耳。至其巒光水色風土人物、茫不可識也。

今讀世和游豊日志、自府城以東、及封境之斗在豊中者、巒光水態風土人物、儘如親踏而睹之。嗟乎文之不可以已也如此。

明年春風陽和、世和亦将従□宗公而東下。期年之間、儻能自府城之北以及南與西、以是志之例、約畧鋪叙来以見眎、則是余身在三千里外、而神游於□宗國也。豈不欣然乎。

戊子仲夏　利和書

余、宗国を想ふに、宗国は邈かに遠く、一葦もて航すべきにあらず。則ち時に地図を披きて、某山某川に某々の地在るを知るのみ。其の巒光水色、風土人物に至りては、茫として識るべからざるなり。

今、世和の游豊日志を読めば、府城より以東、封境の斗の豊中に在る者、巒光水態、風土人物に及び、儘く親踏して之を睹るが如し。嗟乎、文の以て已むべからざること此くの如し。

明年、春風陽和、世和も亦た将に宗公に従ひて東下せんとす。期年の間、儻し能く府城の北より以て南と西とに及び、是の志の例を以て、約略鋪叙し、来りて以て視さるれば、則ち是れ余身は三千里外に在りて、神は宗国に游ぶなり。豈に欣然たらずや。

戊子仲夏　利和書す

《注》

●利和：細川利和のこと。号芳洲。しばしば、芳洲公子と言及されることが多い。肥後熊本藩の支藩新田藩第六代藩主細川利庸の第一一子（第七代及び第八代藩主の弟）で漢学者。江戸在住。●宗国：本家筋の国（熊本）。●一葦：一艘の小舟。●封境：国境。●豊中：豊後の中。●斗：斗城。●巒光：山の光。●陽和：のどかな春候。遺稿に「揚」とあるが、「陽」とした。●期年：満一ヶ年。参勤交代で帰国し、国元に滞在する期間を指している。●約略：あらまし。●鋪叙：詳しく叙述すること。●欣然：うれしい。●戊子：文政一一年。●仲夏：陰暦の五月。

【口語訳】

私が宗国（熊本）を思うに、宗国は、はるか遠く、一艘の小舟で航することはできない。ときどき地図を開いて、某山某川のところに、某某（ぼうぼう）の地があるのを知るだけである。その山の光や水の色、風土人物となると、ぼんやりして、見分けられない。

今、世和の游豊日志を読むと、熊本城から東、豊後の中にある国境（くにざかい）の小さな城、山の光や水の色、風土人物に及んでおり、すべて自分で歩いてこれを見るようである。ああ、文はこのように無くてはならないものなのだ。

明年、春風が吹くのどかな季節に、世和もまた藩主に従って東に行くことになろう。一年の間、もし熊本城の北から南と西に及び、この志の例によって、あらましを書きつらね、私に示されれば、わが身は、三千里の外にあって、心は宗国に遊ぶことになる。なんとうれしいことではないか。

文政十一年五月　　利和書す

三、菊池五山

才子毫端學化工
雲舒風寒得神通
窮探極覧能如此
容易収来小稿中

戊子首夏念七　　五山桐孫

才子の毫端　化工を学び
雲舒び風寒くして神通を得
窮探極覧　能くすること此くの如く
容易に収来す　小稿の中

戊子首夏念七　　五山桐孫

《注》　七言絶句　韻字：工・通・中（上平一東）
●菊池五山：漢詩人。讃岐出身。名桐孫、通称左大夫。父は高松藩儒菊池室山。市河寛斎の開いた江湖詩社に参加。文化・文政年間には、漢詩の批評誌である「五山堂詩話」を次々に刊行した。●毫端：筆の先。●化工：造化（自然）のたくみ。●窮探：どこまでも探る。●神通：霊妙で変化自在なこと。●極覧：視力の及ぶ限り遠くを見る。●首夏：陰暦四月。●念七：念は二十。

【口語訳】
才子の筆先は造化（自然）のたくみを学び
雲が横にのび風の寒い道中で神通力を得た

どこまでも探り遠くを見て、このように能力を発揮し
小稿の中にたやすく収めたのだ

文政十一年四月二七日　　　五山桐孫

四、古賀侗庵

才子文光萬丈明
頓教佳境倍勝名
讀終風雨颯然至
恍聴山霊拝謝聲

首夏初六　　　蠖屈子走筆題

才子の文光　万丈明らかなり
頓に佳境をして倍ます名を勝らしむ
読み終ふるや風雨颯然として至り
恍として聴く　山霊拝謝の声

首夏初六　　　蠖屈子走筆して題す

《注》　七言絶句　韻字：明・名・聲（下平八庚）

●**古賀侗庵**：儒学者。名煜。通称小太郎。号侗庵・古心堂・蠖屈子。昌平坂学問所儒者（教授）古賀精里の三男。文化六年学幕府御儒者見習い、同一四年に精里の没後、学問所御儒者（教授）となる。佐賀藩儒古賀修理

（穀堂）は兄。●文光：あやある光。●万丈：非常に長いこと。韓愈「調張籍詩」の「李杜文章在、光焰萬丈長」をふまえる。●颯然：さっと吹き来るさま。●恍：急激に悟るさま。●拝謝：きちんとおじぎをして感謝の意を表す。●首夏：陰暦四月の称。●初六：六日。●走筆：筆を走らせてさっと書く。

【口語訳】

才子の文章の光焔は、非常に明らかだ（黄華の文章は非常に立派である）
急に佳境の名をますますまさらしめた
読み終えると、風雨がさっと吹いてきて
はっとして、山霊の拝謝の声を聴いた

（文政十一年）四月六日

蠖屈子（かくくつし）　走筆して題す

『游豊日志』の解説

『游豊日志』は、文政六年（一八二三年）九月一二日から二七日（新暦では一〇月一五日から三〇日）まで豊後地方へ旅した時の様子を日記形式で記述した漢文体の紀行文で、出発前日から書き起こしている。附録として旅の途中で作った漢詩文、さらに『游豊日志』に対する儒者松崎慊堂らの批評が付けられている。黄華は、この『游豊日志』について、「官暇を得たので、南豊後の山水を探り、その所感を記した」と述べている。その旅は、熊本藩主の参勤交代の道筋である豊後街道に沿って熊本城下より大分の鶴崎まで、さらにその先の熊本藩領である佐賀関までの間を往復したもので、熊本藩領の東端まで旅をしたことになる。所要日数は一六日である。

一、旅の経路（第三図）

黄華が旅した当時の南豊、つまり豊後地方には、熊本藩領、岡藩領、府内藩領及び幕府領が複雑に分布していた。加藤清正が徳川幕府より肥後熊本を拝領した際に天草の二万石の領地を断り、豊後地方の土地（久住、野津原、鶴崎、佐賀関）を得ている。豊後街道は、熊本城下より北東方向に延び、阿蘇を越えて豊後地方の鶴崎まで続いている。途中に、阿蘇カルデラの西縁及び東縁を越える急坂（回車阪と滝室阪）があり、街道の難所であった。同街道は、熊本藩領、他藩領及び幕府領を通っており、熊本藩主であった加藤氏、細川氏の参勤交代の経路の一つとなっていた。藩主は他国領に泊まらずに鶴崎まで行くことができ、鶴崎から先は瀬戸内海経由の海路をとった。また、佐賀関は、藩主の船団が瀬戸内海に船出するための風待ち港であった。熊本藩主一行は、この街道を五日で往来した。街道沿いの大津、内牧、久住、野津原及び鶴崎には藩主の宿泊のため、また的石及び坂梨には途中の休憩のための御茶屋が置かれていた。笹倉にも御茶屋が置かれたことがあったが、細川重賢時代に廃止されている。なお、熊本藩主は今市（岡藩領）でも休憩をとった。

鶴崎から佐賀関までは、佐賀関街道（関往還とも呼ばれる）[1]を通っている。

二、游豊日志の注目点

日志の注目点として次の三つが挙げられよう。

㈠　一つ目は、およそ二〇〇年前の新進気鋭の儒学者の旅行記であり、その新鮮な感性で旅の間に見たことや感じたことを記しており、当時の熊本城下から佐賀関までの旅の様子が伺われることである。『游豊日志』には、旅をした経路の風物についてその謂れや印象が簡潔に書かれており、さらに、旅の途中で作った漢詩文も含まれている。これらにより、黄華の詩文の技量が窺れる。

この旅では、大津、内牧、久住、野津原、関の各手永の惣庄屋（手永の長で、藩が任命）あるいは土地の役人、地方在住の学者・教育者の家、寺（佐賀関徳応寺）に宿泊し、その交流の様子が簡潔に記されている。この旅の当初からの同行者は、後に藩命により共に江戸に遊学することとなる沢村伯党（武左衛門、後に宮門と改名、号は西陂。当時二四歳、鶴崎まで同行）と菊池の書生の子勤（木下韡村、当時一九歳）であるが、上松華卿、毛利慎甫（空桑）が一部行程に同行している。子勤は、のちに時習館訓導となり、また塾を開いて多数の門下生を育てた木下韡村である。なお、『游豊日志』に登場する人物については史料に基づき可能な限り注に説明を付した。その中で、特に興味深いのは、各地にいる在御家人の子弟等の教育に携わっている人々や学者（内牧の上松華卿、久住の岩永勝左衛門、鶴崎の脇蘭室・脇永策、高田村の毛利慎甫）の存在である。

豊後地方を旅した紀行文としては、田能村竹田が黄華の旅の前年の文政五年に竹田から国東半島の杵築に旅した時の『黄築紀行』[②]がある。

(二) 二つ目は、当時の文人としては珍しい九州の最高峰である中岳を含む久住山群に登った記述が含まれていることである。一日の記述としては最も長く、『游豊日志』のハイライト部分と言えよう。

信仰による久住山（九重山）登山の様子を書いたものとしては、明和七年（一七七〇年）の夏に、芳梅聞（竜泉山英雄寺前住職）が法華院に登詣した時の見聞を書いた『九重山記』[③]がある。これは、法華院第一八代院主に招かれて登ったものであった。

江戸時代後半になると、それまでの信仰による登山だけではなく、一部の文人・墨客により登山それ自体を楽しむ風潮も出てきた[④]。黄華の郷土の先輩であり、江戸滞在中頻繁にその山荘を訪れていた儒学者の松崎慊堂[5]も、文化一三年及び文政五年の二度、富士山に登っている。後に昌平黌の教授になる安積艮斎[6]は紀行や登山記でもよく知られている。九州については、備中の地理学者で蘭医であった古川古松軒（ふるかわこしょうけん）が、天明三年（一七八三年）五月に英彦山、六月に阿蘇山に登り、この旅の記録をその著書『西遊雑記』[7]の中に書いている。文政元年（一八一八年）の一一月には、頼山陽が九州を旅して、久住高原から日田に向かった際に「九重嶺」[8]と題する漢詩を残している。

黄華も豊後街道沿いの熊本藩領にある久住山に関心を持ち、登ったのであろう。日志の九月十五日の条は、まさに二〇〇年前の久住山群の登山記録である。法華院にも立ち寄っており、その記述から登った経路も辿ることができる。一行の年齢が三〇代はじめから一〇代終わりであったこともあり、歩行距離およそ二六キロ米、高低差一二〇〇米を一日で踏破している。

㈢　三つ目は、前述したとおり、松崎慊堂の日志についての「総評」が付されていることである。名高い『慊堂日暦』[9]にも、黄華から日志に対する評を求められたとして、その総評が記されている。その他に、黄華が江戸滞在中に交流のあった熊本新田（しんでん）藩第六代藩主細川利庸の第一一子（第七代及び第八代藩主の弟）で漢学者の細川利和（芳洲）、文政年間に『五山堂詩話』を刊行したことで著名な漢詩人の菊池五山及び昌平黌の教授であった古賀侗庵の評も得ている。いずれの評も、黄華が江戸に遊学中の文政一〇年から同一一年の間に得たものである。

《参考文献》

①佐賀関街道編集委員会、『佐賀関街道―関往還―』、佐賀関町教育委員会、一九九四年。
②村山吉廣、「田能村竹田の『黄築紀行』」、『大野實之助博士古稀記念中国文学論文集』、大野實之助博士古稀記念論文集刊行委員会、一九七五年、二四二―二五三頁。：鶴崎町（編）、『豊後鶴崎町史』、歴史図書社、一九七八年、五一二―五一六頁。
③松本徰夫・梅木秀徳（編）、『九重山法華院物語－山と人』、弦書房、二〇一〇年、二四九―二六四頁。
④山崎安治、『日本登山史（新稿）』、白水社、一九八六年。
⑤鈴木瑞枝、『松崎慊堂』、研文出版、二〇〇二年、一七九―一八〇頁。
⑥村山吉廣監修・安積智重訳注、『安積艮斎　遊豆紀勝・東省続録』、明徳出版社、二〇一八年。
⑦古川古松軒、『西遊雑記』巻之二及び五、『日本庶民生活史集成』第二巻、三一書房、一九六九年、三四一―三五一頁及び三六六―三七四頁。
⑧中村徳助、『山陽詩鈔新釈』、日進堂、一九一一年、二三九―二四〇頁。（国会図書館デジタルコレクション）
⑨松崎慊堂・山田琢訳注、『慊堂日歴2』、平凡社、一九七二年、一〇四―一〇五頁。

『游豊日志』の写真

撮影場所図（丸数字は写真番号）

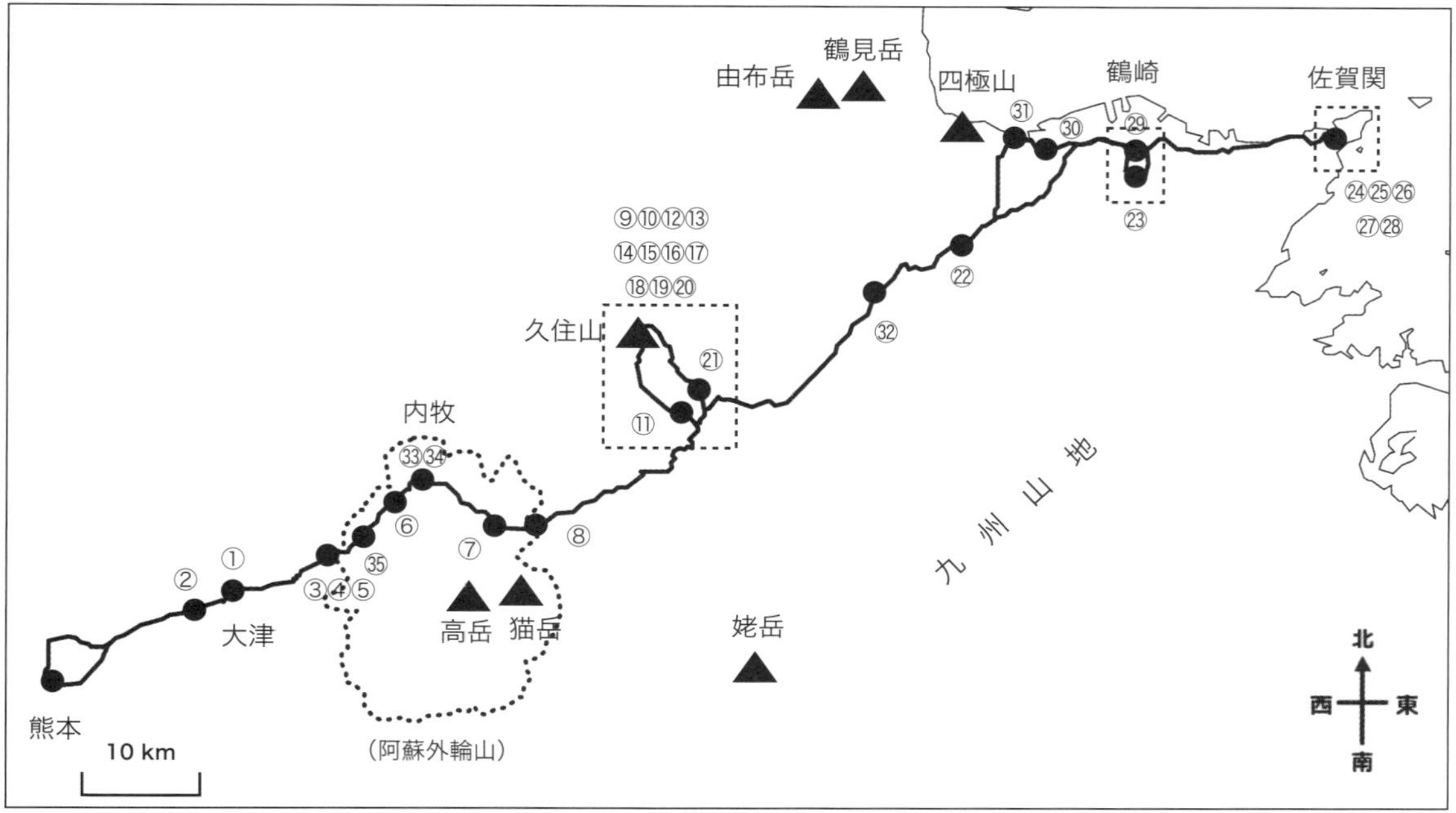

由布岳
鶴見岳
四極山
鶴崎
佐賀関
⑨⑩⑫⑬
⑭⑮⑯⑰
⑱⑲⑳
久住山
㉑
⑪
内牧
㉝㉞
①
②
③④⑤
㉟
⑥
⑦
⑧
㉒
㉓
㉔㉕㉖
㉗㉘
㉙
㉚
㉛
㉜
大津
高岳
猫岳
姥岳
九州山地
熊本
10 km
（阿蘇外輪山）
北
西
東
南

久住山群地域拡大図

（丸数字は写真番号）

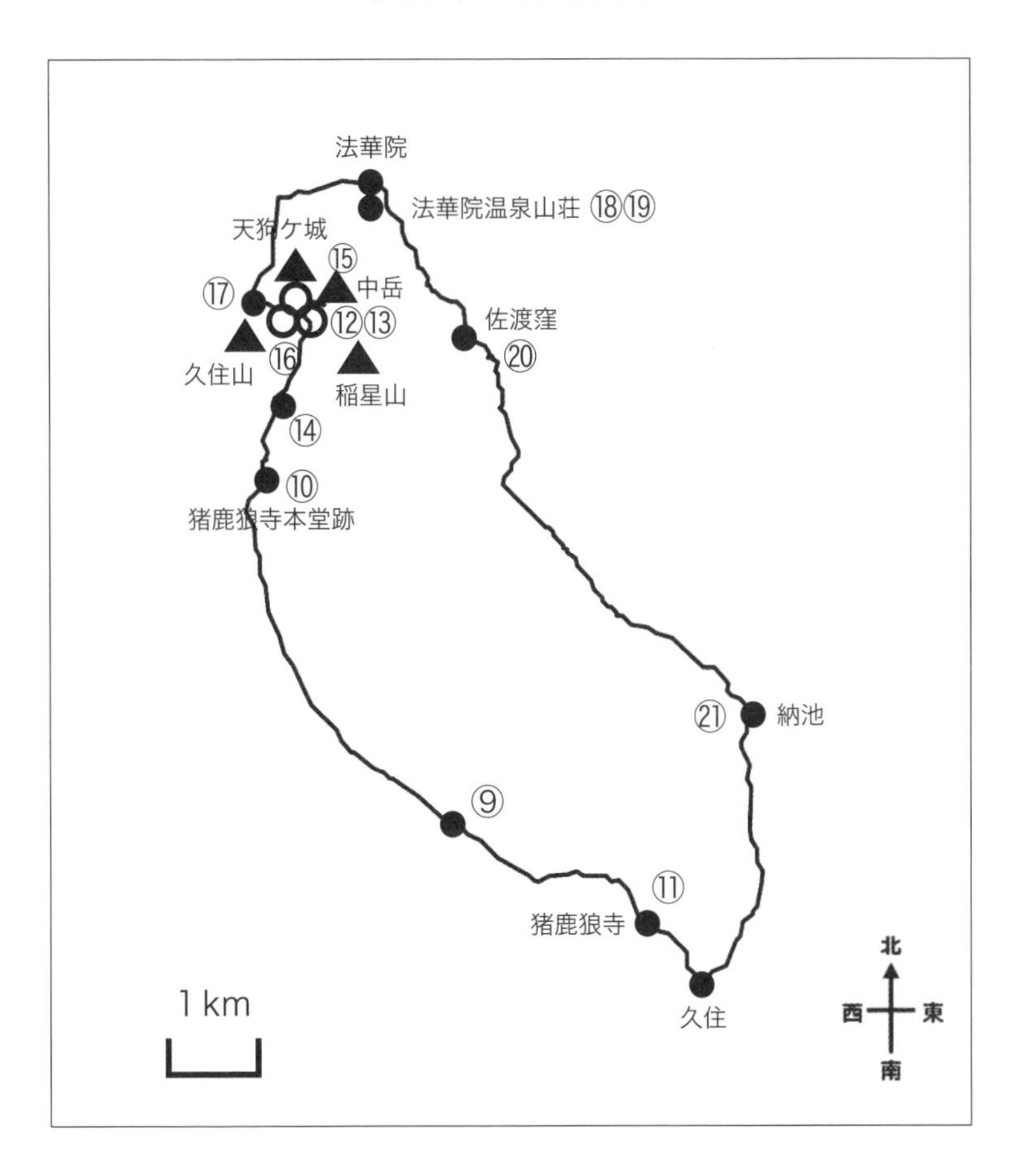

鶴崎・高田地区拡大図

乙津川
大野川
佐賀関街道
鶴崎
㉙
㉓
高田
1 km

佐賀関地域拡大図

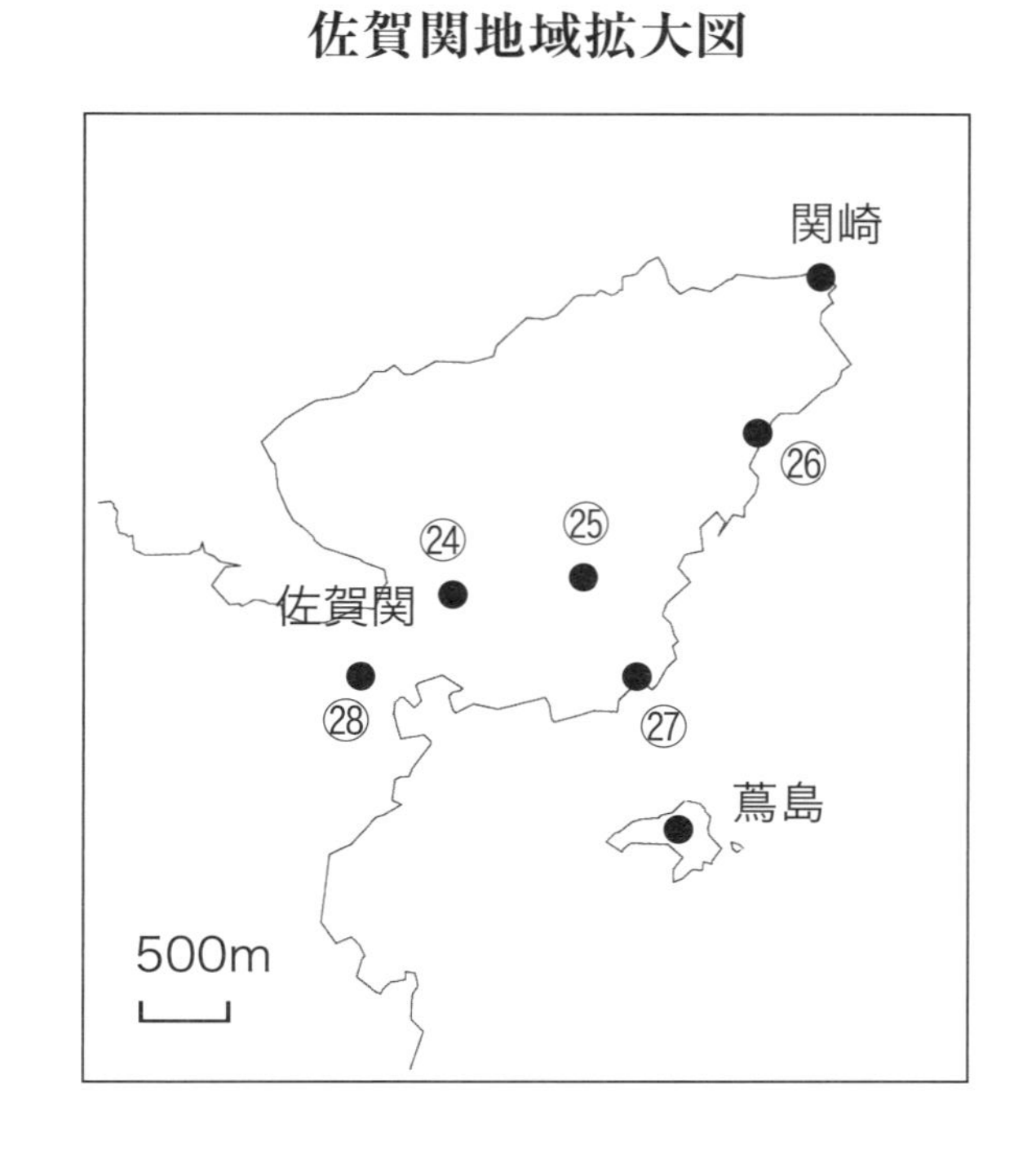

9月12日

①水月庵（寺）（熊本県菊池郡大津町）

日志では「水月庵」と書かれている。大津町の上井出川の北側添いにある。

9月13日

③二重峠付近のカルデラ壁（車帰阪）

9月12日

②大津杉並木（熊本県菊池郡大津町）

旧豊後街道（国道57号線）沿いの杉並木（大津寄り）。豊後街道沿いの立田口から二重峠付近まで植えられていたと言われる。

9月13日

④二重峠の石畳

9 月13日

⑤阿蘇カルデラ内風景
（二重峠石畳より）

9 月13日

⑥千町牟多・床鶴沼であった地域

明治になって開発して水田となった。

9 月14日

⑦阿蘇神社拝殿
（熊本県阿蘇市一の宮町宮地）

9 月14日

旧豊後街道は、手前の農地を横切り、写真の右端のさらに右方向にあるカルデラ壁を登っている。

⑧滝室坂付近のカルデラ壁

9月15日

⑨くじゅう連山南側

9月15日

⑩猪鹿狼寺本堂跡にある石祠

9月15日

⑪**猪鹿狼寺**（大分県竹田市久住町）

9月15日

⑫**御池、馬洗池、久住山**
（中岳への登山道の途中より）

9月15日

⑬**御池と馬洗池**

前夜の雨のため、馬洗池（御池の左手前）の一部に水が溜まっていた。

9月15日

⑭**ミヤマキリシマ**（躑躅の一種）

高山に分布し、花期は、５月下旬～６月初旬。普通の躑躅より葉及び花も小さい。

9月15日

⑮**中岳頂上（矢印）**（御池側より）

9月15日

⑯**空池**（北側より）

9月15日

⑰北千里ケ浜と久住分かれ

矢印で示した鞍部が、久住分かれ。

9月15日

⑱法華院温泉山荘

法華院は、右の建物のさらに右側の台地上にあった。

9月15日

⑲大船山への途中の段原より西方向

中岳、硫黄山、三俣山、法華院温泉山荘、坊ガツル、立中山等を望む。法華院は山荘のすぐ右側の台地にあった。

9月15日

鞍部には鉾立峠、その右は立中山。

⑳佐渡窪（北側を望む）

9月15日

㉑納池と納池神社（大分県竹田市久住町）

納池神社の赤い屋根が見える。

9月16日

㉒野津原の旧豊後街道（大分市野津原）

9月17日

㉓毛利空桑の家塾跡（大分県大分市常行）

9月19日

㉔早吸日女神社（大分県大分市佐賀関）

9月19日

㉕**遠見山**（大分県大分市佐賀関）

9月19日

㉖**黒ケ浜**（大分県大分市佐賀関）

9月19日、20日

㉗**蔦島（左奥の島）及び白ケ浜**
（大分県大分市佐賀関）

9月20日

㉘**徳応寺**（大分県大分市佐賀関）

9月21日

㉙**脇蘭室旧宅跡**（大分県大分市鶴崎）

黄華が訪問した時には、脇永策の家となっていたと思われる。

9月22日

㉚**府内城跡**（大分県大分市荷揚町）

9月22日

㉛**邯鄲港**（大分県大分市）

9月23日

㉜**丸山神社**（大分県大分市今市）

9月25日

㉝**内牧菅原神社**（熊本県阿蘇市内牧）

9月25日

㉞**満徳寺**（熊本県阿蘇市内牧）

9月27日

㉟**的石御茶屋**（熊本県阿蘇市的石）

二　寄稿文

錦繍の腸

安積国造神社 宮司　安藤 智重

私は葉室黄華と親交があった安積艮斎(あさかごんさい)の生家安藤家の当主である。艮斎は安積国造神社第五十五代宮司安藤親重の三男で、私は第六十四代宮司。平成十五年艮斎の研究を志して村山吉廣先生に師事し、現在に至る。

黄華と艮斎はともに林述斎の門人で、海鴎社の会員同士である。両者は生まれが同じで寛政三年（一七九一）。江戸羽沢の松崎慊堂の山荘をしばしば訪れていることも共通する。

黄華の子孫の葉室和親氏が先祖の紀行文出版を思い立ち、その批正を村山先生に依頼された。しかしかなり分量が多く、労力が要るので、同先生ご高齢のため、私が手伝うことになった。

文化四年（一八〇七）艮斎は江戸に出て佐藤一斎に学び、同七年（一八一〇）述斎の門に入る。その年黄華は藩校時習館の居寮生である。文政九年（一八二六）秋、黄華は熊本藩の中小姓の地位にあったが、江戸に出て述斎の門に入る。

両者は、林家の塾の在籍時期が異なる。接点は海鴎社である。海鴎社は江戸の儒学者が集った文会で、化政文化の精華とも言えるものだが、あまり研究が進んでいない。

海鴎社に関して艮斎が書き残したものに、『艮斎文略』所載の「小洞天の記」「焦明巣の記」、『艮斎文略続』所載の「駒留伯盛の沼津に移居するを送るの序」がある。その文章から、風雅な交友の様子がうかがわれる。

「小洞天の記」は、古賀穀堂の書室号「小洞天」の記である。穀堂はこれを海鴎社友に作らせ、艮斎もその一人としてこれを作った。溌剌たる筆致で展開し、末尾に、「先生（穀堂）は果してかたくななな仙人なのか、あるいはすぐれた仙人なのか。先生の室は果たして小さな洞天なのか、あるいは大きな洞天なのか云々」（原漢文）と結ぶ。

「小洞天の記」は葉室黄華も書いている。それによれば、津山藩儒昌谷(さかや)精渓（海鴎社）が黄華に対し、「穀堂先生がその書室号の小洞天について、文を四方の士にもとめているから、書いてみたらいい」（原漢文）と奨めたので、この記を書いたという。末尾に「丙戌（文政九年）十月朔」とあるから、述斎門に入ってまもなくのことである。

「焦明巣の記」には、某年正月、荻生桜水（徂徠の曽孫）の居に海鴎社友が集ったことが記されている。徂徠揮毫の室号「焦明巣」の扁額が掲げられていた。桜水は社友に対しこの記を作ることを提案する。そして艮斎の「焦明巣の記」が成った。これまた奇想天外な文章である。

「駒留伯盛の沼津に移居するを送るの序」は、海鴎社友の駒留伯盛（未詳）の沼津移転を送別する文である。内容は、沼津に因んで富士山を記し、富士山にたとえて、文章法を論じたものである。文の骨格やおもむき、変化が、富士山の山容のようになるのがよいという。豊饒たる文章で書かれている。文章法として、「開闔」「抑揚」「頓挫」の法を記している。「開闔」は、段節の間に一開一闔、断えんとしつつ続くもので、前段の意を承接せず、別に一路を開いて進み、また前意に帰著する。「抑揚」は文勢の起伏のこと。「頓挫」は、文勢が急にかわって、強い筆鋒を急に柔らげる叙述のこと。

こういった東洋の文学理論は、明治時代の西洋文学の流入によってすっかり忘れ去られてしまった。今や江戸の漢文学は西洋の文学理論にもとづいて批評するのが当たり前になった。それが正常な姿とは思えない。西洋ばかりが文明だと思い込んで、東洋の文明を下に見る風潮からは、そろそろ脱却すべきであろう。

西洋では文学と言えば「恋愛」である。恋愛物に慣れた現代の読者は漢文学に違和感があるかもしれない。しかし年齢を重ねれば、恋愛小説に心を躍らせるようなこともなくなるものだ。一方、漢文学では、風景や友情、政治、超俗等をテーマとする。それが士大夫の文学で、恋愛は低俗小説が扱うものとされる。むしろ漢文学の方が、一生を通じて楽しめるのではないか。

西洋ばかりが尺度ではない。東洋の文学にも親しんでもらいたい。艮斎の紀行文『遊豆紀勝 東省続録』や「東省日録」「南遊雑記」(『艮斎文略』所収)は、江戸後期に愛読され、版を重ねた。

さて黄華の詩文であるが、沢村西陂が黄華を追悼した詩句に、「錦繍 君の如きは今幾在りや」とある。つまり黄華は「錦繍の腸」の持ち主だと言っている。「錦繍の腸」とは、詩文を善くし、容易に佳句を吐くことを言う。つまり黄華が天才文人であったことを、身近な人が証言していた。

『北筑紀行』は文政五年（一八〇八）黄華十八歳の時の紀行文である。すでにこの若さで漢詩文を自由自在に駆使し、叙景叙情を溌剌たる筆致で表現している。たしかに次から次と佳句を吐いていて、西陵の追悼文に誇張が無いことがわかる。冒頭、さりげなく『詩経』を踏まえて「東方明矣、耀霊将躍矣」と始まる。佳句である。

酒に酔う描写も面白い。「血脈膹興、胆気鴆張」とあると、酔っ払って鼓動が激しく鳴るさまが、如実に伝わってくる。そして「我醒也哉」（私は酔いから醒めたのだ）と言う。正体を失ったさまがリアルである。

ある酒店では、たまたま二十四歳も年長の儒学者の桑満負郭に会って酒を酌み交わす。「言論纚々（しし）たること鋸屑（きょせつ）を蜚（と）ばすが若し」とある。なにか議論を吹っかけたのかもしれない。若輩とはいえ、詩文から推し量れば、学問の実力は相当なものであろう。先輩学者と堂々と渡り合ったはずだ。

四月二十三日の高良山は、紀行文としての盛り上がりを見せるところである。高良大社の鳥居や社殿は勿論のこと、登りながら見る風景やその変化も描いている。読者も追体験できる。日本の武威を海外にまで及ぼした武内宿祢への畏敬も伝わってくる。末尾に宝満山が遠くに見えるさまを記し、クライマックスへの伏線とする。

二十四日、太宰府天満宮を参詣する。「竹林岑寂、鐘声磬音、時々凄人耳矣」の語から、境内の静寂が伝わってくる。祭神菅原道真の神徳を偲びながら、境内を散策する。さらに宇美八幡宮、筥崎宮を巡拝する。黄華はお寺よりも神社が好きなようだが、これは、盛んになってきた国学思想の影響であろう。

二十五日、老儒学者・元福岡藩校甘棠館（徂徠学）学長亀井南冥（六十六歳）邸を訪れるが不在で子息の昭陽と交わる。当時、志賀島で発見された金印を偽物と疑う人もいたが、南冥は『後漢書』を用いて金印の由来を説明した『金印弁』を著して金印を守った。南冥とは五月一日にようやく会う。

二十九日の宝満山登山の部分は、紀行文としての精彩を放つ。滝の形容「勢如游龍、飛虹雪翻谷、鳴怒巌、夾澗水、撃石闘」も見事である。博多や福岡、姪浜などの遠景の描写も冴えている。五月四日に旅は終わる。

紀行文『南行日志』は、文政四年（一八二一）十月七日からの旅の紀行文である。黄華三十一歳。八日の遠望の描写も好い。「海色蒼茫、布帆如織。宇土山之趾、蜿蜒南下。一峯突兀形如筍為三隅山。如覆敦為一矢埜山」

九日は、松浜軒（庭園）や社寺をめぐる。飲酒は『北筑紀行』の頃の破天荒さはないが、「千古を豪譚し、雑ふるに詼諧を以てす」とあるように、酒に酔い、おどけたりしながら、千古の興亡を議論している。

十二日は友人たちとの別れが記されている。不平が顔にあらわれる者もいたり、情意懇々たる者もいたり。十四日に帰り着く。

紀行文『游豊日志』は、文政六年（一八二三）九月十一日からの旅の紀行文である。黄華三十三歳。阿蘇を経て、豊後（大分県）へ行く。これも格調高く、朗誦したくなる名文である。

十五日、諸友とともに久住山に登る。「余、酒を止むること数歳」とある。『北筑紀行』の暴飲に比べると、意外である。文中、久住山の谷川の廻合する絶景を愛で、また山中の珍しい植物を観て、諸友が酒を飲むところがある。黄華もすこし嗜んだことだろう。

この山の景勝の描写がこの紀行文の中心部分である。久住山中の奇峰や、阿蘇等の遠望を写し、山道や谷川の様子を描き、その歴史を記すことによって奥行きを増し、読者は俗塵から離れた心持ちになる。この文について、松崎慊堂は「尤も超然として出塵の概有るを覚ゆ」と評する。まことに言い得て妙である。

黄華が九重駅で某翁に贈った詩に「終日復た風塵の累無し　好し是れ君を呼びて半仙と為さん」とある。黄華は翁の超俗に共感したのである。超俗への憧れは黄華の紀行文の大きな要素である。『游豊日志』付録の漢詩も秀逸である。「九重峰の絶頂に登る」二首の「岳頂の蒸霞　瑞草を生じ　池中の驟雨　潜龍を起こす」「野を分かつ星辰　北極に朝し　天に垂るる鵬翼　南冥に向かふ」といった対句表現も見事である。文学性が高く、天才肌である。

葉室黄華のすぐれた紀行文が、はるかな時を隔てて現代に甦ったことは、まことに意義深い。多くの人に読んでいただきたい。私としては、艮斎と黄華との風雅な交友を偲びつつ、この訳出に関われたことを光栄に感じている。

三　葉室黄華について

葉室黄華について

熊本藩では、第六代藩主細川重賢（しげかた）の意向で宝暦五年（一七五五年）に藩校「時習館」を設立し、藩士・陪臣のみならず農家や商家の優秀な子弟も受け入れて教育を行っていた。優秀な者は藩費賄いの居寮生となることができ、また江戸等への遊学の機会が与えられることもあった。本稿は、後に藩士の侍講となる葉室黄華（以下、黄華）が、江戸に遊学し、その後藩主の侍講として藩主の参勤交代に同行して江戸と国元を往復するようになった頃までを史料に基いて追ったものである（年表参照）。その様子から、学芸の隆盛を見た文化・文政期の末期における江戸での学者・文化人の交流の模様も窺える。

一、「星聚堂」及び「時習館」時代

黄華は、菊池隈府（わいふ）町の庄屋を務めた葉室源次右衛門①（郡代直触）の子で、諱は世和（つぎかず）②、字は敬輿、通称直次郎、号を黄華、別号を黄華山樵、黄華山人といった。黄華は、寛政三年（一七九一年）九月二七日に菊池の隈府町で生まれ、幼い頃より菊池の渋江（しぶえ）松石（しょうせき）の塾「星聚堂（せいしゅうどう）」で学んだ。渋江家は、寛永元年から明治三九年まで七代にわたって菊池で私塾教育を行っている。松石はその二代目で、養父渋江紫陽の没後、その塾「集玄亭（しゅうげんてい）」の経営を引き継ぎ、寛政四年には塾「星聚堂」を開き、多くの子弟の教育を行った。門弟は四百余人に及んだと言われる。なお、松石門下からは、黄華を含め、桑満伯順（子義）③、町野鳳陽（元輝）④、城野（きの）静軒、池辺丹陵（謙助）などの逸材が出ている。

文化五年、黄華一八歳の時に藩校「時習館」に入学した。庄屋の子はその跡を継ぐことが多いと思われるが、親も学問の道に進むことを認めたのであろう。その後、文化七年には時習館の居寮生となる。文化一一年には、『揚子法言抄』[5]を書き上げている。文化一三年には時習館の詩文の誘掖、訓導の補佐、文化一四年には下士に昇格し、時習館師員となった。翌文政元年には藩より内坪井の官宅を拝領し、文政九年六月に中小姓に取り立てられている[6]。その順調な昇進ぶりから、時習館においても、黄華がその将来を嘱望されていたことが窺える。

なお、隈府の実家は養子の吉左衛門（後に改め金平）が跡を継いでいる[7]。

本書に掲載した三つの紀行文はこの時代のもので、これらの旅では鶴崎の毛利空桑、福岡の亀井南冥・昭陽や久留米の樺島石梁らの儒学者を訪問している。

二、江戸遊学

（一）遊学への意気込み

文政九年（一八二六年）、藩の命により、黄華は沢村西陂[8]とともに江戸に遊学することとなった。黄華が三六歳、西陂が二七歳である。林家の門人録である『升堂記』[9]によれば、林家に入門した熊本藩士は文政四年の野坂源助[10]の後しばらくおらず、両人は熊本藩から五年ぶりの入門者であった。西陂は、黄華が文政六年に豊後地方に旅をした際にも同行しており、両人は以前から親しかった。

熊本藩では、文政九年三月に、細川斉護が第一〇代藩主となり、同五月に初めてお国入りした。その際、家中の子弟を奨励し、藩校時習館を訪れ文武芸を閲覧している[11]。『斉護卿遺事』[12]には、「経伝軍理の講義をききします事等、終身廃し給はざりき、」と記されている。黄華及び西陂両人の江戸遊学は、文武芸を奨励する斉護の意向を反映したものかもしれない。黄華の臨時の後任として郡医師名和桂斎[13]が召し出されている。

江戸への遊学に際しての黄華と西陂の決意を示す漢詩（連句）が残されている（口絵）[14]。その主要部分を示せばそれぞれ次の通りである。

（黄華）

何用臨筵起別愁
桒蓬夙志我今酬
青鞋布韈雙龍剣
聊試東方萬里游

何ぞ筵に臨むを用て　別愁起こらんや
桑蓬夙志　我今酬す
青鞋布韈　双龍の剣
聊か試みん　東方萬里の游

《注》　七言絶句　韻字：愁・酬・游（下平十一尤）
●筵：酒席。　**●別愁**：別れの悲しみ。　**●桑蓬の志**：男子が徒らに安逸を貪らず、四方に活動して功名を立てようとする志。　**●夙志**：常日頃から持っている考え。　**●青鞋布韈**：青いわらじと布のはきもの。旅装。　**●双龍**：二匹の龍。すぐれた二人の人物。

【口語訳】
どうして送行の宴に臨んで別れの悲しみが起ころうか
四方に活動して功名を立てようとする志を抱いて、私は酒を酌み交わすのだ
刀を帯びた旅姿の二匹の龍は
いささか東方万里の旅を試みるのだ

（西陂）
詞鋒只許老坡雄
揮霍無前気吐虹
他日帰遺須領取
尽駆天下在胸中

詞鋒(しほう)　只だ許す　老坡の雄(ゆう)
揮霍(きかく)前無く　気　虹を吐く
他日　帰遺(きい)須(すべか)らく領取すべし
尽(ことごと)く天下を駆くるは胸中に在り

《注》　七言絶句　韻字：雄・虹・中（上平一東）
●詞鋒：文章言論が鋭いさま。　●老坡：蘇東坡。　●揮霍：勢いがはげしい。　●帰遺：土産。

【口語訳】
言論の鋭さは蘇東坡をよしとする
勢いが激しく敵する者もなく、虹を吐くほど意気盛んである

いつの日か土産（旅の成果）を受け取っておくれ
もう心の中は天下を残らず駆けている

黄華と西陂の漢詩には、強烈な意気込みが感ぜられる。

（二）林家入門、松崎慊堂との交わり

黄華及び西陂の両人は、文政九年八月六日に、挨拶のために江戸羽沢にある松崎慊堂⑮の山荘を訪れている⑯。慊堂は当代一流の儒学者であり、両人にとっては同郷の大先輩である。両人が江戸に到着したのは、おそらく同年七月末から八月初めと推定される。黄華は、翌七日に野坂源助及び西陂とともに再度同山荘を訪れている。野坂は、松崎慊堂とは師弟関係にある熊本藩の定府句読師で、黄華・西陂の両人にとっては林家に入門した先輩である。野坂が慊堂を通じて両人の林家入門のための手続等の世話を行ったのであろう。

慊堂は、同月二六日に黄華・西陂両人の林家入門の挨拶のため林大学頭（述斎）⑰を訪れ、両人の入門を謝すとともに、佐藤一斎⑱に就いて塾に寄宿させることを頼んでいる⑲。慊堂は述斎の弟子であり、また林家入門のために両人の紹介者になっているため、このような挨拶の労をとったのであろう。慊堂は文化八年に朝鮮通信使の応接に赴いた林述斎の随員として対馬に同行し、帰りに熊本を訪問している。その際に当時時習館居寮生であった黄華にも会っていたかもしれない。

最初の訪問以後、黄華はしばしば羽沢の慊堂の山荘を訪れている。また佐藤一斎の塾や他の場所でも会っている。『慊堂日暦』には、黄華が最初に江戸に滞在した文政九年八月から同一一年四月までのおよそ一年九ヶ月の間に一七回の言及が見られる[20]。慊堂も、「故郷の藩は、玉山ら数君子が出て以来、天下では詩文で有名な国と賞賛している。葉室敬輿が郷から来ると、たびたび私を江戸城の西の奥ふかい山に来訪し、家に帰るのを忘れて語り合い、思いを述べ表してすっかり楽しんだが、・・・」[21]と述べており、黄華に期待を示す一方、黄華も学問の大先輩である慊堂を深く尊敬し、また慕っており、まさに両者は師弟のような関係であったと思われる。

(三) 江戸での学者・文化人との交流

黄華は、江戸滞在中に多くの儒学者や文化人と交友していたことが残された書簡や漢詩等から窺える。

(ア) 海鴎社文会

黄華等が江戸に到着した年の一月に、佐賀藩の儒者である古賀修理(穀堂)[22]が中心となって、江戸在住の儒者等の知識人の集まりである「海鴎社文会(かいおうしゃぶんかい)」が創設されている。現在残されている同文会の名簿には、黄華、西陂の両人及び野坂源助の名前も見られ[23]、両人は江戸到着直後に同文会に参加したと思われる。

黄華が文会のメンバーである古賀穀堂、本荘一郎(星川)(久留米藩)[24]、真里谷新右衛門(久留米藩)、安元八郎(久留米藩)、山縣半七(長州藩)、大久保長之助(高田藩)、安積祐助(艮斎)[25]、尾藤高蔵(水竹。幕臣、尾藤二州長男)、荻生惣右衛門(維則、桜水。郡山藩)、赤井巌三(東海。高松藩)等から受け取った書簡が残っている。黄華にとって、同文会は、江戸に居住するあるいは全国各地から江戸に集まった儒者等の知識人との重要な交流の場となった。

同文会は、会則を定め、毎月一七日に持ち回りで集まりを催して、事前に決めた題について準備した文章について批評しあうこと等を行った。野坂及び黄華の連名で出された本荘一郎宛の同文会の案内状が残っている[26]。これには、同文会を九月一九日(おそらく文政一〇年)に大名小路にある細川藩邸内の野坂源助宅で開催し、題は「買花者言」であることが記されている。黄華の遺稿集の中に同じ題の文章が含まれており、おそらく案内状にある会合で披露したものと推測される。

同文会の集まりは、林述斎の深川の別荘で行ったり、隅田川の船下りも行っている[27]。

古賀穀堂は、黄華について、「毎會未嘗不服其志之益敦、而学之益邃也」(会するごとに未だ嘗てその志の益々敦くして、学の益々邃(ふか)きに服せずんばあらずなり。)と評している[28]。

(イ)海鴎社文会のメンバー以外の学者・文化人との交流

海鴎社文会のメンバーの他に、儒学者では、古賀侗庵(昌平坂学問所)[29]、荒川儀一、細川利和(芳洲)[30]、東條文左衛門(琴台。考証学者。高田藩預かり人)、丹羽惣助(越後新発田藩儒者)、朝川善庵(儒学者)、杉浦西涯(幕臣)、山内晋(香雪。会津藩)、立原杏所(水戸藩)等である。画家や詩人では、細川林谷(篆刻家、漢詩人)、菊池五山(漢詩人)[31]、大窪詩仏(漢詩人)、鏑木梅亭(画家)、春木南溟(画家)等が挙げられる。

（四） 江戸市中及び周辺訪問

黄華は、江戸滞在中に江戸市中や近郊を見て回ったと思われ、その時に作った漢文が遺稿集に含まれている。正確な時期は不明であるが、例えば、品川・大森・海晏寺・本門寺・羽田弁財天方面や、下総国府台・市川方面等を訪れていることが分かる。

一例として、不忍池[32]と溜池[33]の蓮について書かれた文と漢詩を次に示す[34]。

賞蓮記

江戸之地、其以蓮稱者、曰不忍池、曰溜池。不忍池濶于溜池。而花之多、溜池為最焉。溜池之花皆純紅、不忍池則紅白相錯、而百歩之外、香風撲鼻、則同也。

溜池四方多榛莽、池亦廻紆不能、一瞬攬其勝、獨山王祠畔一角之地、游人或過焉。不忍池、則一望杳然、有嶼有橋、茶店酒罏鱗々相次。池之東北、叡阜之翠欲滴。而西南一隅、列侯之邸、

賞蓮の記

江戸の地に、其の蓮を以て称する者を、不忍池と曰ひ、溜池と曰ふ。不忍池は溜池よりも闊(ひろ)し。而れども花の多きは、溜池を最と為す。溜池の花は皆純紅にして、不忍池は則ち紅白相錯(まじ)る。而れども百歩の外、香風鼻を撲(う)つは則ち同じなり。

溜池は四方に榛莽(しんぼう)多く、池も亦た廻紆能くせず、一瞬にして其の勝を攬(と)るは、独(ひと)り山王祠畔一角の地のみ、游人或いは焉(ここ)を過(よぎ)る。不忍池は則ち一望杳然(ようぜん)として、嶼有り、橋有り、茶店、酒罏(しゅろ)、鱗々(りんりん)として相次ぐ。池の東北、叡(えい)阜(ふ)の翠(みどり)滴(したた)らんと欲す。而して西南の一隅は、列侯の邸、傑

傑閣飛樓、参差如画、可以粧點其景矣。故溜池花雖多、其名不及不忍池者、是之以也。物有短長、不獨人而已也。
文政丁亥閏六月十一日遊不忍池、十七日遊溜池、姑記其槩者如是

閣飛樓、参差（しんし）として画の如く、以て其の景を粧点（しょうてん）すべし。故に溜池の花多しと雖も、其の名の不忍池に及ざる者は、是の以（ゆえ）なり。物に短長有り、独り人のみにはあらざるなり。
文政丁亥閏六月十一日、不忍池に遊び、十七日、溜池に遊び、姑（しばら）く其の概を記すこと是くの如し。

《注》 ●**歩**：ふたあし。一・八メートル。 ●**榛莽**：やぶ。 ●**山王祠**：日枝神社のこと。古くはひろく山王社と称された。 ●**嶼**：不忍池の中央にある弁天島。 ●**橋**：弁天島との間に架けられた橋。 ●**叡阜**：東叡山寛永寺。 ●**傑閣**：大きく高い建物。 ●**飛樓**：高く聳える建物。 ●**参差**：高さや長さなどが異なるものが入り混じって、ふぞろいなさま。

【口語訳】

賞蓮の記

江戸でその蓮により評判なのは、不忍池と溜池である。不忍池は溜池よりも広い。けれども、花が多いのは溜池が一番である。溜池の花はみな純紅で、不忍池は紅白が混じっている。百歩離れてもいい香りが鼻をうつのは同じである。

溜池は四方にやぶが多く、池をめぐることができず、ちらりとひと目で勝景をとるのは山王神社のほとりの一角だけで、物見遊山の人などはここを訪れる。不忍池ははるかに一望できて、島があり、橋が

あり、茶店や酒屋が鱗のようにぎっしりと並んでいる。池の東北の寛永寺の緑が滴ろうとしている。南西の一隅には、諸侯の屋敷、大きく高い建物が不揃いでまるで絵のようで、それにより景色を美しく飾っている。

だから、溜池は花が多いけれども、その名が不忍池に及ばないのは、このためである。物に長短があるのは、人だけではないのだ。

文政十年閏六月十一日、不忍池に行き、十七日、溜池に遊んだ。

とりあえずこのようなあらましを書いた。

游不忍池
天女祠前百頃池
朝陰冷々動清飋
憑欄更愛蓮花色
白々紅々出緑漪

不忍池に游ぶ
天女祠前　百頃（ひゃくけい）の池
朝陰冷々として　清飋（せいし）動く
欄に憑（よ）りて更に愛す　蓮花の色
白々紅々　緑漪（りょくい）より出づ

《注》　七言絶句　韻字：池・飋・漪（上平四支）
●**天女祠**：寛永寺の不忍池弁天堂。　●**頃**：一頃は百畝。　●**朝陰**：朝日によって生じた陰。

【口語訳】

不忍池に遊ぶ

弁天堂の前　百頃の池

朝の日陰は涼しく、清らかなそよ風が吹いている

欄干に寄りかかって、いっそう蓮の花の色を愛でる

白と紅の花が緑のさざなみからあちこちに出ている

不忍池の蓮（後ろは弁天堂）

（五） 綿打橋の銘

文政一〇年には、郷里の菊池の川にかけられた石橋のたもとに建てられた竣工記念碑の銘を書いている㉟。

菊池郡東迫間村
綿打溪石橋銘
溪水之上　造此石梁
如月出巘　如虹竟空
潦滛漲暴　往來無妨
衆思攸集　其利罔窮
文政丁亥孟夏
熊本儒員葉室世和撰
於江戸八重洲河岸僑居

菊池郡東迫間村
綿打渓石橋の銘
渓水の上に此の石梁を造る
月の巘より出づるが如く　虹の空を竟るが如し
潦淫れ漲暴るとも　往来妨ぐる無く
衆思集むる攸　その利窮まる罔し
文政丁亥孟夏、
熊本儒員葉室世和、
江戸八重洲河岸僑居に於いて撰す

《注》　韻字：梁・妨（下平七陽）、空・窮（上平一東）
●巘：山の峰。　●衆思：多くの人の思い。

【口語訳】
菊池郡東迫間村の綿打川の石橋の銘

谷川の上にこの石橋を造った
まるで月が峰から出て、虹が空を埋め尽すようなさまである
たとえ大雨で川があふれ、あばれても、往来を妨げず
多くの人の思いが集まるところで、その利ははかりしれない
文政十年四月熊本藩儒葉室世和、江戸八重洲河岸僑居にて述作する

三、藩主の侍講、藩主の参勤交代の御供

(一) 侍講就任

黄華は、林家に入門して一年を少し過ぎた文政一〇年一一月に、藩主斉護の侍講となった。それに伴い、佐藤一斎の元を離れ、細川藩邸に移ったと思われる。黄華を侍講とすることは、遊学に出す前から藩主の意向としてあったのかもしれない。

(二) 参勤交代の旅

(ア) 江戸の知人との別れ

黄華は、文政一一年四月二八日に藩主に従って江戸を発つこととなり、同月一九日に挨拶のために慊堂の山荘を訪れている。黄華は、慊堂との別れに際して次の漢詩を作っている[36]。

羽澤山房留別慊堂老人
野邨春盡歇芳菲
新緑陰中敲竹扉
聞説滿林多杜宇
声々応報不如帰

羽沢山房にて慊堂老人に留別す
野村　春尽きて　芳菲(ほうひ)歇(つ)き
新緑陰中　竹扉(ちくひ)を敲(たた)く
聞説(きくならく)　満林杜宇(とう)多く
声々応報す　不如帰(ふじょき)と

《注》　七言絶句　韻字：菲・扉・帰（上平五微）
●**芳菲**：香りのよい草花。　●**竹扉**：竹の木戸。　●**杜宇**：ホトトギス。　●**声々**：多くの声。

【口語訳】
野の村では春が終わり、香りのよい草花は枯れて
新緑の茂る木かげで、竹の戸をたたく
聞くところによれば、林中にホトトギスがたくさんいて
ホーホケキョと応じさえずるという

慊堂の山荘には多くの塾生がいて、それぞれ活発にやっている様を述べている。
慊堂は黄華の帰国にあたって漢詩一編を贈っている（口絵）[37]。

丹墨縦横禽鳥閑
唯容高士扣柴関
故園舊識如相問
一片白雲栖碧山

丹墨縦横　禽鳥閑なり
唯だ高士の柴関を扣くを容るるのみ
故園の旧識　如し相問はば
一片の白雲、碧山に栖む

《注》 七言絶句　韻字：閑・関・山（上平十五刪）
●**丹墨**：朱の墨。●**柴関**：柴の門。●**故園**：故郷。●**旧識**：古い友人。●**一片の白雲**：老人（慊堂）のこと。

【口語訳】
思うままに鳥のさえずりが聞こえる閑居で、詩文を推敲している
高潔な人を柴の門から招き入れるばかりだ
もし故郷の旧友に聞かれたら
ひとひらの白雲（慊堂自身）が碧山に住んでいると答えたまえ

また、文政一一年四月一七日に深川の林述斎の別荘で海鴎社文会の集まりが催されており、その際に同文会の会員との別れの漢詩を残している[38]。

戊子四月十七日、

戊子四月十七日、

邀海鷗社諸賢於深川林荘。
余帰期在近、賦此留別
門外垂楊繫小舟
一泓池水碧於油
非烟非霧山容遠
半霽半陰林影幽
留別銜杯也佳興
以文會友総風流
人間聚散元無定
何日尋盟隨海鷗

海鷗社諸賢を深川林荘に邀ふ。
余が帰期近きに在れば、此に留別を賦す。
門外の垂楊　小舟を繫ぎ
一泓の池水　油よりも碧なり
煙にあらず霧にあらず　山容遠く
半ばは霽れ半ばは陰り　林影幽し
留別　杯を銜みて　也た佳興
文を以て友と会するは　総て風流
人間の聚散は元定むる無し
何れの日か盟を尋ねて海鴎に随はん

《注》七言律詩　韻字：舟・油・幽・流・鷗（下平十一尤）
●戊子：文政一一年。●帰期：もどる時期。●垂揚：シダレヤナギ。●一泓：ひとたまりの深く清い水。●非烟非霧：瑞雲。●聚散：集まることと散ること。●盟：一定の信義の下に組織した集まりで、「海鴎社文会」を指す。

【口語訳】

文政十一年四月十七日、深川の林家の別荘に海鴎社の多くの賢人を招く。私の帰郷の時期が近いので、ここに別れの詩を作る。

門の外のしだれ柳に小舟を繋ぎ
ひとたまりの深い池の水は油よりも碧い
煙霧のようで煙霧でない、瑞雲が遠くの山まで広がっている
なかば晴れ、なかば曇って、林の影はほの暗い
別れを告げて杯を口に含み、よい趣となった
文章でもって友と会するのは風流なことだ
人の世の集散はもとより定まらない
いつの日かこの海鴎社文会を尋ね、皆様にお目にかかろう。

その他に、黄華の帰国に際して贈られたと思われる、古賀穀堂、古賀侗庵、細川芳洲等の漢詩が残っている[39]。

（イ）文政一一年及び同一二年の旅

文政一一年に江戸から熊本への旅及び文政一二年の熊本から江戸へ上る旅では、途中で訪れた地で作られた多数の漢詩が遺稿集に含まれている。なお、文政一二年に熊本から江戸へ上る途上、三月二一日に東海道の関宿で大阪に向かう慊堂と偶然に再会している[40]。

（ウ）文政一二年の江戸滞在

文政一二年の黄華の江戸滞在中の五月に、時習館の教授であった辛島才蔵[41]が江戸に来訪した。辛

島は、病気を理由に文政八年に同職を辞任している。この来訪は、藩主の要請によるものであったが、老齢（七七歳）であることを考慮して、暖かくなってからの出発が許されていた。彼が天保元年三月に帰国のため江戸を離れる際には、慊堂、黄華及び野坂は、南品川の海晏寺付近まで見送っている㊷。辛島は帰国後の六月に再度時習館教授を拝命している。

文政一二年の秋、黄華は町野玄粛（元輝）とともに木母寺から千住宿へ行き、そこから舟で隅田川を下っている。その時に作られた連句がある㊸。町野は渋江松石の塾「星聚堂」で黄華の同門であり、黄華に引き続き藩より江戸遊学を命ぜられて林家に入門し、文政一一年六月から文政一三年一〇月まで江戸に滞在している。

千住駅買舟下墨田川　　千住駅にて舟を買ひて隅田川を下り、
同町元輝舟中聯句　　町元輝と舟中連句す。

一

千住橋辺放小舟（世和）　　千住橋辺　小舟を放ち
夕陽射浪去悠々（元輝）　　夕陽浪を射　去りて悠々
竹叢芦渚交相映（世和）　　竹叢芦渚（ちくそうろしょ）　交（こもごも）相映じ
咿軋櫓声下二州（元輝）　　咿軋（いあつ）櫓声　二州を下る

《注》七言絶句　韻字：舟・悠・州（下平十一尤）

●千住橋：千住大橋。江戸時代の始めに隅田川に架けられた最初の橋。佐倉街道、奥州街道、水戸街道がここを通っている。●芦渚：芦の生えている水際。●咿軋：きしる音。●櫓声：櫓を漕ぐ音。
●二州：武蔵国と下総国。二州の国境の隅田川をさす。

【口語訳】

千住宿にて舟を雇い、隅田川を下り、町野玄粛と連句をした。

千住橋のあたりに小舟を出し
夕日が波を照らす中、悠々と進んでゆく
竹藪と芦の渚が、入れかわりたちかわり水面にうつる
ギイコギイコと櫓の音をきしらせて、隅田川を下る

二

蘆花如雪秋空鏡（元輝）　蘆花は雪の如く　秋空に鏡りて
多少漁舟竹葉浮（世和）　多少の漁舟　竹葉浮かぶ
到此始知詩本足（元輝）　此に到りて始めて知る　詩　本より足るを
烟波無乃志和儔（世和）　煙波（えんぱ）は無乃（むしろ）　志和の儔（ともがら）ならんか

《注》　七言絶句　韻字：浮・儔（下平十一尤）

●煙波：もやって薄暗くなった水面。●志和：張志和。中唐の詩人。号、煙波釣徒。風流洒脱で、釣りを垂れるに常に餌をつけなかった。

【口語訳】

芦の花は雪のように白く秋空に照り
多くの釣り舟は竹の葉のように浮かんでいる
ここに来てはじめて知った　詩がもとから足りていると
煙波はむしろ張志和の仲間ではあるまいか

三

漸見人家簇々多（世和）
舟中指點説鷗窠＊（元輝）
名公風韻長欽仰（世和）
促付功名一釣蓑（元輝）

＊鷗窠祭酒林公別業在墨水上

漸く見る　人家の簇々（そうそう）として多きを
舟中指点し　鴎窠（おうか）を説く
名公の風韻　長（とこし）へに欽仰（きんぎょう）せん
促（ことごと）く付す功名　一釣蓑（ちょうさ）

＊鷗窠は祭酒林公の別業にして墨水の上（ほとり）に在り

《注》　七言絶句　韻字：多・窠・蓑（下平五歌）
●鷗窠：深川にある林家の別荘。海鴎社のメンバーと関係が深いので。●名公：名のある貴族。林述斎のこと。●風韻：気高い人柄。●欽仰：尊敬し慕うこと。●釣蓑：太公望、呂尚のこと。

【口語訳】

少しずつ人家がむらがっているのが見えてきた
舟の中から指差し、鴎の巣（林公の別邸）であると言った
林述斎公の気高い人柄を永遠に敬い仰ごう
公の功名は、かの釣人太公望に匹敵する
（鴎窠：林述斎の別荘は隅田川のほとりにあった）

（三）文政一一年から同一二年及び天保元年から同二年までの熊本滞在

文政一一年六月から同一二年二月まで、天保元年六月から同二年三月まで、熊本に滞在しているが、その間の黄華の活動についての史料は極めて少ない。

時期は不明であるが、藩内の詩文を収集せよとの藩主の内示があり、その一環として菊池の渋江塾関係者から収集するため、菊池で詩会が開かれている[44]。

四、その死

天保二年の江戸への旅は、黄華にとって予想もしなかった人生最後の旅となった。同年三月二七日に没したからである。

黄華の墓碑銘には、同年三月二三日に藩主に従って熊本を立ち、途中病となり、熊本に戻り亡くなっ

たと記されている[45]。しかし、『菊池郡誌』には、「熊本の俗儒、先生（黄華）の声望を妬み、藩主に扈し、東上の途、先生を三の宮に擁し、祖宴を張り、祝意を表すと称し、駕に後らしむ、先生事の為すべからざるを知り、病と称し家に帰り、屠腹して藩主に謝したりと云う。」と記されている[46]。

葉室家の家系図にも、「天保二年辛卯四月朔日卒実者三月廿七日御参勤御共之旅中豊後野津原駅医師米野順則宅ニテ自傷シテ歿」と記されており[47]、病死ではなく、自害したことは事実と考えられる。藩主の一行に遅れた理由について記されたものは『菊池郡誌』以外には見当たらないが、おそらく真実であろう。

この旅では、藩主一行は、熊本を発って豊後街道を通り鶴崎まで行き、そこから大阪方面までは瀬戸内海を通る海路、さらにその先は陸路で江戸に至る経路をとっている。行列に遅れた黄華は急いで一行の後を追ったのであろう。しかし、黄華が野津原に辿り着いた時には、藩主一行はすでに鶴崎に到着していたと推測される。これは一日の遅れであるが、その後一行は船で鶴崎を出発することになるので、最早追いつくことは不可能である。そのため、黄華は遅参の責任をとって自害し、藩主に謝したものと推測される。

『慊堂日歴』の天保二年四月二六日の条には、細川芳洲（利和）より聞いた話として、「葉室直次郎は、三月二十三日公駕に陪し、発して豊後にいたる。熊本を距ること二十五里里、自屠して死す。何の故なるかを知らずと。公子語らる。痛ましき哉。」と記されている[48]。最後の言葉からは、慊堂の落胆が窺われる。藩主の行列の江戸到着は四月二八日であるので、黄華の自害については藩主の江戸到着以前に江戸藩邸に知らせが届いていたことになる。

享年四一歳であった。墓は、夭折した娘豊の墓とともに、菊池の菊池神社の後ろの内裏尾山内にある実家の横道葉室家の墓所（口絵）にある。黄華には後継がいなかったため、没直後に安岡家より養子を迎えている[49]。なお、黄華夫人（万亀）は現在熊本市内の宗禅寺境内にある葉室家の墓に眠っている。

黄華の一生は、幼少時より渋江松石の「星聚堂」で教育を受けた時期、「時習館」で学び教えた時期、江戸に遊学し、その後藩主の侍講となってから没するまでの時期の三つの時期に分けられよう。

本稿で主として記述した黄華の「江戸遊学」は全国から江戸に集まる学者、文化人との交流の絶好の機会であり、それを通じて更なる成長を遂げた時期であった。さらに、藩主の侍講になったことにより一人前の儒学者と認められたと言えよう。

江戸遊学中に「海鷗社文会」を通じて深く交流した古賀穀堂は黄華の墓碑銘[50]の中で彼の人となりについて次のように書いている。


君沈潜縝密、恬於勢利。好學如嗜欲、該博精緻、強記絶倫、文才奇抜、斐然可觀。

君は沈潜縝密（ちんせんしんみつ）にして、勢利（せいり）に恬（てん）たり。学を好むこと嗜欲（しよく）の如く、該博精緻（がいはくせいち）、強記絶倫、文才奇抜、斐然（ひぜん）として観るべし。

《注》 ●沈潜：沈着。 ●縝密：緻密なさま。 ●勢利：権勢と利益。 ●嗜欲：見たい、聞きたい、食べたいなどという欲望。 ●該博：ものごとに通じているさま。 ●精緻：正確で緻密なさま。 ●強記：記憶力が優れていること。　●斐然：彩があるさま。

【口語訳】
君は沈着緻密で、権勢や利得に動じない。三度の飯よりも学問を好きで、博識緻密、人並はずれた記憶力、文才が非常にすぐれ、たいそう立派である。

参勤の途上の事件のためにその生涯を自ら終わらせなければならなくなったことは、極めて不幸なことであり、本人もさぞかし無念であろう。しかし、その身の処し方は彼自身の実直さを示していると言えよう。

『游豊日志』の旅に同行し、また黄華と共に江戸に遊学した沢村西陂は彼の早世を惜しむ次の漢詩を残している[51]。

壬寅暮春謁黄華山人墓
杜鵑花落雨淋漓
春盡空山人未歸
錦繡如君今幾在
菊潭風月夢他時

壬寅暮春（じんいんぼしゅん）　黄華山人の墓を謁（えっ）す
杜鵑（とけん）　花落ち　雨淋漓（りんり）たり
春尽きて空山（くうざん）　人いまだ帰らず
錦繡（きんしゅう）君の如きは　今幾（いくばく）在りや
菊潭（きくたん）の風月（ふうげつ）　他時（たじ）を夢みる

《注》七言古詩　韻字：漓・歸・時（上平四支、上平五微）
●杜鵑：サツキ。ツツジの一種。●淋漓：水がしたたるさま。●春尽：春のおわり。●空山：人けのない深山。●錦繍：錦繍の腸。詩文を善くし、容易に佳句を吐く。●菊潭：菊池川を指す。●他時：往時。

【口語訳】
サツキの花は散り、雨がしとしとと降り続く
春の終わりの人けのない深山に、あの人（黄華）は帰らない
君のような、詩文がすぐれ、容易に佳句を吐く人は今どれくらいいるだろうか
菊池川の風月に、往時の夢をみる

【注】
① 葉室源次右衛門：安永七年河原会所見習。天明七年会所下代役。寛政六年隈府町庄屋役兼帯。寛政八年正観寺庄屋役兼帯、会所下代役免、文化三年無苗惣庄屋直触。文化五年郡代直触。文政八年没。（十九世紀熊本藩住民評価・褒賞記録「町在」、目録番号9.19.12_7）
② 家系図には、「ツキカス」とふりがながふられているので、「ツギカズ」とした。
③ 桑満伯順：『北筑紀行』四月二十二日の条の注参照。

④　町野元輝（玄粛、鳳陽）：熊本藩士。儒学者、医師。町野松月の養子。菊池出身。幼い頃より渋江松石の塾「星聚堂」で学び、やがて町野松月の塾で医術を学び、また訓導の大城壺梁に指導を受ける。やがて再春館師員となった。文政四年町野家九代目を継ぎ、外班医員となった。文政一一年に藩より江戸遊学の命を受け、林家に入門し（沢村西陂の紹介）、文政一三年一〇月まで江戸に滞在した。帰国後、補医学教、医業副司、侍医。慶應二年二月没。禄二五〇石。

⑤　『揚子法言抄』：前漢の学者楊雄が「論語」を模して書いた思想書『揚子法言』の各編中から百四七句を抄録したもの（上妻博之『新訂肥後文献解題』一九八八年、舒文堂河島書店）。原本葉室家所蔵。

⑥　武藤厳男（編）『肥後先哲偉蹟』隆文館、一九一一年、六八三—六八四頁。

⑦　十九世紀熊本藩住民評価・褒賞記録「町在」、目録番号9・21・4—7

⑧　沢村西陂：『游豊日志』九月十二日の条の注参照。

⑨　文政四年の入門者として細川越中守家来「野沢源助」と記されているが、「野坂源助」の誤りと考えられる。（『升堂記』（東京大学史料編纂所所蔵）翻刻ならびに索引』、編集・発行代表者関山邦宏、平成九年三月三〇日発行）

⑩　野坂源助：儒学者。熊本藩士野坂貞之助の養子。文化三年歩小姓助勤、同七年句読師助勤、文政四年八月中小姓、江戸詰（定府）句読師本役、同年林家入門、天保三年中小姓御儒者列、教導師。天保四年八月病死。娘が一時期松崎慊堂の長男の嫁であったことがある。二〇石五人扶持。（先祖附）

⑪　下田一善『稿本肥後文教史』第一書房、一九八一年、二二七頁。

⑫　『齊護卿遺事』：池辺義象・池田末雄（編）『陽春集』吉川半七、一九〇三年、附録二一—三三頁。

⑬ 名和桂斎：通称桂之助。大城の門に入り、後に時習館に入る。文化一二年郡医師、文政九年六月より黄華遊学中、時習館講堂詩文、天保三年中小姓、御次に召し加えられる。藩主の参勤交代のお供をする。文久三年没。（先祖附）

⑭ 文政己丑（一二年）に書かれたものという白木柏軒（熊本藩士）による添書がある。黄華は、この年藩主に従って熊本に戻っていたが、その内容は初めて江戸に行く前の心意気を歌っているので、文政九年に書かれたものと推察される。白木の添書は、後年（文久壬戌（二年））に書かれたもので同人の記憶違いと考えられる。葉室家所蔵。

⑮ 松崎慊堂：『游豊日志評』の「一、松崎慊堂」の注参照。

⑯ 松崎慊堂『慊堂日暦2』平凡社、一九七二年、一九頁。

⑰ 林述斎：儒学者。美濃岩村藩主の第三子。寛政五年林錦峯の死去で途絶えた林家の養子となり、大学頭となる。儒学の教学の刷新にも力を尽くし、昌平坂学問所（昌平黌）の幕府直轄化を推進した。松崎慊堂、佐藤一斎は門弟。天保一二年七月没。

⑱ 佐藤一斎：儒学者。美濃岩村藩家老佐藤信由の末子。岩村藩主の近侍として出仕するが、自ら士籍を離れ、大阪懐徳堂の儒者中井竹山のもとで学問を研鑽、その後江戸に出て林家に入門。ちょうどその頃、岩村藩主の第三子の林述斎が大学頭となる。述斎は、一斎の父親が述斎の烏帽子親であるなど幼少のころより深い間柄にあった。以後、述斎を助けながら、林家と昌平黌の学問を盛り立てていく。文化二年林家の塾長。天保一二年の述斎の没後、昌平黌の儒官となる。安政六年九月没。

⑲ 『慊堂日暦2』二一頁。

⑳『慊堂日暦1』、『慊堂日歴2』及び『慊堂日歴3』。

㉑『慊堂日暦2』一〇五頁、及び『黄華山人遺稿』七ノ五にある『游豊日志』に所収。

㉒古賀修理：儒学者。号穀堂。古賀精里（後に幕府儒者）の長子。文化三年佐賀藩藩校弘道館教授。文化一〇年から同一四年の間、藩主の参勤交代に従い国元と江戸を往復。文政二年藩主の世子貞丸の師傅、同三年世子の侍講となる。同九年文会「海鴎社」を設立。天保七年九月没。なお、古賀侗庵（昌平黌）は弟。

㉓同名簿には、町野玄粛（文政一一年）、栃原五郎助（天保二年）、水津熊太郎（天保二年）、月田鉄太郎（天保三年）らの熊本藩士の名前も見られる。これらは、それぞれ江戸に来た時期（括弧内に示す）が異なること、また、同名簿は設立時から順次加入者を追記し、死亡した者には右横に線が引かれていると考えられ、少なくとも天保四年までの状況を反映していると推定される（天保四年に死亡した野坂に線が引かれていること、及び同年に江戸を離れた月田が出席となっていることから）。

㉔本荘一郎（星川）：儒学者。文化六年江戸に出て古賀精里に学び、精里は家塾から抜擢して昌平黌の寮長に推した。文化一一年帰郷し、のちに「川崎塾」を開く。文政五年の久留米藩藩校明善堂の講官となる。天保八年に助教授。名善堂教授樺島石梁の没後、久留米藩の教学すべてを司った。

㉕安積祐助（艮斎）：陸奥国安積郡郡山村の安積国造神社宮司安藤親重の三男。黄華と同じ寛政三年の生まれ。一七歳で江戸に出て佐藤一斎、林述斎に学ぶ。文化一一年に神田駿河台の私塾を開く。天保一四年に二本松藩校敬学館教授、嘉永三年に昌平黌教授となる。

㉖本荘一郎宛野坂源助・葉室直次郎書簡、東京都立中央図書館所蔵。

㉗文政一三年三月九日付古賀修理より草場左助宛書簡、佐賀県近代史料、九三三―九三四頁。

㉘『肥後先哲偉蹟』、六八三―六八四頁。

㉙古賀侗庵：『游豊日志評』の「四、古賀侗庵」の注参照。

㉚細川利和（芳洲）：『游豊日志評』の「二、細川利和（茅洲）」の注参照。

㉛菊池五山：『游豊日志評』の「三、菊池五山」の注参照。

㉜不忍池：上野台地と本郷台地の間にある池で、江戸時代には上野の台地に寛永寺が建立され、池の中に弁天島が築かれた。当時、池の北側は現在よりもかなり広かったといわれる。

㉝溜池：現在の赤坂見附から虎ノ門に至る外堀通りにあった池。大名の浅野幸長により、江戸城防備の外堀に一環とするとともに、飲用水を溜めることを目的として、慶長一一年に作られた人工池で、やがて周囲が徐々に埋め立てられて、町屋などができて水質も悪くなり、明治八年ころには埋め立てが始まった。明治二二年には池はほとんど埋め立てられた。

㉞『黄華山人遺稿』七ノ一及び七ノ七所収。

㉟『黄華山人遺稿』七ノ二所収。綿打橋は、熊本県菊池市東迫間にあり、文政九年に完成した。

㊱『黄華山人遺稿』七ノ七所収。

㊲『慊堂日暦2』（一八二―一八三頁）及び葉室家に残っている書簡の原本。なお、慊堂は、これ以外に漢詩三編を作っているが、いずれも時調となった（朝鮮の定型詩）として直次郎には贈っていない。

㊳『黄華山人遺稿』七ノ六。熊本県菊池郡教育会（編）『菊池郡誌』熊本県教育会菊池郡支会、一九一九年、四一八―四一九頁。

㊴葉室家所蔵。

(40)『慊堂日暦2』二四五頁。「黄華山人遺稿」七ノ七。
(41)辛島才蔵：家は代々熊本藩藩儒。諱知雄、通称才蔵、号塩井。天明六年藩校「時習館」訓導、寛政四年、江戸にて藩主の侍講、享和二年幕命で昌平黌で講義を行う。文政四年、時習館教授。同六年病気で辞職、天保元年教授に再任される。天保九年没。享年八六歳。
(42)『黄華山人遺稿』七ノ七所収。
(43)『黄華山人遺稿』七ノ七所収。
(44)山口泰平『肥後渋江氏伝家の文教』菊池市教育委員会、二〇〇八年、一二九―一三〇頁。
(45)『肥後先哲偉蹟』六八三頁。
(46)『菊池郡誌』四一五頁。
(47)葉室家所蔵家系図。なお、米野順則は、野津原手永郡医師（十九世紀熊本藩住民評価・褒賞記録「町在」解析目録の目録番号9・22・1―115）。
(48)『慊堂日暦3』一六〇頁。
(49)養子の慎助は、当時一五歳。後に御次物書所根取となり、藩主斉護の没後は奉行所根取となる。上田久兵衛とともに天草に警備のために派遣された。文久三年に三条実美等尊攘派の七人の公家が京都を追放され長州藩に落ち延びた（七卿落ち）が、その後、さらに五卿が福岡の太宰府に移された。その警備を担う周辺の藩との協議のために太宰府に派遣されている。明治元年に奉行所佐弐役となったが、同年末に急逝した。
(50)『肥後先哲偉蹟』六八三頁。
(51)『菊池郡誌』四一六―四一七頁。

葉室黄華の生涯年表

西暦（年号）	年齢	黄華の主な出来事	国内の出来事
一七九〇（寛政二）			寛政異学の禁
一七九一（寛政三）	一歳	九月二七日　菊池郡隈府町で出生。（父葉室源次右衛門、母知嘉）	
一八〇八（文化五）	一八歳	菊池の渋江松石の塾「星聚堂」で学ぶ 四月　熊本藩藩校「時習館」入学 北筑地方旅行（『北筑紀行』四月二一日—五月四日）	
一八一〇（文化七）	二〇歳	時習館居寮生	
一八一一（文化八）	二一歳	『揚子法言抄』を書き上げる	
一八一六（文化一三）	二六歳	時習館の詩文の誘掖、訓導の補佐	
一八一七（文化一四）	二七歳	一〇月一八日　下士に昇格、時習館師員 三人扶持及びこれまでの米は直に支給、辛嶋才蔵の支配となる。	
一八一八（文化一五・文政元）	二八歳	五月　退寮・内坪井に官宅拝領 七月　母知嘉没 八月　講堂で詩文、寮では会読指導により、心付け及び金子下げ渡し（一八一七—二一年の間に、相馬万亀と婚姻）	

一八二一（文政四）	三一歳	八代地方旅行（『南行日志』一〇月七日—一四日）	
一八二二（文政五）	三二歳	七月　娘豊出生	
一八二三（文政六）	三三歳	豊後地方旅行（『游豊日志』九月一二日—二七日）	
一八二五（文政八）	三五歳	一月二九日　父源次右衛門没 七月二〇日　娘豊夭折（四歳）	外国船打払令
一八二六（文政九）	三六歳	六月　中小姓 秋　江戸遊学 八月二六日　林述斎の塾に入る（松崎慊堂の紹介） 九月一八日　佐藤一斎の塾に入る 「海鴎社文会」入会	細川斉護　藩主となる 五月二五日　藩主江戸発 六月二七日　藩主熊本着
一八二七（文政一〇）	三七歳	四月　「東迫間村綿打渓石橋銘」 一一月　藩主の侍講となる	
一八二八（文政一一）	三八歳	四月二八日　藩主に従い江戸発 六月一三日　熊本着	九月　シーボルト事件
一八二九（文政一二）	三九歳	二月二八日　藩主に従い熊本発 三月二一日　東海道関宿で大阪に向かう松崎慊堂と再会	

年	年齢	事項
		四月三日　江戸着 秋　千住宿より舟下り（町野玄粛同行）
一八三〇（文政一三・天保元年）	四〇歳	二月又は三月一七日　海鴎社文会舟行 四月二七日　藩主に従い江戸発 六月一一日　熊本着
一八三一（天保二）	四一歳	三月二三日　藩主に従い熊本発 三月二七日　豊後野津原宿医師米野順則宅で自傷して没す

参考資料

一、北筑紀行

【儒学者】

荒木見悟、『亀井南冥・亀井昭陽』、明徳出版社、一九八八年。
篠原正一、『久留米人物誌』、菊竹金文堂、一九八一年。
筑後史談会、『筑後郷土史家小伝』、筑後史談会、一九三五年。

【街　道】

アクロス福岡文化誌編纂委員会編、『街道と宿場町』、有限会社海鳥社、二〇〇七年。
久留米市史編さん委員会（編）、『久留米市史第二巻』、久留米市、一九八二年。
筑紫野市教育委員会、『ちくしの散歩「筑紫の古湯　二日市温泉」』、筑紫野市教育委員会、二〇〇一年。（インターネット公開）
筑紫野市教育委員会、『ちくしの散歩「日田街道」』、筑紫野市教育委員会、二〇〇四年。（インターネット公開）
山鹿市、『山鹿市歴史的風致維持向上計画（第2期）』、山鹿市、二〇二一年。

【風景・史跡・寺社】

小郡市史編集委員会（編）、『小郡市史第三巻』、小郡市、一九九八年。
九州歴史資料館（編）、『太宰府史跡ガイドブック４「史跡　観世音寺」』、九州歴史資料館、二〇二一年。

貝原益軒（編）、『筑前国続風土記巻之三』、一七〇九年。（中村学園大学貝原益軒アーカイブ）

久留米市、『久留米市誌続上』、久留米市、一九五五年。

島田一哉・宮川英樹・一瀬めぐみ、「不動岩礫岩の帰属について」、『熊本地学会誌』、一九九九年、一二〇、九―一八頁。

武冨国三郎（編）、『山鹿温泉誌』、武冨国三郎、一九二六年。

光雲神社、「荒戸山東照宮」。（光雲神社ホームページのブログ、二〇二二年四月二三日）

太宰府市史編集委員会（編）、『太宰府市史民族資料編一』、太宰府市、一九九四年。

太宰府市史編集委員会（編）、『太宰府市史通史編二』、太宰府市、二〇〇五年。

筑後市史編さん委員会（編）、『筑後市史第一巻〜第三巻』、筑後市、一九九五年―九八年。

筑紫野市教育委員会、『国境石確認調査　筑紫野市文化財報告書第八十集』、筑紫野市教育委員会、二〇〇五年。

南関町史編集委員会（編）、『南関町史地誌上』、南関町、二〇〇四年。

南関町史編集委員会（編）、『南関町史通史編上』、南関町、二〇〇六年。

西日本文化協会（編）、『福岡県史通史編一』、福岡県、一九九三年、五八四―五八五頁。

みやま市史編集委員会（編）、『みやま市史通史編上巻』、みやま市、二〇一九年。

本吉山清水寺、高良大社、香椎宮、筥崎宮、愛宕神社の各ホームページ。

森ひろ子、『宝満山歴史散歩』、葦書房、二〇〇〇年。

森本一瑞、『肥後国志巻ノ七』、熊本活版舎、一八八五年。

山鹿市史編纂室、『山鹿市史上巻』、山鹿市、一九八五年。

二、南行日志

今田哲夫、『渡辺琴台伝』、時昌堂書店、一九二三年。

八代古文書の会、『肥後八代松井家御家人帳』、八代古文書の会、一九八四年。

宇土市史編纂委員会（編）、『新宇土市史　通史編第二巻中世・近世』、宇土市、二〇〇七年。

小笠原長意、「八代紀行」、『雑花錦語集』巻一一九、熊本県立図書館所蔵。（『熊本県歴史の道調査第六〇集─史料編』の三〇─三五頁に翻刻収録）

熊本県教育委員会（編）、『熊本県歴史の道調査第六十集─史料篇』、熊本県文化財保護協会、一九八三年。

熊本県教育会八代支会（編）、『八代郡誌』、熊本県教育会八代支会、一九二七年。

熊本県八代市（編）、『八代城ものがたり』、八代市、二〇二一年。

熊本大学、『十九世紀熊本藩住民評価・褒賞記録「町在」解析目録』、熊本大学附属図書館・熊本大学文学部附属永青文庫研究センター。（インターネット公開）

熊本藩、「先祖附」史料、熊本県立図書館所蔵。

黒江一郎、「安井息軒と薩藩」、『斯文』、一九五五年、一二号、一〇─一九頁。

国土交通省九州地方整備局八代河川国道事務所、『球磨川下流域の土木治水史について』、国土交通省九州地方整備局八代河川国道事務所「球磨川下流域環境デザイン検討委員会」資料、二〇一三年。

国立歴史民俗博物館、『旧高旧領取調帳データベース』、一九九〇年。

下益城郡教育支会（編）、『下益城郡誌』（復刻）、臨川書店、一九七三年。

辻誠也、「名和氏の動きに見る宇土（戦国時代末期に於ける）」、『うと学研究』、二〇一八年、第三九号、一―一六頁。

冨樫卯三郎、「宇土の薩摩街道」、『宇土市史研究』、一九八三年、第四号、八三―八八頁。

細川藩政史研究会（編）、『熊本藩年表稿』、熊本大学附属図書館内細川藩政史研究会、一九七四年。

森本一瑞（輯）、『肥後国志　巻四（八代）』、中村直道（写）、一七七二年。

安井息軒、『睡餘漫稿』、成章堂、一九〇〇年。

《地　図》

国土地理院地図
陸地測量部地図

三. 游豊日志

【豊後街道・伊予街道】


阿蘇市・南小国町・小国町・産山村・高森町・南阿蘇村・西原村、『阿蘇の文化的景観　保存調査報告書　二：詳細調査』、阿蘇市・南小国町・小国町・産山村・高森町・南阿蘇村・西原村、二〇一六年。

大分県教育委員会、『歴史の道調査報告書　伊予街道』、大分県教育委員会、一九八〇年。

松尾卓次、『豊後街道を行く』、弦書房、二〇〇六年。

阿蘇町教育委員会、『歴史の道豊後街道、歴史の道整備活用推進事業報告書』、阿蘇町、二〇〇五年。

大津町教育委員会、『参勤交代と大津』（大津町史研究第一一集）、大津町教育委員会生涯学習室、二〇〇八年。

熊本県教育委員会、『熊本県文化財調査報告第五四集　熊本県歴史の道調査』、熊本県教育委員会、一九八二年。

熊本県教育庁、『熊本六街道　豊後街道』パンフレット。

佐賀関街道編集委員会、『佐賀関街道—関往還—』、佐賀関町教育委員会、一九九四年。

【九重山・久住山】

天本孝志、『九州の山と伝説（北部篇）』、葦書房、一九七八年。

猪鹿狼寺、『久住山猪鹿狼寺の歴史』パンフレット。

梅木秀徳、『九重山博物誌』、葦書房、一九九七年。

川辺禎久・星住英夫・伊藤順一・山崎誠子、『九重火山地質図』、産業技術総合研究所地質調査総合センター、二〇一五年。

竹内亮、「九重山と久住山とは同一である」、『筑紫風景誌』、古今書院、一九四一年、二〇三—二〇九頁。

立石敏雄、「九重山と久住山について」、『九重山』、つくし山岳会、一九六一年、一五—一六頁。

松本征夫・梅木秀徳（編）、『九重山法華院物語—山と人』、弦書房、二〇一〇年。

【市町村史】

阿蘇町史編さん委員会（編）、『阿蘇町史第一巻（通史編）』、阿蘇町、二〇〇四年。
阿蘇町史編さん委員会（編）、『阿蘇町史第二巻（資料編）』、阿蘇町、二〇〇四年。
阿蘇町史編さん委員会（編）、『阿蘇町史第三巻（史料編）』、阿蘇町、二〇〇四年。
安部黙平『拓らけ行く佐賀関』、大分情報社、一九二七年。
大分市史編纂審議会（編）、『大分市史上巻』、大分市、一九五五年。
大津史刊行会（編）、『大津史』、大津町公民館、一九五五年。
大津町史編纂委員会編纂室（編）、『大津町史』、大津町、一九八八年。
久住町誌編纂委員会（編）、『久住町誌』、久住町、一九八四年。
熊本県教育委員会阿蘇文会（編）、『阿蘇郡誌』、臨川書店、一九八六年。
佐賀関町史編集委員会、『佐賀関町史』、佐賀関町、一九七〇年。
鶴崎町（編）、『豊後鶴崎町史』、歴史図書社、一九七八年。
波野村史編纂委員会（編）、『波野村史』、波野村、一九九八年。
山田宇吉『佐賀関史』、山田宇吉、一九二五年。

【風土記・国志】

唐橋世済（纂輯）、『豊後国志』巻之四・五・六、二豊文献刊行会・朋文堂書店、一九三一年。
編者不詳、『豊後風土記』、国文学研究資料館所蔵。（インターネット公開）
森本一端他、『肥後国志』巻一三（阿蘇久住・豊後直入久住）、熊本活版舎、一八八五年。（国立国会図

書館デジタルコレクション）
森本一端他、『肥後国誌下』、九州日日新聞社印刷部、一九一七年。（国立国会図書館デジタルコレクション）
森本一端他、『肥後国誌2』、青潮舍、一九七一年。（国立国会図書館デジタルコレクション）

【紀行文等】


井上充幸、「明末の文人李日華の趣味生活―『味水軒日記』を中心に―」、『東洋史研究』、二〇〇〇年、第五九巻第一号、一―三三頁。

川合康三（編訳）、『新編中国名詩選（中）』、岩波書店、二〇一五年、五四四頁。

国書刊行会、『籟山陽全書全伝第二』、国書刊行会、一九八三年、四五八―四八六頁。

蘇鶚、「杜陽雑編」、『唐代伝奇集2』（東洋文庫十六）、平凡社、一九六四年、二三八―二四〇頁。

古川古松軒、「西遊雑記」、『日本庶民生活史料集成』第二巻、三一書房、一九六九年、三四一―三七四頁。

前野直彬（編訳）、『唐代伝奇集2』、平凡社、一九六四年、二三八―二四〇頁。

桃節山、「西遊日記」、『日本庶民生活史料集成』第二〇巻、三一書房、一九七六年、六二三―六九九頁。


【熊本藩史料】


熊本藩「先祖附」、熊本県立図書館所蔵。

熊本大学附属図書館・熊本大学文学部附属永青文庫研究センター、『十九世紀熊本藩住民評価・褒賞

記録「町在」解析目録』（インターネット公開）及び関連史料。

【その他】

片岡浩毅、「木下韡村伝関連史料の紹介」、『社会研論集』、二〇一四年、第二三巻、二七二―二七八頁。

木野主計、『木下韡村の生涯とその魅力―韡村書屋に集まる廉潔の志士たち』、熊本日日新聞社、二〇一三年。

堤克彦、『肥後藩の教育　藩校「時習館学」入門』、株式会社トライ、二〇一四年。

渡辺克己、『豊後の武将と合戦』、大分合同新聞社、二〇〇〇年。

山口泰平、『肥後渋江氏伝家の文教』、菊池市教育委員会、二〇〇八年、二二五―二二七頁。

おわりに

書名を「若き儒学者の旅」にしようと考えていた。今ひとつピンと来ないとの家内のコメントもあり、さらに思案した。黄華の最期が不幸なものであったため、それに引きづられて書名もなるべく厳かなものとすべきと考えていた。しかし、豊後の野津原で自害するまでの数日間を除けば、彼の人生は人が嫉妬するほど輝いていたと言える。本書の紀行文は、若く希望に満ちて勉学に励んでいた時期の旅を書いたものであるので、書名も明るく躍動感のあるものの方がよいと考え、「若き儒学者　九州をゆく―葉室黄華の紀行文―」とした。

筆者は熊本で生まれたが、そこでは育っていない。生まれただけでは「熊本人」とは言えないと言われたことがある。確かにその通りであろう。小学生の夏休みや冬休みに何回か熊本の祖父母のところに帰省した。祖父に連れられて先祖の墓参りに行くことが常であった。中学生になってからは黄華の出身地である菊池にも連れて行かれ、菊池神社を訪れたことを覚えている。おそらく黄華の墓にも参ったと思う。その時に黄華との関係について説明された記憶はない。しかし、その時の情景はスナップショットのように記憶しており、本書の準備のための下地となっていることは確かである。

紀行文の原文の書き下し文・口語訳等の原稿の作成とともに、旅の経路を示す地図を工夫し、また経路上の地を訪れて写真の撮影も行った。撮影旅行は六回に及んだ。電車、バス、タクシー及び徒歩により黄華が訪れたであろう地を訪れ、また佐賀関の遠見山、太宰府の宝満山、高良大社の荒れた参道、久住山群の山にも登った。なかなか大変な作業であったが、家内の同行サポートにより、効率的に行うことができた。今では楽しい思い出になっている。これらの地図や写真も紀行文を読まれる際の参考となることを願っている。

葉室和親

著者略歴：葉室和親（はむろ　かずちか）

一九四九年、熊本市生まれ。国際基督教大学教養学部理学科（化学）卒。東京大学理学系研究科（地質学）修了（理学博士）。

一九八〇年、外務省入省。国連海洋法条約に関する事務を長く担当。一九九七年に国連海洋法条約の基づき設置された「大陸棚限界委員会」委員（第一期）。

二〇〇三年～二〇〇五年、千葉大学法経学部教授（国際法）。その後、内閣官房、国連代表部において日本の大陸棚の限界に関する大陸棚限界委員会への申請手続に従事。

二〇一二年～二〇一五年、駐トンガ大使。

若き儒学者　九州をゆく
——葉室黄華の紀行文——

令和六年六月　六日　印刷
令和六年六月十二日　発行

著　者　葉　室　和　親
発行者　佐　久　間　保　行
発行所　株式会社　明　徳　出　版　社
〒一六七—〇〇五二
東京都杉並区南荻窪一—二五—三
電話　〇三(三三三三)六二四七

ISBN978-4-89619-329-9